KB242657

세이프 타운

셰이프 타운

장세아 장편소설

SAFE TOWN

차례

"지옥으로 가는 길은 선의로 포장되어 있다."

_서양 속담

악마가 찾아왔을 때, 나는 세상을 발아래에 두고 있었다.

겨우 손바닥 한 뼘 너비 난간 위에 맨발로 올라서서 까마득히 아래를 내려다보고 있었다는 말이다. 머리카락을 흩어놓는 살벌한 바람 소리에 정신이 번쩍 들었다.

쿵! 쿵! 쿵!

문 두드리는 소리는 점점 더 커지고, 내게는 달리 선택지가 없다.

고통, 아니면 영원한 나락뿐.

쿵! 쿵! 쿵! 쿵!

문이 다시 울렸다.

더 세게. 더 다급하게.

더 빠르고 경쾌하고 잔인하게.

이젠 정말 시간이 없다.

나는 마지막으로 숨을 한 번 크게 들이마시고 허공으로 훌쩍 날아올랐다.

1부
연옥

1

"지옥 맛 좀 보셨나 봐?"

걸걸한 목소리가 물었다.

"……네?"

"아아."

여자가 웃으며 턱짓으로 지수의 다리를 가리켰다. 내려다보니 형편없이 얇은 싸구려 요가복이 말려 올라가 발목의 끔찍한 자국이 훤히 드러나 있었다. 커다란 낚싯바늘을 통째로 집어넣었다 뺀 것처럼 길게 휘어진 갈고리 모양의 흉터.

"그 느낌 아니까."

여자가 지수의 것과는 달리 피부처럼 착 달라붙은 고급 레깅스를 걷어서 자기 발목을 보여주었다.

"나는 없앤 지 이제…… 한 2년쯤 됐나? 지금은 멀쩡하지만 그땐 고생깨나 했지. 아니 겨우 뼈가 붙어서 좀 걸을 만하니까 또 철심을 빼야 한다고 입원하라라네? 나 참. 아! 그래서 요 모양이 된 건 아니고요. 다 옛날 일이지."

여자가 킥킥거리며 자기 배를 가리켰다. 키도 덩치도 엄청

나게 큰 데다 배와 엉덩이에 몽글몽글 살이 붙어서 몹시 눈에 띄는 몸매였다. 바람을 한껏 받아 부푼 돛처럼 불룩하고 풍만한 가슴이며 유난히 커다란 손과 발도 아주 인상적이었다. 몇 번인가 요가 수업을 같이 들을 때마다, 그 덩치로 제법 유연하게 몸을 쭉쭉 늘이고 비틀어대는 게 신기해서 훔쳐봤던 기억이 난다.

평소라면 이런 대화가 반가웠을지도 모른다. 딱 적당한 곳에서 자연스럽게 만난 새 친구가 새출발을 위한 신호탄이라고 생각했을 것이다. 하지만 지금은 때가 좋지 않다. 복도에 한 줄로 서서 몸을 낮추고 자욱한 연기 속을 빠져나가는 동안 요란한 경보음이 귀를 찢을 듯 울어대고 있으니 남의 이야기에 신경 쓸 여유가 없다. 그저 빨리 나가야 한다는 생각뿐이다. 여기서 쓰러지면 안 돼.

시끄러운 벨 소리, 창문에서 새어 나오는 연기, 얼빠진 표정으로 건물 뒷마당에 모여 있는 사람들. 상가 건물 옆 길가에서 이쪽을 기웃거리는 구경꾼들이 보였다. 얇은 요가복 차림으로 급히 뛰어나온 여자들은 한쪽 구석에 모여서 팔로 몸을 감싸고 있었다.

"신고는? 신고했어요?"

뒷줄에 서 있는 누군가가 목청을 높이는 순간 갑자기 요란한 경보음이 그치고 사방이 고요해졌다. 덕분에 지수는 머릿

속에서 쿵쿵 울리는 심장 소리를 똑똑히 들을 수 있었다. 그
날 이후 잦아든 적은 있어도 멎어본 적은 없는 소리가 요란하
게 울려대고 있었다.

쿵! 쿵! 쿵! 쿵!

"아, 여러분, 괜찮습니다. 불이 난 게 아니에요!"

상가에서 나온 관리인이 소리쳤다.

"화재 비상벨이 잘못 울렸나 봅니다."

"연기는 뭐예요, 그럼!"

요가복을 입은 여자 하나가 소리쳤다.

"누가 3층 비상구 창문에서 마른 꽃다발을 태웠나 봐요. 불
씨는 꺼졌는데 연기가 엄청나서 벨이 울린 겁니다. 지금 환풍
기 가동하고 있어요. 신고도 취소되었으니 다들 들어가세요.
이제 괜찮습니다."

관리인이 목청껏 소리치자 불안한 표정으로 서로를 쳐다보
던 사람들이 하나둘씩 안으로 들어가기 시작했다.

"이대로 넘어간다고? 맘먹고 불 지른 거면 어쩔 거야? 경찰
에 신고해서 조사라도 해봐야지."

"일 커지는 거 싫어서 그냥 쉬쉬할걸요. 건물주한테 보고도
안 할 텐데, 뭘."

"어차피 오래된 상가라서 복도에 CCTV도 없잖아."

"그러고 보니 스프링클러도 작동 안 했네. 이러다 진짜 사

고 나면 큰코다치지.”

　사람들의 불평이 귓전에서 허망하게 흩어졌다. 하지만 지수의 정신은 다른 곳을 헤매고 있었다. 982, 981, 980, 879, 아니, 979였나? 어디까지 셌지? 멈추지 마. 계속 숨을 쉬어.

　“괜찮아요? 아휴, 요가하다가 골로 가는 줄 알고 십년감수 했네. 아니, 이런 옷 입고 자빠져 있다가 발견되면 얼마나 쪽팔려.”

　덩치 큰 여자가 지수의 팔을 잡으며 킥킥거렸다.

　“도대체 어떤 미친 인간이 이런 짓을 했는지, 원. 아니면 애들이 장난쳤나? 4층에 보습학원 있잖아.”

　아니, 그럴 리 없어. 그런 게 아니야. 그 인간이 다시 나타난 거다. 지수는 아직 길가에 서 있는 구경꾼들을 돌아보았다. 저 너머 어디선가 이쪽을 바라보는 시선이 느껴진다.

　“땀이 식으니까 슬슬 추워지네. 이러다 감기 들겠어요. 늦가을 감기 지독하거든. 얼른 들어가요. 내 차크라가 점점 오염되고 있어.”

　여자가 눈치 없이 깔깔대며 팔을 잡아끄는 동안에도 지수는 내내 뒤를 흘끔거렸다. 목이 타들어 가는 것 같았다. 시원한 한잔이 간절히 필요했다. 다 잊어버릴 수 있게 딱 한 잔만.

2

"내가 이 덩치에 요가를 엄청 좋아하거든요. 그런데 나 못 지않으신가 봐. 아침반 저녁반 가리지 않고 두루두루 마주쳤던 것 같은데."

놀란 가슴을 카페인으로 진정시켜 줘야 한다는 여자를 따라 얼결에 근처 카페에 마주 앉게 됐다. 혼잡한 카페 안에서 무거운 탁자를 혼자 번쩍 들어 구석으로 옮기는 괴력이 어쩐지 든든했다.

"그렇게 꼬박꼬박 나오긴 쉽지 않은데. 집이 이 근처예요?"

"아, 그건 아니에요. 음, 잠깐…… 거기서 지내는 중이라."

뱉어놓고 바로 후회가 됐다. 그냥 적당히 둘러댈걸. 하지만 이런 대화가 너무 오랜만이라 당황해 버렸다. 경찰이나 의료진, 상담사가 아니라 그저 평범한 사람과 나누는 평범한 대화 말이다.

"응? 거기서 지낸다고요? 퓨어요가에서? 그러니까, 잠을 잔다고?"

"아, 양 원장이 제 친구예요."

"어머! 학원을 같이 운영하시는구나."

"아니에요."

지수는 손을 내저었다.

"그냥, 제가 이사하려다가 일이 좀 잘못돼서……. 계약 기간이 한참 남았는데 방을 급히 빼려니까, 집주인이 보증금을 못 주겠다며 버티더라고요. 그래서 잠깐 신세 지는 거예요."

"저런! 그럼 이사 갈 집은 어쩌고? 그냥 날린 거예요?"

"음, 그게 아니라……."

애초에 갈 곳이 없었어요. 그냥 그 집에서 하루빨리 도망치고 싶었을 뿐.

"야, 이년 잡아! 잡으라고오오!"

"와, 힘 겁나 센데? 가만 좀 있어봐, 아줌마! 죽기 싫으면!"

"씨발! 가만히 좀 있으라고!"

"옷이라도 벗겨버릴까, 오빠? 튀어 나가서 어디 신고라도 하면 어떡해!"

"그게 좋겠다. 벗겨! 벗겨! 그리고 신고 못 하게 아예 찍어버려어어!"

대답할 말을 찾는 동안 커피잔을 쥔 손가락이 덜덜 떨렸다. 1000, 999, 998, 997…… 눈앞이 부옇게 흐려지기 시작하는데, 갑자기 여자가 벌떡 일어섰다.

"죽을 고비를 넘겨서 그런가, 달달한 게 당기네! 케이크 어때요? 내가 가서 하나 골라 올게."

커다랗고 우악스러운 목소리가 어쩐지 고마워서 억지로 미소 지으며 고개를 끄덕였다. 다행히 눈물은 나오지 않았다. 지옥에 다녀온 뒤로 눈물 따위는 싹 말라버렸으니까.

"도둑이 들었었거든요."

"어머, 설마…… 집에 있을 때?"

지수가 말없이 쓴웃음을 짓자, 여자가 "진짜?" 하고 소리치다가 얼른 주위를 돌아보고 목소리를 낮췄다.

"아니, 어쩌다가? 거기가 몇 층인데요? 벽이라도 타고 들어왔나?"

"그건 아니고…… 제가 문을 열어줬어요, 뭘 좀 착각해서."

착각한 건 없었다. 제대로 찾아온 사람들인 줄 알았을 뿐.

머리를 하나로 높이 묶은 여자애는 무척 어려 보였고, 새빨간 립스틱을 바른 입으로 껌을 질겅질겅 씹고 있었다. 아슬아슬하게 짧은 청치마 아래로 쭉 뻗은 다리가 싱그럽고 예뻤다.

"소파…… 보러 왔는데요?"

그런 것에 관심이 있을 것처럼 보이진 않았지만, 어쨌든 안심하고 문을 활짝 열어줬다. 옆에 있던 남자애가 눈에 들어온 것은 그다음이었다.

"혼자는 못 들고 갈 것 같아서 남자 친구랑 같이 왔어요."

"아, 내가 같이 내려줘도 되는데. 2인용이라 엘리베이터에도 거뜬히 들어가거든요."

둘은 대답도 없이 신발을 벗고 곧장 안으로 들어왔다.

그때 현관문을 활짝 열어둬야 했는데. 그런 생각을 그 후로도 몇 번이나 했는지 모르겠다. 틈만 나면, 정신을 조금만 놓으면, 지수의 기억은 늘 그때로 돌아간다. 그 기나긴 사건의 수만 조각으로 쪼개진 시간 가운데 늘 언제나 그 순간이다. 문을 활짝 열고 웃으면서 그 애들을 집으로 들이던 순간.

신기하게도 애초에 중고 가구 판매 글을 올리지 않는다든가, 문을 아예 열어주지 않는다는 선택지는 없다. 그저 매번 문을 열어젖히고 그 애들을 집 안으로 들이던 그 순간으로 멍하니 되돌아가곤 한다. 남자애가 몹시 귀찮다는 듯, 대충 구겨 신고 있던 운동화를 벗어 던지고 들어서던 그때, 지수가 뒤에서 자기 손으로 문을 쾅 닫던 그때로.

현관문은 꼭 닫아야 한다고, 집 안은 늘 안전한 곳이고 저 밖에 있는 무언가가 더 위험한 거라고 배워왔으니까. 하지만 머릿속에서 다시 그리는 그림 속에서는 매번 그때의 자신이 보란 듯이 문을 활짝 열어놓고 있다. 지나가는 누구든 볼 수 있게, 필요할 때면 언제든 도움을 요청할 수 있게.

"후회되는 일을 자꾸만 곱씹는다면, 머릿속에서 그때의 상황을 다시 한 번 대본으로 써보세요. 내가 원하는 방향으로 말이에요. 그리고 마음이 어떻게 변하는지 한번 느껴보세요."

내담자들에게 자신이 해주던 충고였다. 후회되는 과거를 머릿속에서 완전히 새로운 대본으로 바꿔보라고. 그리고 다 끝났다는 마음으로 떠나보낸 뒤, 현재에 집중해 보라고. 하지만 직접 겪어보니 전부 개소리였다. 나아지는 건 하나도 없었다. 머릿속에서 수백 번 문을 열어젖혀도 늘 결과는 똑같았다.

현관문을 닫고 돌아서는 순간, 돌변하던 그들의 표정. 지수의 머리채를 거침없이 휘어잡던 여자애의 야무진 손길과 주머니에서 조잡한 커터 칼을 꺼내 턱 밑에 들이대던 남자애의 잔인한 미소. 지갑을 통째로 넘기고 목숨만은 살려달라고 빌다가, 결국 초라한 면 속옷만 남기고 옷을 모두 벗은 채 팔로 몸을 가리고 벌벌 떨며 서 있던 자신의 모습.

굴욕적으로 터지던 핸드폰 카메라 소리.

깔깔대는 여자애의 웃음소리.

"어머! 저 팬티 좀 봐! 할머니야, 뭐야?"

"저런! 아는 사람인 줄 착각하셨구나."

"음…… 배달원인 줄 알았거든요."

여자의 얼굴에 호기심과 당황, 그리고 비난이 뒤섞인 묘한 표정이 떠오른다. 들어온 강도는 남자였는지, 빼앗긴 건 돈뿐인지, 혹시나 몹쓸 짓이라도 당한 건 아닌지 궁금해하는 동시에 왜 경솔하게 낯선 사람에게 함부로 문을 열어줬는지 쓴소리하고 싶은 눈치였다.

"아니, 그럼 어떻게……."

"겨우 밀치고 방으로 도망쳐서 문을 잠갔는데, 부수고 들어올 기세더라고요. 핸드폰도 없고, 어떻게 버틸 방법이 없는데 이미 얼굴을 봤으니 살려둘 리 없겠다 싶어서……."

"그래서?"

"창문을 열고 확 뛰어내렸어요."

"아이고!"

여자가 진심으로 놀란 듯 두 손으로 입을 막으며 소리 질렀다. 굵직한 목소리가 카페 안에 울려 퍼지자, 주변 사람들이 돌아보았다.

"우리 집이 3층이었는데, 병원에선 그래도 발목 철심 정도로 끝나서 운이 좋았다고 하더라고요. 허리였으면 평생 고생했을 거라며. 하하하하."

커다랗게 울리는 자기 웃음소리를 들으니 조금은 안심이 됐다. 이만하면 오랜만에 만난 낯선 사람 앞에서 자연스럽게 행동한 것 같다. 그 정도 부상은 아무렇지도 않다는 듯, 그 뒤 1년간 친구의 요가학원에서 청소와 정리를 도와주며 숙식을 해결하고 있는 것도 별일 아니라는 식으로 가볍게 웃어넘겨 버렸으니까. 낮이든 밤이든 지독한 악몽에 시달리는 바람에 일을 그만둘 수밖에 없었다는 것도, 그 악몽을 머릿속에서 몰아내기 위해 열 달간 마약성 진통제와 술독에 빠져 폐인처럼 살았다는 것도, 이제야 정신 차리고 술을 끊은 지 겨우 넉 달밖에 안 됐다는 이야기도 입 밖에 내지 않았다.

"와, 나도 산전수전 다 겪었다고 생각했는데, 여기에는 명함도 못 내밀겠네."

여자는 마주 웃는 대신, 심각한 표정으로 고개를 저었다.

"암만 그래도 학원에서 어떻게 자요. 말도 안 돼."

"뭐, 지낼 만해요. 밤에는 안에서 문을 잠그면 친구가 퇴근하면서 밖에서 셔터를 내려버리니까 더 안전하기도 하고."

"에이, 완전 갇히는 거잖아요! 그러다가 아까처럼 불이라도 나면 큰일 나지."

"그러면…… 또 창문 열고 확 뛰어내리죠."

말해놓고 보니 우스워져서 킥킥거렸지만 상대의 표정은 여전히 심각했다.

"그래도 빨리 소송이든 뭐든 해서 돈 받고 이사해야지. 거기서 마냥 뭉갤 수는 없잖아요."

"그건 그래요. 바닥에 매트 깔고 자는 것도 하루이틀이지, 허리 아픈 건 요가로도 해결 안 되더라고요."

이번 농담에는 여자가 호탕하게 웃어주었다. 덕분에 조금 우쭐해졌고, 그래서 대화가 점점 더 길어졌다.

"괜히 집주인하고 싸우기는 싫어서…… 그냥 조금 더 기다려보려고요."

"음."

보증금을 떼이고 집도 절도 없는 주제에 태평하게 뭉개고만 있는 멍청한 여자처럼 보일까 봐 얼른 덧붙였다.

"마음에 드는 집 찾으려면 발품을 많이 팔아야 할 텐데, 제가 지금은 그럴 정신이 없어서. 그리고…… 아직은 빈집에 혼자 있는 게 좀 무섭기도 하고요. 학원은 집 같지가 않아서 차라리 지낼 만하거든요."

"상담 같은 건 받아봤어요? 요즘은 그런 것도 많이들 하더라."

제가 바로 그런 걸 하던 사람이에요. 그런데 내가 당하고 보니 미쳐나가는 데는 답이 없네요.

"아아, 크게 도움은 안 되더라고요."

"그래도 혼자 버티는 것보다는 나을 텐데. 본가는요?"

"거긴 그냥……."

"가족들 없어요? 애인은?"

"지금은 없어요."

지수는 난처한 듯 웃으며 말했다.

"다들 멀리 살고, 별로 교류가 없어서요. 나와서 산 지 오래됐거든요."

"하긴, 독립해서 혼자 편하게 살다가 뒤늦게 가족들이랑 부대끼려면 적응 안 되지."

꼬치꼬치 캐물은 게 미안했는지 여자가 얼른 말을 이었다.

"맞아요."

"근데 또 여자 혼자 살면 가만히들 안 놔두잖아요. 여기저기서 간섭에, 관심에, 왜들 그렇게 오지랖이 넓은지 몰라. 혼자 조용히 좀 살겠다는데."

손을 내저으며 흥분하던 여자가 갑자기 어깨를 움츠리며 킥킥댔다.

"그런데 생각해 보니 내가 이런 말 할 자격은 없네. 이것저것 캐물어 놓고."

그 표정이 워낙 익살맞아서 지수도 같이 웃어버렸다.

"아니에요. 다 맞는 말인데요, 뭐. 진짜 혼자서 안전하게 살 수만 있으면 더 바랄 게 없죠."

여자가 고개를 끄덕였다.

"자유롭고, 아늑하고, 안전하고?"

"네, 연예인들이 사는 데처럼 사생활도 보장되고, 보안도 철저한 그런 곳이요. 그런데 전부 꿈이죠. 우리 같은 사람들이야……."

지수가 고개를 숙이고 피식 웃었지만 여자는 대답하지 않았다. 분위기가 어색하게 가라앉았다. 이제 최선을 다해 끌어모았던 사교성이 마침내 바닥난 모양이다. 지수는 잔에 남은 커피를 마저 마시고 주섬주섬 일어날 채비를 했다. 다시 학원으로 돌아가서 탕비실 구석에 깔아둔 매트 위에 쪼그리고 새우잠이라도 청해볼 생각이었다. 아늑하진 않지만 적어도 안전한 곳이니 악몽을 꾸는 일은 없을 것이다. 바짝바짝 타는 목을 시원하게 축여줄 한잔은 계속 생각나겠지만.

"잠깐!"

카디건 단추를 채우며 일어서는데 여자가 팔을 잡았다. 팔뚝을 전부 감쌀 만큼 커다란 손이 덥석 움켜쥐는 느낌이 묘했다.

"저기, 내가…… 그런 데를 아는데."

"네?"

"자유롭고, 아늑하고…… 혼자서도 안전한 곳 말이에요. 혹시 생각 있어요?"

"생각이야 있지만 제가 지금은 돈이……."

"그런 걱정은 나중에 하고, 추천 넣어줄 테니까 와서 면접이나 한번 봐요, 시설도 구경할 겸. 여기 자리 나기 쉽지 않거든. 내가 아까워서 그래."

"면접……이요?"

“우리 타운 입주 조건이에요. 내부 추천을 받아서 입주자 대표 면접을 보고, 주민 동의도 얻어야 해요.”

“네?”

어이없는 웃음이 나오려는 것을 간신히 참고 표정을 관리했다.

“그런 건 할리우드 스타들이 산다는 뉴욕의 고급 아파트에서나 있는 일인 줄 알았는데.”

“하하하하, 듣고 보니 그렇네.”

“우리나라에서 그런 집이라니 처음 들어봐요. 왠지 좀 부담스러운데.”

“그만큼 사람 가려가며 들이는 곳이니까 더 안심이지.”

“그렇긴 하네요.”

여자가 지갑을 뒤지더니 어색하게 미소 짓는 지수 앞에 뭔가를 내밀었다. 하얗고 도톰한 종이에 검은색으로 깔끔하게 돋을새김한 글자가 영문으로 찍혀 있었다.

SAFE TOWN

세이프 타운? 명함까지 있는 거야?

한껏 멋을 부렸지만, 너무 직관적인 이름이라 다시 웃음이 터질 뻔했다. 하지만 여자는 진지해 보였다.

"신축이라서 검색해 봐도 정보는 별로 없을 거예요. 하지만 가격도 위치도 다 적당한 곳이니까 지레 겁먹지 말고 한번 생각해 봐요. 면접 결과는 장담할 수 없지만 그래도 혹시 알아요? 좋은 일이 생길지."

활짝 웃는 두툼한 입술 사이로 앞니에 살짝 묻은 오렌지색 립스틱이 도드라져 보였다.

여자와 헤어져 돌아오며 명함 뒷면에 찍힌 주소를 살펴보았다. 학원에서 그리 먼 곳은 아닌 것 같다. 아무리 그래도 입주자 대표 면접이라니? 층간 소음이나 재활용 쓰레기 문제로 깐깐하게 잔소리를 늘어놓는 무서운 아저씨가 떠올랐다. 평범한 일상생활도 부담스러워서 일까지 쉬며 두문불출하는 처지에 그런 사람과 면접이라니, 어림도 없는 소리다. 그 정도로 절박하게 집을 구하고 싶진 않다. 게다가 말은 그렇게 했어도 명함이니 면접이니 이렇게 유난을 떠는 곳이라면 집세나 관리비가 엄청나겠지. 다음에 학원에서 다시 마주치면, 역시 보증금 문제가 해결되기 전까지는 힘들겠다고 둘러대야겠다. 마음을 정하고 홀가분하게 길을 건너는데 손에 들린 핸드폰이 요란하게 울어댔다.

"어디야?"

양 원장의 목소리였다.

"근처야. 지금 들어가는 길. 왜? 무슨 일 있어?"

가슴이 다시 뛰기 시작했다.

"저기, 다른 게 아니고."

목소리가 미묘했다.

"방금 관리실 다녀갔어."

"응?"

"누가 신고했나 봐. 너 학원에서 먹고 자고 한다고."

"신고?"

"누군지는 몰라도 전부터 벼르고 있었나 보더라. 아까 그 일도 있고 하니 냉큼 찌른 거지. 1년이 다 되어가는데 이제 와서 참 정성스럽기도 하지."

양 원장이 기가 막힌다는 듯 혀를 찼다.

"아무튼 당장 나가라고 일장 연설을 하고 갔어. 건물주한테 걸리면 자기가 곤란해진다고. 밤새 안에서 불이라도 날까 걱정인가 봐."

"틀린 말은 아니지. 이만하면 오래 버텼다."

"야, 그러지 말고 이참에 방 하나 얻어. 내가 돈 빌려준다고 했잖아. 너 대충 구겨져서 자는 거 볼 때마다 나도 영 맘이 안 좋다고. 남편한테 좀 알아보라고 할까? 남편 회사 근처에 경찰서도 있고, 소방서도 있어서 안전……."

"아니 괜찮아. 안 그래도 슬슬 나가려던 참이었어. 내가 봐 둔 곳도 있고."

"봐둔 데가 있어? 어디? 교통이랑 다 괜찮아? 보증금은? 아니, 나랑 같이 가보자. 나 목요일쯤이면 시간 빌 거 같은데."

"아니야. 내가 알아서 할게. 진짜로."

수화기 저편에서 여전히 들려오는 목소리를 무시하고 전화를 끊어버렸다. 얼굴에 열이 확 오르며 숨이 가빠지기 시작했다. 언제까지나 이렇게 숨어 지낼 수는 없다는 걸 알면서도 꾸역꾸역 버텼지만, 이제 정말 때가 된 모양이다.

지수는 주머니를 뒤져 손이 베일 만큼 빳빳한 명함을 꺼냈다. 여자가 뒷면에 손으로 적어준 번호를 찾아 꾹꾹 눌렀다. 조금이라도 망설이면 마음이 변할까 겁나서 곧바로 통화 버튼을 누르고 상대가 나오자마자 숨도 쉬지 않고 말했다.

"윤미주 씨? 조금 전에 명함 받았던 서지수예요. 저기, 그 면접…… 언제쯤 볼 수 있을까요?"

3

버스를 두 번 갈아타고도 15분쯤 걸어가는 동안 속았다는 생각이 들었다. 자유롭고, 안전하고, 아늑하긴 무슨.

변두리에 뚝 떨어져 있는 낡고 오래된 다세대 주택이 떠올랐다. 가파른 언덕, 낙서투성이 담벼락, 칠이 벗겨진 복도와 한없이 얄팍한 벽, 현관 앞에 하릴없이 앉아 있다가 괜히 지나가는 사람들을 노려보는 무서운 노인들. 그런 무례한 시선을 '면접'이라는 말로 그럴듯하게 포장한 건 아닐까?

그냥 이쯤에서 돌아가 버릴까 생각하며 모퉁이를 도는 순간, 눈앞에 커다란 게이트가 나타났다. 지수는 그제야 지금까지 쭉 걸어온 보도가 높다란 벽돌 담장을 따라 이어져 있었다는 것을 깨달았다. 대문 옆에 붙은 금속판에는 명함 뒷면에 적혀 있던 바로 그 번지수가 새겨져 있을 뿐, 타운 이름 같은 건 어디에도 보이지 않았다. 바깥쪽 입구에는 보안초소나 경비실처럼 보이는 조그만 벽돌집이 하나 서 있었지만, 선팅된 창문으로 바깥 풍경이 거울처럼 비칠 뿐 안을 들여다볼 수는 없었다.

대문으로 다가가서 창살 틈으로 들여다보니 양쪽으로 늘어선 측백나무 사이로 난 진입로가 보였다. 저만치 앞쪽에는 화단과 장식용 돌벽 같은 것이 서 있었고, 이따금 지저귀는 새소리가 들려왔다. 조용하고 평화로운 풍경이었다. 혹시 그 너머로 아파트 같은 게 보이는지 열심히 기웃거리는데, 어디선가 치직거리는 잡음이 들려왔다. 깜짝 놀라 뒤로 물러나며 두리번거리다 보니 그제야 초소 근처에 있는 패널이 눈에 띄었다. 화면은 새까맣게 꺼져 있었지만, 스피커가 내장되어 있는지 한동안 잡음이 울리다가 갑자기 퉁명스러운 목소리가 들려왔다.

"거기, 뭡니까?"

뭡니까?

"저기, 뭐 좀 여쭤볼게요. 그러니까 여기가……."

명함을 꺼내 뒷면에 적힌 주소를 확인했다.

"주영시 서구 화유동 282-1번지……."

하지만 저편에서는 아무 말도 없었다. 상대는 그저 묵묵히 기다리고만 있었다.

지금 뭐 하자는 거야? 지수의 뱃속에서 뭔가 살짝 꿈틀거렸다. 한때는 기세등등했던 목소리, 결국 잘 다니던 직장에서 잘리게 만들었던 그 옛날 성질머리가 살짝 고개를 쳐들었다. 하지만 지수는 따지고 드는 대신, 손에 쥐고 있던 구겨진 명함을 만지작거렸다. 그 사고는 많은 것을 바꿔놓았다. 이젠 목청을 높이기도 전에 손부터 떨리기 시작한다.

"여기가 맞죠? 282-1번지, 세이프 타운."

"무슨 일이십니까?"

퉁명스러운 목소리가 긍정도 부정도 없이 되물었다.

"집을 보기로 해서요, 오늘."

명함을 다시 뒤적거려 그 여자가 적어준 이름을 찾아냈다.

"윤미주 씨 소개로 약속을 잡았는데 제가 조금 늦어서요."

"누구요?"

"윤미주 씨요. 여기 사시는 걸로 아는데."

뚝. 마이크의 연결 버튼을 꺼버렸는지 갑자기 기분 나쁜 침묵이 찾아왔다. 뒤쪽 도로로 몇 대의 차들이 쌩하니 지나간 뒤 한참 만에 다시 목소리가 들렸다.

"성함이 어떻게 되시죠?"

"서지수예요."

참, 방문객 리스트 같은 걸 생각 못 했네. 이름을 올려뒀을지도 모르는데.

하지만 그럴 수밖에 없었다. 술을 끊은 지 넉 달이 지났지만, 지수의 머릿속은 여전히 연결 상태가 좋지 못한 전구처럼 가끔 깜빡깜빡 불이 들어왔다가 나가곤 했다.

"신분증 있으십니까?"

“시, 신분증이요?”

허둥지둥 가방을 뒤지는데 건조한 목소리가 다시 들려왔다.

“좋아요, 서지수 씨. 거기 보이는 모니터에 빨간 불이 들어오면 신분증을 들고 화면을 똑바로 봐주세요. 그리고 오른쪽 검지를 아래 패드에 찍어주시면 됩니다.”

“네?”

무슨 말인지 미처 생각할 겨를도 없이 곧바로 화면 위에 조그만 빨간 불이 들어왔다. 어둡던 화면이 확 밝아지더니 지수의 얼굴이 나타났다. 너무 가깝고 너무 사실적이라 할 말을 잃고 허둥대는 사이 아래쪽 패드에서도 빨간 불이 깜빡거렸다. 거기에 오른쪽 검지를 갖다 대자 불빛이 어른거리더니 잠시 후 사라졌다. 이윽고 철컹하는 위압적인 소리와 함께 커다란 게이트 한쪽의 조그만 쪽문이 열렸다.

“들어가십시오.”

퉁명스러운 목소리가 말했다.

까아아아아악.

멀리서 까마귀가 놀리듯 울어댔다.

4

이렇게 대놓고 신분증과 지문을 요구해도 되는 거야?

안으로 들어오고 나서야 뒤늦게 그런 생각이 들었지만, 진입로를 따라 걸어가는 동안 찝찝하고 불쾌한 느낌은 사라져 버렸다. 이따금 바깥 도로로 지나가는 자동차 소리와 새소리를 빼면 조용한 곳이었다. 은은하게 풍겨오는 상큼한 풀 냄새도 마음을 가라앉혀 주었다.

이끼와 덩굴 식물로 장식된 돌벽을 지나자, 눈앞이 탁 트이면서 조그만 공원처럼 생긴 부지가 한눈에 들어왔다. 널찍한 도로를 사이에 두고 왼쪽에 세 채, 오른쪽에 두 채의 조그만 집이 간격을 두고 늘어서 있었다. 모두 개별 차고가 포함된 깔끔하고 아담한 복층 콘크리트 건물로, 흰색 외벽에 뚜렷이 대비되는 까만 창문이 나 있었다. 집 앞에는 저마다 조그만 화단까지 딸려 있어서, 거인이 줄을 맞춰 툭 떨어뜨려 둔 장난감처럼 보였다. 뒤쪽으로 텅 빈 집터가 이어지는 걸 보면 아마 추가로 몇 채 더 지을 예정인지도 모르지만, 지금은 이 다섯 채가 전부인 듯했다. 바깥에서 그 요란을 떤 것치고는 너무 아담한 곳이라 좀 어이가 없었다.

그래도 규모야 어쨌든 이곳은 '세이프 타운'이라는 이름답게 정말 번화가를 벗어난 변두리의 '타운하우스' 같다. 도시와 전원생활을 모두 누리고 싶은 현대인들, 아이와 반려동물, 차와 돈을 모두 가진 젊은 부부, 아무 문제 없이 착실하게 자기 삶을 살아가는 사람들을 위한 집. 하지만 지수 자신을 위한 곳은 아닌 것 같다. 도대체 그 여자는 무슨 생각으로 이런 집을 권한 거지?

"여기예요!"

옆을 돌아보니 그제야 화단과 돌벽이 서 있는 광장 왼쪽 저편으로 조그만 건물이 보였다. 윤미주가 그 앞에 서서 손을 흔들고 있었다. 요란한 파란색 캐시미어 니트 차림의 거대한 덩치가 짙은색 사암 건물을 배경으로 확 두드러졌다.

"미안! 당황했죠? 미리 말해놨는데, 우리 보안팀이 시간에 워낙 민감해서."

"늦어서 죄송해요. 조금 헤매느라……. 버스 정류장에서 이렇게 한참 걸어야 하는 줄은 몰랐어요."

"에이, 익숙해지면 별거 아니야. 나도 차 없는데 다닐 만해요. 운동도 되고 좋지. 대로변이라 별로 으슥하지도 않고."

윤미주가 야단스럽게 손을 흔들었다.

"저녁 10시 넘어서 필요할 때 연락하면 우리 보안팀이 가끔 버스 정류장까지 차로 마중도 나오거든요. 하지만 11시가 넘으면 좀 곤란하지. 문제가 커지니까."

응? 그게 무슨…….

하지만 이유를 물어볼 새도 없이 등을 떠밀려서 안으로 들어갔다.

"짜잔! 여기가 우리 커뮤니티 센터. 내가 원래는 여기서 요가를 했어요. 지금은 지하 헬스룸이 공사 중이라 잠깐 학원에 다닌 건데, 그 덕분에 우리가 이렇게 만났으니 잘된 거지."

문이 열리는 순간, 지수는 하려던 말을 잊고 말았다. 환하게 내리쬐는 햇빛, 진한 커피 향, 은은한 음악까지. 한가한 평일 오후, 근사한 카페에 들어온 느낌이다. 건물 안은 탁 트여서 밖에서 보는 것보다 훨씬 더 넓어 보였다. 오른쪽 벽면을 꽉 채운 책장에는 책이 가득 꽂혀 있었다. 책장 앞에 바처럼 놓인 기다란 아일랜드 탁자의 콘크리트 상판 위에는 커피머신과 종이컵, 간단한 간식과 냅킨, 해골 모양의 석재 문진 같은 세련된 장식이 놓여 있었다. 얼기설기 철골이 드러난 높다란 천장에서 길게 드리워진 조명은 짙은 녹색이었고, 한가운데 놓인 두 개의 길쭉한 가죽 소파는 짙은 밤색이었다.

그중 하나에 몸집이 작고 날씬한 여자가 앉아 있었다. 턱선에 맞춰 반듯하게 자른 새까만 단발머리, 가는 은테 안경, 깃이 조금 열린 하얀 셔츠에 까만 바지, 멋스러운 로퍼까지, 빈

틈이라고는 전혀 찾아볼 수가 없다. 끝이 살짝 올라간 눈매, 뾰족한 턱, 유난히 얇은 입술은 야무지게 꽉 닫혀 있었다. 문득 좀 더 차려입고 올 걸 그랬다는 생각이 들었다. 보풀이 인 노란색 카디건 대신 재킷이라도 걸치든가, 푸석한 머리라도 깔끔하게 묶고 올걸.

무릎 위에 올려둔 서류를 보고 있던 여자가 고개를 들었다. 눈이 마주친 순간, 갑자기 명치 끝이 콕콕 찌르는 듯 아파왔다. 그제야 주머니 속에 넣어둔 약 생각이 났다. 들어오기 전에 얼른 삼키고 마음을 가라앉히려고 했는데, 밖에서 쓸데없는 실랑이를 벌이는 바람에 잊어버린 것이다. 큰일 났네. 벌써 머릿속이 텅 비어버린 것 같다. 이제 곧 손이 떨리고 목이 타겠지. 그러면 보나 마나…….

그때 여자의 입꼬리가 슬며시 올라갔다. 지금 무슨 생각을 하는지 다 알고 있다는 듯 여유 있는 미소였다. 여자가 웃으며 손짓하자, 지수의 입에서 막힌 숨이 흘러나왔다. 콕콕 찌르던 뱃속이 천천히 풀어지며 숨쉬기가 한결 편해졌다.

"서지수 씨?"

카랑카랑한 목소리만큼이나 똑 부러지는 말투였다.

"하주연이에요, 세이프 타운의 입주자 대표."

지수는 얼결에 허리를 굽혔다가 얼른 정신을 차리고 여자가 내민 손을 잡았다. 손이 땀으로 축축해서 조금 민망했다.

“미주 씨, 우리 차 좀.”

“네, 네!”

윤미주가 어쩐지 비굴한 태도로 호들갑을 떨며 바 쪽으로 달려가는 사이, 지수는 여자가 가리키는 대로 맞은편 소파에 앉았다. 조심스럽게 엉덩이를 걸치는 순간, 가죽 소파가 삑삑거리며 요란한 소리를 냈다.

“찾기 어렵진 않으셨어요? 대로변에 있지만 헷갈리기 쉬운 곳이라.”

“네, 조금……..”

“그래도 살아보면 이런 데가 좋아요. 딱 아는 사람들만 아는 타운. 우리끼리 조용하고 안전하게 살 수 있는 곳. 여자 혼자 살기에는 이만한 데가 없죠.”

모델하우스의 홍보문구처럼 느껴지는 대사였다.

“네, 그렇겠네요.”

지수는 대충 장단을 맞춰주며 미소 지었다.

“그런데…….”

“네?”

여자가 안경 너머로 지수를 쳐다보았다. 눈을 한 번도 깜빡이지 않는 것이 아주 인상적이었다.

“집은 다섯 채뿐인가요? 아니면 다른 곳에…….”

“아, 이것뿐이에요.”

여자가 딱 잘라 말하더니 곧바로 덧붙였다.

"지금은."

그리고 설명을 시작했다.

"운영 모델을 시험하는 중이라서요. 일종의 시범 타운이라고 생각하시면 돼요. 뒤쪽 부지에 추가로 더 지을 예정이지만, 아마 가구 수를 많이 늘리진 않을 거예요. 잘된 일이죠. 소수의 선택받은 사람들만 있는 게 좋잖아요. 인원이 많아지면 괜히 분란만 일어나지."

"그렇기도 하겠네요."

고개를 끄덕이는데 윤미주가 찻잔과 찻주전자, 쿠키가 담긴 작은 접시를 가져왔다. 카페 안에 진한 커피 향이 가득한데 굳이 차를 대접하는 게 특이하게 느껴졌다.

"제가 카페인에 좀 약해서 오후엔 커피를 안 마시거든요."

이쪽의 생각을 눈치챈 듯 하주연이 말했다.

"그래서 즐겨 마시는 차로 준비해 봤는데, 입에 맞으시면 좋겠네요."

"괜찮아요. 저도 차 좋아해요."

찻잔에서는 기묘하게 달큼한 풀 냄새가 났다. 낯선 향기였지만 여기까지 줄곧 서늘한 바람을 맞으며 걸어온 데다 잔뜩 긴장한 탓에 목이 말랐다. 먹기 좋을 만큼 적당히 따뜻한 차를 벌컥벌컥 들이켜자 금세 바닥이 보였다. 여자가 미소 지으며 조금 더 따라주었다. 몸이 노곤하게 풀어지니 그제야 지수도 마주 웃어줄 여유가 생겼다.

"긴장하실 거 없어요. 말이 면접이지, 집 구경도 하실 겸, 편하게 애기나 하자고 모신 거니까."

하주연이 부드럽게 말했다.

"그래도 시작하기 전에 먼저 사인부터 하실까요?"

"네?"

지수는 찻잔을 내려놓고 얼결에 여자가 내미는 서류와 볼펜을 받아 들었다.

비밀 유지 서약서. 거창한 제목과 달리 별다른 내용은 없었다. 그저 내부 사진을 찍으면 안 된다는 것, 그리고 오늘 면접을 통해 알게 되는 타운의 규약과 면접 내용을 외부에 공개하지 않는다는 조건이 적혀 있었다. "이를 위반할 경우, 발생할 수 있는 모든 손해에 대해서 불이익을 감수하겠다."라는 마지막 문장은 줄을 그어 지워놓았다.

"이건……."

"알아요. 좀 과한 거 같죠? 마지막 문장은 신경 쓰실 것 없어요. 그냥 형식적인 거니까."

하주연이 웃으며 손을 흔들었다.

"사진이나 이런저런 말이 떠도는 게 싫어서 마련한 안전장치일 뿐, 딱히 법적 효력도 없어요. 그냥 부담을 좀 느껴달라는 거죠."

"세상에는 별사람이 다 있잖아요. 아휴!"

옆에서 윤미주가 야단스럽게 고개를 끄덕이며 거들었다. 자동차 대시보드 위에서 줏대 없이 고개를 까딱거리는 강아지 인형처럼 보였다. 지수는 볼펜을 들고 잠깐 망설이다가 서명했다. 어디든 함부로 사인하는 건 당연히 위험한 일이지만, 고작 서너 줄짜리 문장으로 이루어진 이 서약서는 별로 해될 게 없어 보였다.

그냥 조용히 입 다물고 있으면 되는 거잖아. 어차피 지금도 그렇게 살고 있는데.

"아 참! 내가 그냥 혼자 넘겨짚었는데, 혹시 결혼……한 건 아니죠?"

지수가 서명하는 것을 옆에서 지켜보던 윤미주가 갑자기 생각났다는 듯 큰 소리로 물었다.

"지금 솔로라는 건 들었지만, 그래도 혹시 모르니까."

"네? 아아, 안 했어요."

"내가 이럴 줄 알았다. 그걸 이제야 확인하는 거야?"

하주연이 덩달아 목청을 높였다. 딱딱하던 태도가 조금 풀어지며 목소리에 묘하게 웃음기가 묻어났다.

"쟤가 저래요. 하여간 덜렁거린다니까?"

"원래 덜렁덜렁하게 생겨먹은 걸 어쩌라고!"

윤미주가 수상하게 볼을 붉히며 킥킥거렸다.

"지금 그 집 노리는 면접자가 몇 명인데. 혹시라도 지수 씨한테 딸린 식구가 있었으면 어쩔 뻔했어. 여기까지 와서 그것 때문에 탈락하면 너무 허무하지. 안 그래요?"

"네? 식구가 있으면 안 되는 거예요?"

"여긴 1인 가구만 입주할 수 있어요. 그 얘기도 못 들으셨나 보네."

"모든 집이 전부? 미혼들만요?"

"아, 결혼 유무는 상관없어요. 아이가 있어도 상관없고. 별거 중이든, 애인이 있든, 남편이 있든, 아내가 있든, 전부 상관없어요. 하지만 입주할 때는 무조건 혼자 들어와야 하죠. 동거인은 안 돼요."

하주연이 생긋 웃으며 덧붙였다.

"그리고 여자여야 하고."

여성 전용 고시원이나 오피스텔은 들어봤어도, 여성 전용 타운하우스라니. 그것도 반드시 혼자 살아야 하는. 이거 무슨 사이비 종교나 인신매매 같은 건가? 그런 생각이 잠깐 스쳐 갔지만, 이상하게도 겁이 나지는 않았다. 찻잔에서 풍기는 달콤하고 이국적인 풀 냄새 때문인지, 묘하게 차분하고 나른해지는 느낌이라 어떤 돌발 사태에도 잘 대처할 수 있을 것만 같다.

“기혼이든 미혼이든, 혼자 사는 여자만 입주할 수 있다고
요?”

“맞아요. 결혼 유무 상관없이 나이는 60세까지. 하지만 여
성 1인 가구여야만 해요.”

“그건 좀 신기하네요. 특별한 이유라도 있나요?”

“그냥 조용히 평화롭게 살고 싶어서요.”

하주연이 미소 지었다.

“특별히 누굴 혐오하거나 배척하는 건 아니에요. 차별하는
것도 아니고. 그냥 심플하게, 안전한 사람들을 고른 거죠. 물
론 혼자 사는 여자들도 싸우기야 하겠지만, 극한으로 치닫는
경우는 별로 없을 것 같잖아요?”

“그럼 혹시 결혼이라도 하면…… 나가야 하는 거예요?”

지수의 질문에 두 여자가 슬쩍 서로 눈빛을 교환했다.

“배우자와 같이 살고 싶다면 그래야겠죠. 외부인은 집에 들
일 수 없으니까.”

“잠깐, 그러면…… 남자들은 아예 여기 들어오지도 못하는
거예요?”

지수의 말에 갑자기 윤미주가 웃음을 터뜨렸다.

“아이고, 그런 거 아니에요. 여기가 무슨 수녀원도 아니고.
당장 우리 보안팀장도 남자인데. 아까 목소리 들었죠? 하긴
내 목소리가 더 걸걸하겠다만.”

어깨까지 들썩이며 웃던 윤미주가 눈꼬리에 맺힌 눈물을 닦아내며 말했다.

"연애를 하든, 약혼을 하든, 양다리를 걸치든, 별거를 하든, 서로 지지고 볶든, 사생활은 전혀 상관 안 해요. 그냥 남자든 여자든, 외부인은 집 안에 들어갈 수 없다는 거지. 방문이야 당연히 언제든 가능해요. 오늘처럼 미리 접수해 놓고, 여기 커뮤니티 센터에서 만나면 돼요."

"친구나 가족까지? 그건 좀 심한 것 같은데요. 집에 놀러 올 수도 있잖아요."

하주연의 표정이 살짝 바뀌었다.

"그렇게 단순한 문제가 아니라서요. 지인이나 가족, 친한 사람들이 저지르는 범죄가 얼마나 많은지 알고 있어요?"

카랑카랑한 목소리가 살짝 높아졌다.

"나한테야 친구겠지만, 남에게는 낯선 사람이잖아요. 반대로 지수 씨라면, 옆집 여자의 지인이나 애인이나 가족이라고 덜컥 믿을 수 있겠어요? 배달원이 강도로, 친척이 성폭행범으로, 친구가 사기꾼으로 돌변하는 세상인데."

약에 취해 강도행각, 무서운 10대들

……중고 가구 구매자를 가장하여 오피스텔에 침입한 뒤, A씨를 협박하기 위해 옷을 벗기고 사진까지 촬영했다. 이들이 한눈을

판 사이 방으로 도망친 A씨는 3층 높이 베란다에서 뛰어내려 발목에 전치 5주의 골절상을 입었다.

맞는 말이다. 일주일에 세 번씩, 보호관찰소에서 그런 사람들을 만나 심리 상담하는 일을 업으로 삼고 있던 주제에 뭔가 이상하다는 걸 왜 눈치채지 못했을까? 혼자 살면서 왜 겁도 없이 아무에게나 문을 열어줬을까? 그야 대낮이었으니까. 상대가 앳된 여자애였으니까. 사람들은 훤하고 밝은 대낮에 내 집에서는 나쁜 일이 일어나지 않을 거라고 믿는다. 하지만 불행은 때와 장소를 가리지 않는다. 가장 안전하다고 믿는 곳에서조차 한순간에 지옥으로 떨어질 수 있다.

"사람 속을 완벽하게 다 알 수는 없잖아요. 항상 거기서 문제가 생긴다니까요. 무슨 일이 벌어질지 모르는 세상인데, 깐깐하게 따져서 나쁠 거 없죠."

하주연이 갑자기 몸을 앞으로 기울이더니 장난스럽게 웃으며 속삭였다.

"나는 내 가족도 안 믿거든요."

5

그 말과 표정이 지수를 흔들어 깨웠다. 눈앞에서 손가락을 튕긴 것처럼 여자의 말을 듣는 순간, 익숙한 감각이 되살아난 것이다. 사소한 행동, 표정, 말투만으로도 마주 앉은 사람의 머릿속에서 무슨 일이 벌어지는지 어렴풋이 알 수 있던 때로 돌아간 것 같았다. 그러자 신기하게도 마음이 편안해졌다.

잘은 모르지만, 눈앞에 있는 이 똑 부러지는 여자도 비슷한 경험이 있는 게 분명했다. 주변을 경계하고, 매사를 의심하게 만드는 사건. 내담자로 마주했더라면 이것저것 물어보며 더 많은 이야기를 끌어내려고 했을 것이다. 이 여자의 마음 깊은 곳까지 함께 내려가 바닥에 감추고 있는 고통을 꺼내서 묵은 먼지를 털어주려고 했을 것이다. 하지만 지금은 그저 이 사람도 그런 아픔을 이해할 거라는 느낌만으로 충분했다.

마음을 열기 시작하자 분위기도 부드럽게 풀어졌다.

"심리 상담사? 어쩐지…… 말을 참 차분하게 하시더라."

하주연이 미소 지으며 말했다.

"아니에요. 일을 쉰 지 한참 됐는데요, 뭐."

“전에는 그럼 병원에서 일했어요?”

“아니요, 보호관찰소에서 일했어요. 그 전에는 아는 사람 소개로 개인 클리닉에 잠깐 있었고요.”

“보호관찰소?”

“네, 보호관찰 처분을 받은 범죄자들을 대상으로 교정 심리 상담을 하는 일인데……”

“오오.”

미주가 감탄했다.

“그런데 얼마 안 돼서 그…… 일이 터져버려서요.”

“저런! 그럼 그 뒤로 아예 쭉 쉬고 있는 거예요?”

“그런 일을 겪었는데, 직장이 문제겠어? 나라면 사람 그림자만 봐도 지긋지긋하겠다.”

미주의 물음에 하주연이 면박을 주었다.

“하긴 그렇지. 먹고사는 게 문제가 아니겠네.”

“너랑은 다르지.”

“응, 난 먹는 게 좀 중요해서.”

“아휴, 쟤가 저렇다니까. 손님 앞에서 망신스럽게. 내가 못 산다.”

하주연이 이마를 짚으며 고개를 절레절레 흔들자, 윤미주 가 어깨를 움츠리며 킥킥댔다. 두 사람은 보기보다 꽤 가까운 모양이었다. 웃으며 보고 있자니 오래전부터 알고 지낸 친구들처럼 느껴졌다. 하주연은 똑 부러진 첫인상과 달리 재미있고 소탈한 느낌이었다. 시원시원하고 편안한 말투도 그렇지만, 자세한 이야기는 생략하고 대충 둘러댄 강도 사건에 대해 더 캐묻지 않고 넘어가는 센스도 마음에 들었다. 그래서 사적인 질문도 불편하게 느껴지지 않았다. 그저 조금 졸린 듯 나른하고 편안한 기분으로 그 자리를 즐길 수 있었다.

"부모님께서 각각 재혼하셨다고요? 그래서 왕래가 뜸하시구나."

"네, 뭐 다들 멀리 사셔서."

"나이 들면 다 그렇지. 나도 우리 집 노인네하고는 담쌓고 살아요."

손사래 치며 거들어주는 윤미주 덕분에 한바탕 웃을 수도 있었다.

"그럼 그 부분은 해결됐고."

하주연이 고개를 끄덕이며 무릎에 있던 서류를 옆자리에 올려놓았다.

벌써 끝난 건가? 지수는 남아 있던 차를 후련하게 전부 마셔버리고 빈 잔을 내려놓다가 문득 탁자 위에 놓인 찻잔이 딱 하나뿐이라는 것을 알아차렸다. 다른 두 사람 앞에는 아무것도 놓여 있지 않았다. 문득 이렇게 나른하고 몽글몽글한 기분이 드는 게 이 차 때문인지 궁금해졌다.

"오늘 분위기 너무 좋았는데. 그래도 일은 일이니까 물어봐
야지."

하주연의 목소리가 조금 진지해졌다.

"혹시 우리가 걱정할 만한 문젯거리가 있을까요?"

"문젯……거리요?"

"이웃으로 함께 살 때 문제가 될 만한 요소 말이에요. 약물이
나 술 같은 나쁜 습관이라든가, 누군가의 원한을 산 적이 있다
든가, 아니면 갑자기 미쳐서 쫓아올 만한 전 남자 친구 같은."

"아……."

그걸 전부 다 갖고 있다고 말하면 어떻게 될까? 그럼 더 볼
것도 없이 그걸로 끝이겠지. 와줘서 고맙지만 우리가 찾는 이
웃은 아니라고 말하며 싸늘하고 예의 바르게 배웅해 줄 것이
다. 이 타운에 들어갈지 어떨지 아직 마음을 정하진 않았지
만, 적어도 칼자루는 내가 쥐고 싶다. 지수는 떨리는 입술을
감추려고 입을 굳게 다물고 고개를 저었다.

"아니요, 그런 건 없어요."

이건 신원 조회를 하는 입사 면접이 아니잖아. 그냥 형식적
인 질문일 뿐, 이 사람들은 아무것도 알아낼 수 없어.

"그럼 이걸로 끝."

하주연이 펜을 내려놓고 활짝 웃으며 말했다.

"수고 많으셨어요. 결과는 미주 씨 통해서 곧 알려드릴게

50

요. 아직 몇 사람 더 봐야 하거든요. 지금 그 집 노리는 분들이 은근히 많아서."

"그래 봤자 우리가 제일 유리할 거야."

미주가 커다란 손으로 지수의 등을 팡팡 때리며 말했다.

"전화위복이라는 말 있잖아요. 그런 몹쓸 일 때문에 고생했지만, 이제 좋은 집이 생길 테니까. 걱정하지 말아요."

아직 이사하기로 결정한 것도 아니지만, 이제 막 만난 사이에 말만이라도 고마웠다. 웃으며 그들을 따라서 일어서는 순간, 갑자기 묘하게 눈앞이 흐릿해지며 머리가 핑 돌았다. 비틀거리는 순간, 옆에 있던 하주연이 재빨리 손을 뻗어 지수의 팔을 꽉 잡아주었다. 고개를 돌려 고맙다고 하려는데, 그녀가 가까이 다가오더니 나지막한 목소리로 말했다.

"그 일…… 본인 잘못 아닌 거 알죠? 죽어 마땅한 건 그놈들이지. 괜히 곱씹으며 힘들어하지 말아요. 어차피 시간을 되돌리지도 못할 텐데, 그냥 지금 할 수 있는 일에만 집중하면 돼요."

6

　그렇게 지금 할 수 있는 일에만 집중하려고 노력하며 열흘을 보냈지만, 타운 쪽에서는 아무 소식도 없었다. 길어야 며칠이면 될 줄 알았는데.

　다행히 깔개는 아직 거기에 있었다. 지수가 지나다니며 흘끔거리던 소품 가게 진열장 속에 얌전히 앉아 있었다. 짙은 캐러멜색 바탕에 멋들어진 까만 글씨로 "Welcome"이라고 새겨진 글자가 눈에 띄었다. 하얀 벽과 대비되는 까만 콘크리트 계단 위, 현관 앞에 깔아두면 딱 좋을 것 같다. 그날 이후 내내 지수의 꿈속에 나타나는 바로 그 집 말이다.

　지수는 진열장 앞에 서서 한참 들여다보다가 핸드폰을 꺼내서 몰래 사진을 찍었다. 꺼낸 김에 슬쩍 폰을 훑어봤지만 5분 전과 똑같았다. 전화도 문자도 없었다. 어떻게 된 거지? 그날 분위기는 괜찮았던 것 같은데. 면접은 그냥 형식일 뿐, 정말 누군가를 평가한다기보다 자기들과 무난하게 잘 어울릴 이웃을 찾는 것처럼 보였으니까. 그만하면 원하는 답을 준 것 아닌가? 딸린 식구도, 수상한 애인도 없고, 안전 문제라면 그 누구보다 확실하게 공감할 것 같은 여자. 물론 이런저런 일을 겪고 멘털이 좀 너덜너덜해지긴 했지만, 요즘 세상에 안 그런 사람도 있나?

'나는 내 가족도 안 믿거든요.'

그때 하주연의 눈빛을 떠올리면 의심의 여지가 없었다. 그 여자도 평범한 일상을 망쳐버리는 불행한 사고를 경험한 적이 있는 게 분명했다. 그러니 그 집은 당연히 자기 것이라고 생각했다. 그래야만 했다. 처음에 그 괴상한 조건을 들었을 때는 말도 안 된다고 생각했지만, 면접이 끝나고 윤미주와 둘이서만 타운을 둘러보는 동안 마음이 바뀌었다.

"자, 여기예요. D호."

왼편 제일 끝 집 앞 울타리에 주소가 적힌 작은 금속판이 붙어 있었다. 조그만 뜰의 잔디는 누렇게 말라 있었지만 전혀 거슬리지 않았다. 오히려 주인을 간절히 기다리는 것처럼 보여서 마음에 들었다.

"집은 비어 있는데, 안은 못 보여줘서 미안해요. 아직 입주가 결정된 게 아니니까."

윤미주가 곤란해했지만 별로 신경 쓰이지 않았다. 내부야 어떻든 상관없었다. 그저 이렇게 작고 예쁜 건물이 단 한 사람만을 위한 집이라는 게 믿기지 않았다. 지수는 허리까지 올라오는 조그만 철제 울타리를 밀고 들어가서 까만 콘크리트 계단을 올라가는 자기 모습을 그려보았다.

"말했지만 보증금은 걱정할 필요 없어요."

"아니, 그래도……."

"필요하면 타운에서 저금리로 빌려주기도 해요. 월세에 이자분을 조금 더 얹어서 내는 거지. 물론 계약 기간 전에 나가면 이자며 수수료 문제로 계산이 좀 복잡해지겠지만, 그런 일이야 없을 테니까."

"와, 그건 정말 좋네요. 하지만…… 관리비는 꽤 나오죠?"

그렇게 깐깐한 보안팀하며, 근사한 커뮤니티 센터가 공짜는 아닐 것 같은데.

"그것도 걱정할 필요 없어요. 보안팀이며 관리팀이며 전부 타운 자체 운영이라서. 집에 에코하우스 시스템이 잘 갖춰져 있어서 에너지 효율성도 높은 편이고. 아마 고지서 받아보면 깜짝 놀랄걸?"

지금도 충분히 놀라운데.

"주영시에 이런 데가 있는 줄은 몰랐어요."

"원래는 무슨 기업 연수원 같은 걸로 운영되던 부지였어요. 거기에 독신자 전용 타운하우스를 만들 심산으로 우선 다섯 채를 가지고 운영 모델을 시험해 본 거지. 잘되면 아마 확장하겠지만, 그 전까진 우리끼리 오붓하게 좀 즐겨야죠. 사람 너무 많아지면 시끄럽잖아."

윤미주가 커다란 몸을 흔들며 요란하게 웃어댔다.

"면적은 전부 84제곱미터. 크기와 구조는 모두 같아요. 복층이라 넓지는 않지만, 아기자기한 맛도 있고 혼자 살기엔 딱이야. 반려동물만 허용되면 완벽할 텐데. 그래도 다들 혼자 사는 처지에 무슨 일이라도 생기면 큰일이니까 금지하는 게 이해는 가죠."

두 사람은 진입로를 따라 천천히 걸어가며 양쪽으로 늘어선 집을 구경했다.

"기본 구조는 바꿀 수 없지만, 인테리어는 마음대로 할 수 있어요. 물론 공짜로."

"공짜? 입주 인테리어가 공짜라고요?"

"뭐, 대단한 건 아니고. 정해진 금액 안에서 타일이나 벽지, 수전 같은 걸 골라서 바꿀 수 있어요. 이것도 타운에 맡긴다는 조건이지만. 그래도 내 마음대로 꾸밀 수 있다는 게 어디야."

그때부터 가슴이 뛰었던 것 같다. 그날, 그 끔찍한 현장에 있던 물건들은 모두 미련 없이 내다 버렸다. 가구, 가재도구, 옷, 침구, 소중하게 키우던 화분들까지 전부. 그 뒤로 지금까지 단 한 번도 뭔가를 갖고 싶었던 적은 없었다. 하지만 이번엔 달랐다.

"가전은 모두 빌트인, 가구도 기본적인 건 갖춰져 있으니까 몸만 들어와도 돼요. 예전 주인이 쓰던 게 싫다면 바꿔도 좋고. 타운에서 가구점을 연결해 줄 거예요. 입주민은 특별 할인을 받을 수 있으니까 쏠쏠하지."

그날부터 아무도 들어올 수 없는 아늑한 집은 계속 지수의 머릿속을 맴돌며 애를 태웠다. 잡지에 나오는 것처럼 심플한 하얀색으로 꾸밀까? 아니면 영국 시골 농가풍? 벽은 엷은 피스타치오 컬러로 칠하고 부드러운 크림색 천 소파를 들여놓으면 멋질 것이다. 자잘한 꽃무늬 커튼과 색색의 쿠션, 오크 상판을 얹은 아일랜드 탁자 앞에 앉아서 창문 너머로 흔들리는 떡갈나무 잎을 바라보며 책을 읽는 것이다. 정원에는 다년생 식물을 심고, 현관 앞에는 빈티지 소품 가게에서 봤던 그 두꺼운 깔개를 깔면 딱 좋겠는데.

하지만 타운에서는 아무 소식이 없었다. 그날 이후 요가학원에서 윤미주와 마주친 적도 없었다. 신고 때문에 더 버틸 수 없어서 근처 비즈니스호텔로 옮긴 탓인가 싶었는데, 양 원장 말로는 아예 수업에 들어오지도 않는 모양이었다.

"그 덩치가 눈에 안 띌 수가 없는데. 그렇게 열심히 나오더니 갑자기 코빼기도 안 보이네. 수업권도 아직 좀 남았는데."

공사가 끝나서 학원에 올 필요가 없어진 건지도 모른다. 센터 지하에 실내 수영장을 만든다고 했으니 요가보다 수영에 취미를 붙였을 수도 있다. 하지만 혹시 입주자가 결정된 거라면? 대놓고 안 된다고 말하긴 곤란해서 피하기로 한 거라면?

엇?

유리창에 비치는 풍경 한쪽에서 뭔가가 움직인 것 같았다. 지수가 뒤돌아보는 순간, 때맞춰 샛노란 어린이집 셔틀버스가 눈앞을 지나갔다. 그리고 골목길이 다시 잠잠해졌다. 수상한 그림자 같은 건 없었다. 하지만 느낌이 좋지 않았다.

지수는 돌아서서 빨리 걷기 시작했다. 목구멍이 칼칼하고 입이 바짝바짝 말랐다.

결국 타운에서 다 알아버린 걸까? 어차피 작정하고 파고들면 모를 수가 없다. 한때 욱하는 성질머리를 참지 못해 상사와 싸우고 직장에서 잘린 적이 있는 골칫거리, 엉망진창으로 살던 주정뱅이, 그리고 이제는 위험한 꼬리표까지 달고 있는 문제아.

지수에게 붙어 있는 꼬리표는 앙심을 품은 전 남자 친구가 아니라, 험악하게 인상을 쓴 대머리 아저씨였지만.

"평소엔 착하고 얌전한 녀석이오. 그 망할 계집애랑 어울리기 전까지는 성적도 괜찮았다고! 이혼 때문에 어미가 집을 나가버려서 애가 충격을 받은 거야. 거 심리 상담인지 뭔지 한다면서 그 정도는 이해해 줘야지! 이렇게 애 앞날을 막으면 쏩니까? 몹쓸 짓을 한 것도 아니고, 사진을 어디 퍼뜨린 것도 아닌데. 그냥 겁만 좀 주려고 했다잖아!"

남자는 지수가 병원에 누워 있는 동안 아들이 쓴 수십 장의 반성문과 하찮은 선물을 들고 찾아와서 합의해 달라고 조르며 헛소리를 늘어놓았다. 하지만 지수가 합의와 면회를 모두 거절하고, 강한 처벌을 요구한 뒤로 악몽이 시작됐다.

퇴원하던 날, 양 원장이 수납하러 간 사이에 목발을 짚고 나오던 지수 앞에 부자가 함께 나타났을 때 놈은 완전히 달라진 모습이었다. 머리를 몽땅 밀어버린 것이다. 지수의 턱 밑에 커터 칼을 들이댔을 때는 이마 위로 늘어진 긴 머리칼 사이로 약에 취해 흐릿한 눈이 엿보였는데, 이제는 끔찍하게 파르스름한 맨머리 아래 번뜩이는 눈동자가 초롱초롱했다.

"자! 이러면 되겠습니까? 이래야 속이 시워언하시겠냐고! 야, 이 새끼야! 어서 잘못했다고 말씀드려라, 응? 아주 납작 엎드려서 빌어드려! 어서!"

아버지 손길에 떠밀려 병원 로비 한복판에 털썩 무릎을 꿇을 때 놈은 한마디도 하지 않고 지수를 빤히 쳐다보기만 했다. 난 당신이 질질 짜며 살려달라고 빌 때 무슨 색 팬티를 입고 있었는지 다 알지. 그렇게 말하는 듯한 눈빛을 보자 사방이 빙글빙글 돌기 시작했다. 결국 지수는 목발을 내던지고 주저앉아서 머리를 감싸고 사람들이 몰려들 때까지 소리를 질러댔다. 하얀 면 속옷 차림으로 비참하게 떨고 있던 자기 앞에서 계속 찰칵거리던 카메라 소리와 깔깔대던 여자애의 웃음소리가 희미해질 때까지 비명을 지르고 또 질렀다.

약에 취해 강도행각, 무서운 10대들······ 법원 '집행유예' 선고
······피해자와 합의에 실패했으나 미성년자이며 초범인 점, 강도 미수에 그친 점, 피해자를 위해 공탁금을 낸 점을 고려하여 1심에서 징역 10개월에 집행유예 2년을 선고하고 80시간의 사회봉사 활동을······.

양쪽 모두에게 만족스러운 결말이 아니었다. 변호사는 민사 소송으로 보상을 받아내면 된다고 했지만, 그럴 정신이 없었다. 재판이라면 지긋지긋했다. 그즈음엔 이미 재활과 약과 술 때문에 멀쩡하지 않은 날이 더 많았다. 돈이고 뭐고, 골치 아픈 일은 접어두고 매일 잠만 자고 싶었다. 저쪽에서도 가만히 있지는 않았다. 남자는 지수 앞에 불쑥불쑥 나타나서 겁을 주었다. 애 앞길을 망쳐놓고 멀쩡하게 잠이 오느냐고 소리 질렀다. 탄원서를 써달라며 시도 때도 없이 반성문을 보냈고, 수취를 거절하자 요가학원 문 앞에 오물을 뿌려놓고 가기도 했다. 접근 금지 신청 따위는 소용이 없었다. 오물은 증거가 없었고, 누가 다친 것도 아니니 어쩔 수 없다는 것이다.

얼마 전 상가에서 벌어진 화재 소동의 범인이 누구인지도 불을 보듯 뻔하지만, 이번에도 증거가 없으니 달리 대처할 방법이 없다. 지금도 그 작자는 지수가 어디에 묵고 있는지 분명히 알고 있을 것이다. 이런 식으로 치명적인 꼬리표를 달고 다니는 한은 영원히 마음을 놓을 수 없다. 신분증에 지문까지 찍어야 겨우 통과되는 곳이 아니라면 어디든 지옥 같겠지. 그렇게 위험 요소를 많이 달고 있는 사람이라면 타운이 받아주지 않는 것도 당연하다.

지수는 편의점 앞에 멈춰 서서 핸드폰을 한 번 더 꺼내보았다.

아직 기회는 있어. 깔개는 팔리지 않았으니까. 슬쩍 문자라도 보내보면 되잖아.

그 집, 나갔나요?

편의점 유리창 너머로 냉장고 안을 빼곡히 채운 캔맥주가 보였다. 가뭄의 논바닥처럼 쩍쩍 갈라진 목구멍이 뻐근하게 아파왔다.

안 돼, 꿈도 꾸지 마.

하지만 곧 인생이 지옥으로 변해버릴 판인데? 더 버틸 돈도 없잖아. 길바닥에 나앉는 건 시간문제지. 이제 다 끝났어. 의미 있니?

지수는 편의점 문을 열고 안으로 들어갔다.

치이익. 계산을 하고 밖으로 나와 맥주 캔을 따며 그 시원한 소리를 즐겼다. 콧속으로 퍼지는 향긋하고 알싸한 냄새도. 그래, 무슨 상관이야.

캔을 막 입가로 가져갔을 때, 핸드폰이 울렸다. 액정에 뜬 이름을 보는 순간, 심장이 쿵쾅거렸다. 맥주와 핸드폰을 번갈아 바라보며 망설이다가 천천히 전화를 귀에 갖다 댔다.

"지수 씨? 윤미주예요. 통화 괜찮아요?"

지수는 맥주 캔을 기울여 그대로 땅에 부어버렸다.

7

"짜잔!"

현관문을 열자 커다란 얼굴이 불쑥 들어왔다.

"환영합니다!"

미주가 웃으며 뭔가를 내밀었다. 등나무를 엮어 만든 바구니에 이런저런 것들이 잔뜩 담겨 있었다.

"와, 이건 뭐예요?"

"신규 입주자한테 주는 웰컴 기프트. 나중에 찬찬히 꺼내봐요. 보기에도 좋지만, 전부 유용한 물건들이거든요. 난 특히 향초랑 수세미가 좋더라. 전부 유기농이래."

미주가 바구니를 받아 드는 지수의 어깨너머로 집 안을 기웃거리며 말했다.

"구경 좀…… 해도 돼요?"

"네? 아, 어머! 그럼요. 들어오세요."

지수는 한쪽으로 비켜서며 손짓했다. 집은 아담했지만, 높다란 천장과 탁 트인 구조 덕분에 덩치 큰 미주가 들어와도 전혀 답답하게 느껴지지 않았다.

"그새 벌써 깔끔하게 정리하셨네?"

"짐이 별로 없어서요."

"진아가 살 때랑은 느낌이 또 다르네. 아, 전에 여기 살던 친구 말이에요."

미주가 신기하다는 듯 두리번거리며 말했다.

"주방 찬장을 새로 칠해서 그런가 봐요. 가구는 상태가 좋아서 소파만 빼면 대부분 그대로 써도 되겠더라고요. 욕실 타일이랑 수전, 커튼, 벽지랑 페인트 정도만 바꿔도 괜찮네요."

"날 좀 풀리면 우리 집도 한번 싹 바꿔볼까. 지금은 너무 정신이 없어서."

"다인 씨한테 들었어요. 미주 씨 집은 빈티지 보헤미안 콘셉트라고."

"말이 좋아 빈티지지, 주연 언니는 알록달록 재활용 쓰레기장이냐고 놀리는데, 뭐."

"하하하."

지수는 급히 찬장을 뒤져 머그잔을 꺼내며 웃었다.

"다인이랑 일하기 괜찮았죠? 애가 좀 까칠해도 은근 실력파거든. 경력이 꽤 돼서 인테리어 디자인만 하는 게 아니라, 배선부터 목공, 도배, 타일까지 웬만한 건 다 꿰고 있어요. 말을 좀 툭툭 던지는 스타일이라 오해도 받지만 속은 안 그래."

"친절하게 잘해주셨어요. 이것저것 까탈을 좀 부렸는데 그것도 잘 들어주시고."

신고 때문에 당장 갈 곳도 없이 길바닥에 나앉게 되었을 때 받게 된 입주 허가는 가뭄에 단비 같았다. 복잡한 이사 절차를 걱정할 필요도 없었다. 타운 측에서 모든 것을 다 처리해 주었기 때문이다. 보증금을 저금리로 빌려주고 이사에 필요한 온갖 행정 처리도 대행해 주었다. 뿐만 아니라 수리, 포장 이사, 입주 청소는 물론이고, 이사 전에 임시로 지낼 레지던스까지 타운 측에서 예약해 주었다. 그리고 임시 레지던스에 들어간 날 저녁, 곧바로 인테리어 디자이너가 도면과 온갖 샘플을 갖고 찾아왔다.

"주다인이에요. 나도 타운에 살아요. B호. 정원에 잔디 대신 자갈 깔린 집."

체크무늬 셔츠, 찢어진 청바지를 입고 빨간 뿔테 안경을 쓴 여자의 얼굴을 보는 순간, 흠칫 놀랐지만 티를 내지 않으려고 애썼다. 짧은 더벅머리 아래 드러난 미소년처럼 단정한 얼굴에 안경으로도 가릴 수 없는 커다란 흉터가 나 있었다. 오른쪽 이마부터 뺨까지 내려오는 상처는 오래된 것인 듯 자국이 희미했지만, 주변 피부가 뒤틀려 버린 탓에 오른쪽 눈이 약간 찌그러진 것처럼 보였다.

"교통사고."

여자가 탁자 위에 도면을 펼치며 태연하게 말했다.

"재수 없게 음주 뺑소니에 당했거든. 이것도 많이 좋아진 거예요. 피부 이식이랑 레이저 몇 번 받다가 지쳐서 관뒀지. 첨 본 사람들은 대놓고 물어보지는 못하고 흘끔거리니까 그냥 먼저 말해주고 시작해요."

뚱한 표정과 달리 시원시원한 태도가 마음에 들었다. 직업은 인테리어 디자이너. 직장은 따로 있지만, 타운의 일은 프리랜서 자격으로 헐값에 재능 기부하는 거라고 했다. 신규 입주자뿐 아니라, 입주민 가운데 누군가 집을 고치고 싶다거나 가구를 바꾸고 싶을 때도 아주 유용하게 빌려 쓸 수 있는 재능이었다.

"혹시 차나 오토바이 있으면 가끔 봐줄 수도 있고. 옛날에 우리 집이 카센터를 했었거든. 거의 정비사 수준으로 빠삭하니까 궁금한 거 있으면 물어봐요."

다인이 웃음기 없는 얼굴로 찌그러진 한쪽 눈을 깜빡이며 윙크 비슷한 걸 했다. 타운과의 인연이 시작되는 순간이었다.

"연말연시만 아니면 공사가 더 빨리 끝났을 텐데. 레지던스에 있으려니 좀 외로웠겠다."

"아니에요, 비지니스호텔보다 좋던데요? 집 꾸미는 게 너무 재미있어서 시간 가는 줄도 몰랐어요."

"입주 청소도 괜찮았죠? 타운이랑 계약된 곳인데 난 거기 마음에 들더라. 지금이 제일 깨끗할 때니까 맘껏 즐겨요."

미주가 크림색으로 말끔하게 칠한 원목 찬장을 열어보며 말했다.

"비어 있을 때도 엄청 깨끗하던데요. 공사 전에 실측하러 왔을 때 문을 여니까 소독약 냄새가 확 나던데."

"그거야 뭐, 살던 사람 나가고 그때 한번 싹 청소한 거지. 언제까지 비워둘지 모르니까."

그녀가 쿡쿡 웃었다.

"언제 나가셨는데요?"

"응?"

"전에 살던 분이요. 두고 가신 가구들도 너무 새것 같고, 집도 깨끗해서 혹시 얼마나 비어 있었는지……."

"어머, 이거 너무 귀엽다. 휴지걸이. 직접 고른 거예요? 어디서? 다인이한테 물어보면 알려나?"

조그만 손님용 화장실을 들여다보던 미주가 갑자기 소리쳤다. 한 톤 높아진 목소리가 어쩐지 어색하게 들렸다. 전에 여기 살던 사람하고 사이가 안 좋았나? 그럼 저 화장실에 대해 물어봐도 아는 게 없으려나.

1층에 있는 손님용 화장실은 변기와 세면대만 들어 있는 작은 공간이었다. 지수는 입주가 확정되어 계약서에 도장을 찍고 난 후에야 집을 볼 수 있었다. 이전에 살던 사람은 뭐든 깔끔한 것을 좋아했는지 집이 온통 하얀색이었다. 소독약 냄새가 풍기는 하얗고 깔끔한 집에 아직 새것 같은 가구가 고스란히 남아 있었다. 화장실도 예외는 아니어서 바닥부터 천장까지 엷은 회색 줄이 들어간 하얀 타일이 붙어 있었다.

구석구석 살펴보다가 볼일이 급해진 지수는 얼른 1층에 있는 화장실로 들어갔다. 소변을 보고 주변을 두리번거리는데 아무것도 눈에 띄지 않았다. 하긴 이렇게 철저하게 관리되는 타운에서 사람 없는 빈집에 화장지를 놓아둘 리 없다. 찝찝하지만 그냥 바지를 올리는 수밖에 없었다. 그래도 혹시 변기 뒤에 여분의 화장지 같은 게 있을까 싶어서 앉은 채로 고개를 꺾어 뒤를 보다가 그걸 발견했다. 변기 옆 벽의 타일 틈새, 거의 눈에 띄지 않는 아주 구석진 자리에 손톱만 한 빨간 얼룩이 있었다. 아니 빨간색이라기보다는 오래된 것 같은 짙은 포도 줏빛 얼룩이었다. 처음엔 모르고 지나쳤지만, 한번 의식하고 나니 온통 새하얀 화장실에서 엄청나게 눈에 띄었다.

지수가 찾은 이전 세입자의 흔적은 그게 유일했다. 배달 음식 쿠폰이나 치킨집 자석, 구겨진 영수증 같은 생활 흔적도 없었다. 어쩌면 그건 화장실 타일 틈새에 생긴 빨간 곰팡이에 불과할 수도 있다. 청소업체가 미처 보지 못하고 놓쳤거나,

청소를 마친 후에 생긴 것일지도 모른다. 이렇게 좋은 집에도 곰팡이는 생길 수 있다. 세상에 완벽한 건 없으니까.

"이사? 글쎄, 1년은 아직 안 됐을 텐데. 정확하게 기억이 안 나네. 나이 먹으면 시간 가는 걸 모르겠어."

미주가 주방 곳곳을 살펴보며 가볍게 말했다.

"여기서 살다 보면 그런 걸 더 많이 느낄 거예요. 행복한 시간은 정말 쏜살같거든. 이렇게 아쉬운 것 하나 없는 데서 살면 더 그렇지."

"그런데…… 왜 나가셨어요?"

"응?"

"전에 여기 살던 분 말이에요. 저처럼 어렵게 입주하셨을 텐데."

은근히 부담스럽던 면접을 빼면 지금까지는 모든 게 완벽한 집이다. 어렵게 들어온 만큼 오래 살고 싶지 않았을까?

찬장 앞에 서 있던 미주의 뒤통수가 움직이지 않았다. 혹시 두 사람이 싸우고 안 좋게 나가기라도 했나? 이렇게 폐쇄적인 소형 타운에서는 다른 입주민과의 관계가 더욱 중요할 것이다.

"결혼한다더라고."

잠시 후 미주가 활짝 웃으며 돌아섰다. 잇몸까지 훤히 보일

만큼 입꼬리를 잔뜩 올려서 웃는 모습이 그때와 비슷해 보였다. 면접을 보러 왔던 날, 자동차 대시보드 위에 놓인 강아지 인형처럼 쉴 새 없이 고개를 끄덕거리며 웃던 그때처럼.

"이 집을 엄청 아까워했지만 별수 없지. 그게 조건이니까. 그래도 애인이랑 직장 근처에 귀여운 신혼집 얻어서 나갔으니 잘된 거죠, 뭐. 진아 직업이 사회복지사라 일이 워낙 많아서 힘들어했거든."

"아아."

그건 또 생각 못 했네.

"아직도 연락들 하세요?"

"응?"

"여기서 살다가 이사 나간 분들, 왠지 다들 친하게……."

갑자기 초인종이 울렸다. 마치 퀴즈쇼에서 정답을 맞힐 때 울리는 버저처럼 세련된 전자음이었다.

"어머! 누가 또 인사 왔나?"

미주가 소리치며 얼른 몸을 돌렸다. 너무 급하게, 너무 요란하게 반기는 목소리였다. 멍하니 서 있던 지수는 미주가 눈썹을 쓱 올리는 걸 보고서야 정신이 번쩍 들었다. 이 집 문을 열어줄 수 있는 사람은 딱 한 명뿐이다.

지수는 재빨리 거실을 가로질러 걸어갔다. 문을 열자 젊은 남자가 서 있었다.

8

남자? 이 타운에서?

두 사람은 한동안 멀뚱히 마주 보고 서 있었다.

"서지수 씨?"

남자가 입을 여는 순간 머릿속에 불이 딱 켜졌다. 아, 그 재수 없는 목소리!

그러고 보니 보안요원이 입을 법한 짙은 남색 제복 같은 걸 입고 있다. 옆 주머니가 달린 바지, 무기라도 들어 있는지 두툼한 조끼, 끈을 단단히 조인 워커까지. 아파트 관리실이나 은행에서 볼 수 있는 평범한 제복이 아니라, 특공대원이나 입을 법한 위압적인 느낌의 복장이 건방진 얼굴, 재수 없는 목소리에 기가 막히게 어울렸다. 삐죽 솟은 짧은 머리, 큰 키, 날카로운 눈매와 단단한 턱선이 군인처럼 각 잡힌 느낌이었다. 키 때문에 어쩔 수 없다지만 이쪽을 내려다보는 시선이 묘하게 불쾌했다.

"아, 유 팀장님. 어서 와요. 두 분, 정식으로 인사 나누셨던가?"

윤미주가 옆으로 다가와 반갑게 인사했다. 늘 여자치고는 키가 큰 편이라고 생각했는데 이 남자 앞에서 키도 몸집도 밀리지 않는 걸 보니 괜히 든든했다.

"아뇨."

남자가 무뚝뚝하게 말했다.

"이쪽은 우리 세이프 타운의 안전을 책임져 주시는 유민우 보안팀장님. 아주 칼이야, 칼. 절대 빈틈을 안 보이는 철저한 분이지."

"안녕하세요."

지수가 슬쩍 옆으로 물러나며 인사했지만, 남자는 뿌리라도 내린 것처럼 움직이지 않았다. 지수를 쳐다보지도 않고 손에 든 것을 불쑥 내밀었다.

"여기 입주자 매뉴얼 받으시고요."

인사 따위는 씹어버린 채 태블릿을 먼저 건네주고, 다시 조끼 앞주머니에서 뭔가를 꺼내 내밀었다.

"게이트는 지문으로 통과하셔야 하고, 이건 현관 출입 카드입니다. 딱 한 장만 드리니까 관리 잘하셔야 할 겁니다. 분실하시면 재발급 비용은 둘째치고 여러모로 꽤 골치가 아파질 거예요."

"네?"

"아, 분실 시점 즈음해서 동선이며 뭐며 다 시시콜콜 적어내야 한대요. 유 팀장이 아주 지구 끝까지 쫓아가서라도 회수할 기세로 추적한다니까. 잘못해서 외부인 손에 들어가 악용되기라도 하면 큰일 나니까."

"확실히 그렇겠네요."

"어차피 분실된 카드는 다시 사용할 수 없게 정보를 삭제합니다만, 그래도 위험할 수 있으니 주의해 주십시오."

"카드 쓸 일은 별로 없을 거예요. 지문이면 되니까 그게 편하지."

미주가 옆에서 거들었다.

지수가 아무것도 적혀 있지 않은 새까만 카드 키를 받아 드는 동안 남자는 여전히 무표정한 얼굴로 문 앞에 서 있었다. 반드시 초대받은 집에만 발을 들일 수 있다는 뱀파이어처럼 방어적인 태도였다. 지수는 그게 꽤 마음에 들었다. 누구든 자신의 허락을 받아야만 집에 들어올 수 있다는 당연한 사실이 문턱에 특별한 저주라도 걸어둔 것처럼 새삼 든든하게 느껴졌다.

"아 참! 11시가 넘어서는 조심해야 해요."

미주가 옆에서 주의를 주자 남자가 무뚝뚝하게 덧붙였다.

"밤 11시 이후에는 타운 정문을 아예 잠가버리니까 참고하시는 게 좋을 겁니다. 지문도, 카드도 사용 불가입니다."

"네? 아니 그럼 11시가 넘으면 집에 어떻게 들어와요?"

"다른 곳을 알아보셔야죠."

"어떤 곳이요?"

"잠잘 곳이요."

지수는 당황해서 윤미주를 돌아보았다.

"이게 무슨 말이에요? 진짜 11시가 넘으면 여기 못 들어와요? 무슨 기숙사 통금처럼?"

"하하, 그렇게 볼 수도 있겠네."

그 얘기를 왜 이제야 하는 거지? 11시가 넘으면 골치가 아파진다고만 했었지. 입주 계약서에도 안전 관련 조항에 23시를 기준으로 출입을 통제한다는 이야기가 있었던 것 같지만 당연히 외부인을 두고 하는 말일 거라 생각했는데.

"하지만 음, 그건 아무래도 좀……."

보안팀에서 입주민에게 통금을 강요하는 건 너무하지 않느냐는 말을 하려다가 입을 다물어버렸다. 이제 와서 항의해 봤자 괜히 서로 불편해지기만 하지. 어차피 늦도록 같이 어울릴 사람도 없잖아.

"안전을 위한 필수 규약이니 가급적 준수해 주시길 부탁드립니다."

남자가 무뚝뚝하게 말하고 뒤돌아서 걸어 나갔다. 움직일 때마다 바짝 날이 선 등 근육을 따라 팽팽해진 제복에 주름이 잡히곤 했다. 지수는 미주와 나란히 서서 멀어지는 너른 등판을 쳐다보다가 정신을 차리고 문을 닫았다.

"캐릭터 확실하시네요."

"그렇지? 너무 딱딱한 게 좀 돌탱이 같지 않아? 찬바람 쌩쌩 불어서 재수는 없지만, 여기선 저런 사람이 필요해요. 여자들만 있는 곳이잖아. 문지기로는 딱이지. 뭐, 보기에도 썩 나쁘지는 않고. 으하하하. 아이고, 주연 언니가 들었으면 입 닥치라고 했겠네."

그 말에 동의라도 하듯 다시 벨 소리가 울렸다. 이번에는 능숙하게 현관문을 여는 지수 앞에 낯익은 얼굴들이 늘어서 있었다.

"집들이, 아직 늦은 건 아니지?"

빨간 뿔테 안경을 쓴 주다인의 일그러진 한쪽 눈이 깜빡거렸다.

"들어와, 들어와!"

윤미주가 두 팔을 휘저으며 목청을 높였다.

"다인이랑 주연 언니는 알 거고, 그러면 남은 건 한 사람이네. 이 사람은 우리 세이프 타운 최고령자, 유선 언니! 어서 들어와!"

"너네 집이냐? 작작 좀 나대."

다인이 집 안으로 들어서며 윤미주의 옆구리를 팔꿈치로 쿡 찔렀다.

"들떠서 그러지. 뉴페이스가 왔으니까."

윤미주가 커다란 덩치를 흔들며 익살맞게 웃었다.

"피자 가져왔는데 괜찮죠?"

하주연이 커다란 상자를 들고 웃으며 들어왔다. 포근한 캐시미어 스웨터에 도톰한 울 바지 차림이라 면접 때보다 한결 부드럽게 보였다.

"나, 또 늙은이 취급이야?"

주연의 뒤를 따라 또 다른 여자가 들어왔다. 백발이 드문드문 섞인 짙은 회색 머리를 하나로 묶었지만 얼굴에 주름은 없었고 날씬한 편이었다. 50대 중반쯤 되었을까? 요즘은 겉모습만으로는 나이를 짐작하기 어렵다.

"조유선이에요. 나이만 먹었지 별로 도움 되는 것도 없겠지만, 타운 생활 궁금한 게 있으면 뭐든 편하게 물어봐요."

다정한 미소와 나직한 목소리에 긴장이 조금 풀어지는 것 같았다. 이렇게 나이 차가 나는 입주민이 있을 줄은 몰랐는데. 가족도 없이 여기서 혼자 살게 된 사연이 궁금했다.

"큰언니지, 큰언니. '백 세 시대'에 쉰이면 아직 청춘이잖아!"

"애가 병도 주고 약도 주네."

윤미주의 떠들썩한 목소리에 조유선이 웃으며 중얼거렸다. 뒤에서 현관문을 닫다가 조유선과 눈이 마주친 지수도 피식 웃어버렸다. 열흘 전까지만 해도 학원 바닥에 매트를 깔고 혼자 누워서 밤새 코끝에 감도는 맥주 향기를 떨쳐버리려 애썼는데, 이제는 피자 냄새와 여자들의 수다로 꽉 찬 집 한복판에 서 있다니. 다른 누구의 집도 아닌 '내 집'에.

"아무튼 다시 한 번 환영해요. 여기선 우리 말고 이렇게 불쑥 찾아와서 친한 척하는 사람은 아무도 없을 테니까 안심하고. 정말 천국이라니까?"

"그게 무슨 천국이냐? 끔찍한 소리 하지 마! 우리라고 매일 찾아오는 거 아니니까 진짜로 안심해요."

미주의 말에 다인이 얼른 가로막고 나서자 모두 큰 소리로 웃었다. 지수는 그들을 따라 함께 웃으며 약통을 찾아 주머니 속을 더듬거리던 손을 빼냈다. 오늘 밤은 약도, 술도 필요 없을 것이다. 어쩌면 앞으로도 쭉.

9

윤미주의 말이 맞았다. 세이프 타운은 정말 천국이었다. 너무 은밀하고 아늑해서 도저히 믿어지지 않는 천국.

물론 첫날은 잠을 조금 설쳤다. 낯선 공간, 은은한 새집 냄새, 거의 1년 만에 누워보는 푹신한 침대. 그리고 복층이라는 점도 신경이 쓰였다. 아래층에서 무슨 일이 벌어질지 알 수 없으니까.

"이삿날이잖아. 지수 씨 피곤하겠다."

고맙게도 모두 11시가 되자마자 돌아가 준 덕분에 일찌감치 자리에 누웠지만, 사방이 너무 고요해서 잠이 오지 않았다. 지난 1년간 거리의 소음을 벗 삼아 잠드는 데 익숙해진 탓이다. 결국 뒤척이다가 새벽이 되어서야 겨우 잠이 들었다.

그렇게 며칠간 새집 냄새를 맡으며 어색하게 지내다가 마침내 나흘째부터 혼자만의 시간에 익숙해지기 시작했다. 직접 내린 커피가 담긴 머그잔을 들고 창가 커튼 뒤에 서서 밖을 구경하는 게 좋았다. 어두운 사위가 차츰 밝아지며 타운이 모습을 드러내는 걸 보는 게 좋았다. 직접 고른 연푸른색 벨벳 소파에 반쯤 누워 티브이를 보다가 핸드폰으로 게임도 하고, 좋아하는 책을 읽으며 배달 음식을 먹다가 해가 지면 자러 올라갔다. 타운에서 차로 20분 거리 시내에 대형마트와 음식점들이 있었고, 후문에는 택배와 배달품을 수령하는 장소가 따로 마련되어 있었다. 그러니 원한다면 얼마든지 집에 틀어박혀서 방해받지 않고 평화롭게 지낼 수 있었다. 여전히 잘 때는 협탁 위에 램프를 켜두고 방문을 잠가야 마음이 놓였지만, 이제는 한밤중에 악몽을 꾸고 식은땀을 흘리며 깨어나는 일이 없었다. 그것만으로 충분했다.

그사이 지수의 집 현관은 내내 조용했다. 첫날부터 그렇게 요란하게 밀고 들어왔으니 다들 부담스럽게 친한 척하면 어쩌나 걱정했는데, 아무도 D호의 벨을 누르지 않았다.

"잘된 일이잖아. 바라던 거 아니야?"

안부 전화를 걸어온 양 원장이 정곡을 찔렀다.

"음, 그렇긴 하지."

"어째 목소리가 좀 그렇다? 그러지 말고 인정해."

"뭘?"

"이제 너도 슬슬 외로움 타기 시작한 거야. 1년이면 사람이 그리워질 때도 됐지. 그러지 말고 네가 먼저 움직여 봐. 커뮤니티 센터는 가봤어? 시설 좋다며."

"아직."

"야, 여태 뭐 하고 있었냐. 벌써 일주일이 넘었는데! 일껏 좋은 집에 이사 가놓고 뭘 또 쫄고 그래."

"쫄기는. 그런 거 아니야. 그냥…… 집이 너무 편하고 좋으니까 나갈 일이 없네. 식사며 생필품이며 다 배달로 해결되지, 자동차며 사람이며 생활 소음 같은 거 하나도 없으니까 진짜 조용하고 평화로워."

"그 대단한 집, 보여주지도 않을 거면서 자랑은."

"하하, 사진 보내줬잖아."

"실물도 궁금하단 말이야."

"기회가 생기겠지."

"오픈하우스, 뭐 그런 거 한번 하자고 해. 가족이나 친구들 타운으로 초대해서 구경시켜 주는 거. 청와대나 백악관도 투어는 시켜주는데 요즘 세상에 집들이 금지가 말이 되니? 사이비 신도들 모여 사는 곳도 아니고."

"또 엉뚱한 데로 나간다. 그래도 오픈하우스 아이디어는 좋네. 한번 물어나 볼게."

"그래! 꼭! 응? 알았지?"

양 원장이 호들갑 떨며 쐐기를 박는 통에 지수는 웃음을 터뜨렸다.

"알았어. 그것 때문에라도 타운 사람들이랑 친해져 봐야겠다."

“농담 아니야. 정말 나가서 사람들도 만나고, 시설도 즐기고 바쁘게 살아봐. 그래야 너…….”

수화기 너머에서 잠시 주저하는 기색이 느껴졌다.

“……쓸데없는 생각이 안 난다니까.”

“아직까진 괜찮아. 이제 술 생각 안 나.”

“앞으로도 쭉 괜찮아야지. 부지런히 운동도 하고, 사람도 사귀고 그러다 보면 다시 일도…….”

“응, 그래.”

“거기서 눈치 보이면 당분간은 학원 와서 요가하든가.”

“알았다니까.”

지수는 건성으로 대답하며 얼른 전화를 끊어버렸다. 어쩐지 목이 말라서 차가운 물을 꺼내 벌컥벌컥 마셨지만, 갈증은 쉽게 가라앉지 않았다. 갑자기 집이 작아진 것만 같다. 사방이 너무 조용해서 숨이 막혔다. 이러다간 그 목소리가 다시 들려올 것만 같다. (벗겨! 벗겨!)

내일은 일찌감치 커뮤니티 센터에 나가봐야겠다. 아일랜드 바에 서서 커피를 한잔 마시고, 모두에게 자연스럽게 인사하는 거야. 새로 등록한 헬스클럽에 나가는 것처럼 처음엔 어색해도 곧 익숙해지겠지. 별거 아니야.

하지만 오늘은 커피 대신, 다른 게 마시고 싶었다.

10

보름 만에 마침내 D호의 벨이 울렸을 때, 지수는 티브이를 보고 있었다. 저녁을 대충 때운 뒤 소파에 멍하니 늘어져 기댄 채 채널을 이리저리 돌려보는 중이었다. 목이 탈 때마다 물을 너무 많이 마셔서 배가 묵직했다.

찌르르. 갑자기 벨이 울리더니 현관 옆 월패드 화면에 미주의 커다란 얼굴이 불쑥 나타났다. 화들짝 놀라서 벌떡 일어서는 순간, 요란하게 트림이 나왔다. 지수는 얼른 손등으로 입을 닦고 한달음에 달려가서 문을 열어젖혔다.

"방해한 건 아니죠?"

미주가 커다란 얼굴을 들이밀며 소리쳤다. 그 거대한 덩치와 걸걸한 목소리가 그렇게 반가울 수가 없었다.

"그냥 티브이 보고 있었어요."

"주말인데?"

지수가 어색하게 미소 짓는데 미주의 등 뒤에서 하주연이 불쑥 얼굴을 내밀었다. 늘 야무지게 닫혀 있던 얇은 입술이 웬일로 활짝 웃고 있었다.

"그러지 말고 나가요, 우리랑."

"언니랑 한잔하러 가는 길에 지수 씨 생각이 나서."

"아……."

"불편하면 안 가도 되고."

막 입을 열기도 전에 하주연이 재빨리 말했다.

"강요하는 건 아니에요. 혼자 있고 싶다면 뭐."

"아니에요! 저도…… 저도 갈게요."

정말? 뱉어놓고 자기도 놀랐다. 미주도 놀랐는지 주연을 흘끔 돌아봤다.

"겉옷 가져올게요."

지수는 얼른 돌아섰다. 결심이 흔들리기 전에 빨리 해치워야 할 것 같았다. 지금이 아니라면 영원히 밖에 나갈 수 없을 것이다. 저들이 말하는 '한잔'을 함께할 수는 없겠지만, 물잔만 앞에 두고도 재미있게 어울릴 수 있을 것이다. 나를 한번 시험해 보는 거야.

"다른 사람들은 뭐 하는지 한번 물어나 볼까? 어때요, 지수 씨?"

"전 상관없어요!"

2층으로 얼른 달려 올라가며 소리쳤다. 문득 그렇게 명랑한 자기 목소리가 낯설게 느껴졌다. 아니, 목소리뿐만 아니라 모든 게 다 낯설고 어설픈 것 같다. 뭘 입어야 하지? 화장을 해야 할까? 머리를 고쳐 묶고 청바지로 갈아입은 뒤, 겉옷을 챙겨 들고 나가려다가 멈춰 섰다. 아주 잠깐 고민하다가 약통을 주머니에 쑤셔 넣고 아래층으로 달려 내려갔다.

동네 사람들이 자주 찾는 소박한 호프집 정도를 생각했는데, 택시로 20분쯤 달려서 도착한 곳은 골목마다 사람들이 붐비는 번화가였다.

"여긴 처음인데, 누가 괜찮다고 추천해 줘서."

하주연이 앞장서서 문을 밀며 말했다. 뒤따라 들어서는 순간 오감이 확 깨어났다. 고막을 찢어놓을 듯 활기찬 음악, 시끌벅적한 이야기 소리, 군침 돌게 하는 음식 냄새까지. 온통 흑백인 세상에서 살다가 처음으로 다채로운 현실 세계에 발을 들인 판타지 영화 속 주인공이 된 기분이었다.

"어어! 잠시 지나갈게요!"

양손 가득 생맥주 여섯 잔을 든 종업원이 위태롭게 소리치며 다가오는 바람에 얼른 뒤로 물러서는데 가슴이 쿵쿵거렸다. 그때 가게 저편에서 다른 종업원이 소리쳤다.

"자, 14번 테이블에서 보내셨습니다. 29번 테이블에 맥주 두 잔!"

그리고 갑자기 요란하게 종 치는 소리가 들리자, 가게 안의 모두가 환호를 보내며 박수를 쳤다. 이곳의 특별한 이벤트인 모양이었다.

"북적북적 난리네."

미주가 중얼거리며 주위를 둘러보다가 한 손을 번쩍 들었다. 저만치 앞쪽 테이블에 앉아 있던 유선이 조용히 손을 들며 미소 지었다.

거친 마룻바닥, 칸막이가 된 자리마다 보이는 길쭉한 빨간 가죽 의자, 벽에 댄 나무 패널에는 야구팀과 미식축구팀의 사진과 깃발이 장식된 미국식 펍. 목에 걸고 있던 사원증을 주섬주섬 벗어내는 직장인들부터 까르르 웃음을 터뜨리는 젊은 여자들, 학교 점퍼를 입은 대학생들까지 다양한 사람들이 모여 있었다. 누구도 타인에게는 전혀 신경 쓰지 않는 곳. 그래서 이렇게 붐비는데도 어쩐지 마음이 편안해졌다.

"언니, 오래 기다렸어? 별일은 없었고?"

"아직까지는. 왜들 이렇게 늦었어?"

웃으며 농담처럼 투정 부리는 유선의 목소리는 나직하고 작아서 알아듣기가 힘들었다.

"여자만 넷인데 준비하려면 시간 걸리지. 이것도 열심히 달려온 거야. 언니가 그새를 못 참고 혼자 한잔 비웠을까 봐."

미주가 먼저 털썩 주저앉으며 넉살을 떨었다. 소파처럼 길쭉한 3인용 의자라서 모두 나란히 붙어 앉아야만 했다. 주연과 다인은 먼저 앉아 있던 유선의 옆으로 얼른 비집고 들어갔고, 지수는 자연스레 맞은편 미주 옆의 하나 남은 자리에 앉았다. 출입문을 등지고 있어서 실내가 한눈에 들어오는 자리였다.

"배고파서 돌아가시겠어."

다인이 탁자 위에 놓인 감자칩에 급하게 손을 뻗었다.

"오늘 잔뜩 시켜도 되지? 식구도 늘었잖아. 아! 이렇게 다 같이 모인 김에 지수 씨 환영회 하면 되겠다."

미주가 지수의 어깨에 팔을 걸치고 깔깔거렸다. 커다랗고 묵직한 팔이 턱 얹히는 무게감에 잠깐 움찔했지만 어쩐지 미소가 절로 나왔다.

"그래그래, 얼른 주문이나 해. 배고프다!"

여태 도도하게 있던 주연마저 한 옥타브 높아진 음성으로 소리쳤다. 사방이 너무 시끄러워서 최대한 목청을 높여야 했지만, 다들 개의치 않았다. 주연이 나초를 고르자, 다인이 그건 식사가 아니라 비싼 간식일 뿐이라며 구박했고, 유선이 그냥 맥주면 충분하다고 하자, 미주가 그럼 언니 몫까지 자기가 시키겠다며 한꺼번에 다섯 가지의 음식을 주문하는 바람에 다들 들고 있던 감자칩을 던지며 왁자지껄하게 놀려댔다.

"야, 야, 작작 좀! 밤낮 요가로 수행만 하면 뭐 해! 관리를 해야지."

"어허! 플러스 사이즈 딱 적당하게 유지하는 게 얼마나 어려운데."

"플러스고 뭐고 그러다가 기준점 넘어가면 알지?"

"시끄러워. 이제 내 몸매가 기준이야, 이 사람들아. 시대가 달라졌어, 알아?"

그들은 서로에게 몸을 기대고 여고생들처럼 깔깔거렸다. 그리고 오래 알고 지낸 동창들처럼 스스럼없이 자신들을 내보였다.

"유선 언니는 공무원이라 철밥통이고, 주연 언니는 무려 회사 대표님이시고, 그렇지?"

"그냥 조그만 스타트업이에요. 사이버 보안업체를 운영하거든. 전공은 약학이었는데, 어쩌다 보니 이런 일을 하고 있네. 무사히 의대 갔으면 집에서 병원 물려받았을 텐데, 성적이 한참 모자라서 다 날렸지."

"그러게. 성형외과면 알짜배긴데, 그걸 날리다니. 하여간 저 언니는 자랑도 참 고상하게 한다니까? 나는 그냥 프리랜서 웹디자이너. 주로 집에서 일하며 뒹굴거려요. 타운에서 제일 자주 목격될걸."

"제가 더 자주 목격될걸요. 백수잖아요."

윤미주의 말에 지수가 용기를 내서 응수하자 다들 요란하게 웃어댔다. 창문 너머로 훔쳐만 보던 여자들이 지수의 생활 속으로 들어와서 현실이 되는 순간, 오랫동안 주변을 감싸고 있던 결계가 깨지는 순간이었다. 1년 만에 다시 삶이 시작된 것이다.

"맥주는? 뭘로 드릴까요?"

다 같이 웃고 있을 때 종업원이 다가와 경쾌한 목소리로 물었다. 다인의 얼굴을 보고 흠칫 놀란 것 같았지만 내색하지 않는 태도가 노련해 보였다.

"난 흑맥주! 맥주는 흑맥이 최고지!"

다인이 벌써 취하기라도 한 것처럼 목청을 높였다. 그걸 시작으로 모두가 저마다 원하는 맥주를 고르기 시작했다. 지수는 그들의 거침없는 태도가 부러웠다. 금주 중이라고 솔직하게 말할까? 요즘은 건강 관리에 철저한 사람들도 많으니까 이해해 줄지도 모른다. 한약을 먹고 있다든가, 치과 치료를 받고 있다든가, 술이 약하다든가, 뭐 그런 뻔한 핑계를 대면 될 것 같다.

하지만 그러고 싶지 않았다. 그렇게 분위기를 망치긴 싫었다. 차라리 솔직하게 다 쏟아놓고 싶어졌다. 이 여자들이라면 아는 언니, 동생, 친구처럼 이해하며 다독여 줄 것도 같다.

지수는 그냥 웃으면서 꽃향기가 난다는 수제 맥주를 달라고 말했다. 다른 사람들처럼 자연스럽게. 그냥 시켜만 놓는 거다. 예의를 갖추는 거지. 내 의지를 시험해 보는 거야.

"자, 지수 씨를 환영하며! 그리고 우리 타운의 완전한 평화를 기원하며!"

마침내 맥주가 나오자 미주의 선창으로 모두 잔을 높이 쳐들었다. 시원하게 컵 표면에 맺힌 물방울, 향기로운 꽃냄새, 풍성한 거품, 그리고 입술에 와 닿는 차가운 유리컵의 감촉.

그대로 목을 기울여 찰랑이는 황금색 액체를 맛보고 싶었다. 다른 사람들처럼 시원하게 쭉 넘기고 빈 잔을 쾅 내려놓으며 웃고 싶었다. 하지만 단 한 모금도 위험하다는 걸 안다. 일단 맛을 보면 멈출 수 없을 것이다. 그래서 잔에 살짝 입술만 댔다가 내려놓았다. 입술에 묻은 거품을 핥으며 비굴하게 맛을 음미하지 않으려고 노력했다. 대신 주변에서 핑퐁처럼 주고받는 대화에 집중하려고 애썼다.

"봤어?"

"누구?"

"저 앞에 안경 끼고 회색 옷 입은 남자."

"등 돌리고 앉은 사람?"

"자꾸 이쪽을 돌아본단 말이야."

"너 말고 지수 씨 보는 거겠지."

"야, 주다인! 너는 말을 해도 꼭……."

"김칫국 마시지 말라 이거야."

"아휴, 언니까지!"

"야, 마셔, 마셔!"

분위기는 시끌벅적 활기차고 음식은 맛있었다. 하지만 시간이 지나면서 세상이 아주 천천히 달라지기 시작했다. 눈앞의 풍경이 일그러져 보였다. 가장자리에 불을 붙인 사진이 타들어 가기 시작하는 것처럼 그렇게 조금씩, 위험하게. 입이 깔깔하고 목이 탔다. 턱에 추를 매달아 둔 것처럼 시선이 자꾸만 아래로 향했다. 이젠 주변 소리도 귀에 들어오지 않았다. 보이는 건 그저 물방울이 송골송골 맺힌 맥주잔뿐.

"······들어요?"

"네?"

정신을 차리고 보니 모두 이쪽을 보고 있었다.

"집은 마음에 드냐고."

다인의 목소리에 어쩐지 짜증이 배어 있는 것 같다.

"아아······ 네."

"자기, 괜찮아?"

미주가 걱정스러운 얼굴로 지수의 팔에 커다란 손을 얹었다. 몽글몽글 살집 좋은 몸과 달리, 단단하게 힘줄이 불거진 손의 마디마디가 유난히 눈에 들어왔다. 그러니까 눈앞의 사물이 일그러지며 주변이 왜곡되어 보이기 시작한 것이다.

"어디 아픈 거 아니고? 얼굴이 좀 창백해진 거 같은데."

"정말 그렇네. 지수 씨 원래도 얼굴이 하얀 편인데, 지금은 아예 핏기가 없네."

"괜찮아요. 그냥 속이 좀……."

"저기 뒤에 화장실 있는데 불편하면 다녀올래요? 쭉 가서 왼쪽으로 돌면 바로 나와요."

맞은편에 앉아 있던 하주연이 뒤쪽을 돌아보며 손짓했다.

"같이 가줄까요?"

주연의 옆에 앉아 있던 유선이 몸을 앞으로 기울이고 다정하게 물었다.

"아니에요. 혼자…… 혼자 갈 수 있어요."

지수는 벌떡 일어나서 좁은 통로를 따라 걸어갔다. 뒤에서 쳐다보는 여자들의 시선이 느껴져서 걸음걸이에 신경이 쓰였다. 분명히 여태 한 방울도 마시지 않았는데, 나무 바닥이 눈앞에서 출렁이는 것처럼 어지러웠다. 비틀비틀 걸어가다가 탁자에 얹혀 있던 낯선 남자의 팔꿈치를 툭 치기까지 했다. 그러다가 주머니에서 꺼내 들고 있던 조그만 통을 떨어뜨리고 말았다.

"엇! 죄송합니다."

혼자 앉아서 맥주잔을 앞에 놓고 핸드폰을 들여다보던 남자가 머리를 들었다. 지수는 얼른 바닥으로 몸을 굽혔다. 발목을 다쳤는지 한쪽 발목에 붕대를 감고 운동화를 구겨 신은 남자의 발을 피해 손을 뻗어봤지만 소용이 없었다. 통은 이미 탁자 아래 저만치 굴러 들어가 있었다.

"자, 여기."

그때 남자가 자기 발밑을 더듬어 약통을 줍더니 지수에게 내밀었다. 금테 안경에 희끗하게 새치가 섞인 머리카락, 마르고 길쭉한 얼굴. 딱히 관심 가는 타입은 아니었지만 그에게서 확 풍겨오는 술 냄새에 머리가 아찔해졌다. 지수는 고개만 까딱하고 얼른 약통을 낚아채서 화장실로 달려갔다.

문을 쾅 닫고 기대서는 순간 입에서 한숨이 터져 나왔다. 다행히 안에는 아무도 없었다. 문을 걸어 잠그고 한참을 기대서 있다가 간신히 몸을 떼고 거울 앞에 섰다. 손을 씻으며 세면대 위에 올려둔 약통을 바라보았다. 물론 이걸 먹는다고 갑자기 멀쩡해지는 건 아니다. 이런 약은 사람을 나른하고 조용하게 만들고, 모든 의욕을 잠재운다. 한때 그런 전문 지식으로 돈을 벌던 사람이니 잘 알고 있다. 하지만 꼭 필요할 땐 이런 약이 구원 투수가 될 수 있다.

지수는 알약 하나를 꺼내 입안에 넣고, 두 손바닥에 수돗물을 받아서 마셨다.

왜 이렇게 바보같이 굴어. 이제 멀쩡하게 살 때도 됐잖아. 그 불같던 성질머리는 다 어디 갔어, 서지수?

"원장님, 이거 과잉 진료 아닌가요? 어린애들 데리고 이러시면 안 되죠."

따박따박 할 말은 하고 살았잖아. 용감하게 일자리까지 걸고 애들 지켜줬잖아. 강도 사건만 아니었으면 지금쯤 저 여자들만큼 당당하게 잘 살고 있었을 텐데. 그러니 정신 차려. 언제까지 과거가 네 인생을 쥐고 흔들게 놔둘 거야?

한 알을 더 꺼내서 손가락 사이에 끼고 이리저리 굴리다가 입에 넣고 꿀꺽 삼켜버렸다. 차가운 물로 다시 한 번 손을 씻고, 그 손으로 달아오른 양 뺨을 식히자 조금씩 정신이 들기 시작했다. 지금까지는 괜찮아. 자연스러웠어. 그러니까 다시 돌아가서 딱 그만큼만 하는 거야.

화장실을 나서기 전, 지수는 한 알을 더 꺼내서 입에 넣었다.

11

세상이 빙글빙글 돌아간다.

사방이 황금색으로 빛나고 모두가 웃고 있다.

시끄럽고, 정신없고, 아주 행복하다.

"이.사.했.다.고.요!"

"와, 축하할 일이네. 혼자 살아요?"

"엄청 좋은 집이에요. 좋은 집, 멋진 집, 안전한 집."

"이야! 그렇게 좋은 집, 나도 구경 좀 시켜줘요. 오늘도 좋고."

축축한 입술이 귓가에 닿자 몸이 부르르 떨렸다.

몸의 중심부가 짜릿해지는 것 같았다.

그리고…….

드르르륵.

슬그머니 웃으며 돌아눕다가 문득 이상한 느낌에 눈을 떴다. 사방이 환하고 고요했다. 너무 평화로워서 묘하게 불편한 느낌. 알람이 울리지 않아서 지각해 버린 월요일 아침 같다.

머릿속이 깨진 달걀껍데기처럼 바삭바삭하게 느껴진다. 여기가 어디더라.

드르르륵.

그때 다시 기묘한 소리가 들려왔다. 멍한 머릿속을 비집고 조금씩 의식이 돌아오기 시작했다. 푹신한 침대, 편안한 베개, 블라인드 사이로 스며드는 햇살. 그래, 여기는 내 집이지. 세이프 타운에 있는 안전하고 아늑한 내 집 침대 속. 그리고 어젯밤에 내가…….

아?

정신이 확 드는 순간, 다시 드르르륵 하는 소리가 들려왔다. 얼른 손을 뻗어 침대 옆 협탁에서 진동하는 핸드폰을 집어 들었다. 모르는 번호였다. 다른 때였다면 받지 않았을 것이다. 그냥 전화기를 내던지고 다시 뻗어버렸을 것이다. 하지만 기분이 이상했다. 외면할 수 없었다. 그리고 어떤 예감은 운명을 바꾸기도 한다.

"여보세요?"

"서지수 씨 핸드폰인가요?"

낯선 사람이 느닷없이 전화로 자기 이름을 부르면 십중팔구 좋은 일은 없다고 봐야 한다.

"그런……데요?"

"아, 여기는 펀베이입니다."

“네? 어디라고요?”

“펀베이요, 무진동에 있는 아메리칸 펍인데요. 저기……
분실물 때문에 연락드렸어요.”

낯선 목소리의 남자가 조심스럽게 말했다.

“지갑을 자리에 두고 가셨더라고요. 저희가 내일부터 내부
공사 때문에 한 달간 문을 닫거든요. 그래서…… 마침 지갑
안에 신분증하고 명함이 있어서 연락을 드렸어요.”

“지갑? 명함이요? 아아.”

그제야 어젯밤의 기억들이 파노라마처럼 머릿속을 스쳐 지
나갔다. 황금색 불빛, 시끄러운 음악 소리, 빨간 가죽 의자,
그리고 톡 쏘는 맥주 냄새. 거기에 지갑을 두고 왔던가?

강도 사건의 증거품이었던 장지갑을 미련 없이 버린 뒤로
는 조그만 명함 지갑을 쓰고 있었다. 외출할 일이 거의 없었
기 때문에 그거면 충분했다. 오래된 영수증이며 옛 직장 명함
까지 온갖 잡동사니를 그대로 넣어뒀는데, 지갑 안에 가득 든
명함을 신분증과 대조해 보고 연락한 모양이었다.

“오늘도 영업은 안 하지만, 제가 오후 4시까지는 있으니까
그 전에 와주시면 됩니다. 오실 때 확인 가능한 다른 신분증
있으면 가져와 주세요.”

“네, 네.”

대충 대답하고 전화를 끊는데 머리가 찡하고 울렸다. 핸드

폰을 내던지고 그대로 풀썩 다시 쓰러졌다. 머릿속이 안개 낀 새벽의 부둣가처럼 뿌옇기만 했다. 토막토막 끊어진 장면들이 무수히 스쳐 갈 뿐, 하나로 이어지지는 않았다. 하지만 적어도 몇 가지는 확실했다. 입맛이 쓰고, 머리는 터질 듯이 아프고, 어떻게 여기까지 왔는지 도무지 기억나지 않는다는 것. 그렇다면 결론은 하나뿐이다.

결국 마셨다는 거지? 지수는 혀로 깔깔한 볼 안쪽을 훑으며 뻑뻑한 눈을 깜빡거렸다.

차가운 물방울, 상큼한 향기, 그리고 입술에 묻은 거품과 혀끝을 스치던 알싸한 맛. 아니, 목구멍으로 넘어가던 그 시원한…….

미친년! 기어이 마셨어. 그 잠깐을 못 참고 허세를 부리다가 결국 져버렸어.

벌떡 일어나 앉아서 허겁지겁 이불을 들춰보니 다행히 말짱해 보였다. 청바지와 터틀넥 스웨터를 제대로 입고 양말까지 신고 있다. 뭘 그렇게 흘려댔는지 앞가슴에 정체 모를 얼룩이 커다랗게 묻어 있지만, 바지에 젖은 자국은 없는 걸 보면 최악의 추태는 부리지 않은 모양이다. 입고 갔던 재킷도 침대 옆 의자 위에 얌전히 걸쳐져 있었다. 한숨 돌리는 순간 갑자기 뱃속이 요동치기 시작했다.

"읍!"

다행히 아슬아슬한 순간에 욕실로 달려갈 수 있었다. 변기 속에 몽땅 쏟아내고 물을 내린 뒤, 수돗물로 입을 헹구고 바닥에 털썩 주저앉아 벽에 머리를 기댔다. 아직 흠도, 티도 없이 깨끗한 새 욕실에서 이런 짓을 또 반복하게 될 줄이야.

그런 생각을 하자 다른 걱정이 줄줄이 떠오르기 시작했다. 여기까진 어떻게 왔을까? 그 상태로 게이트는 어떻게 통과한 거지? 집에는 어떻게 들어왔고? 분명히 누군가, 아마도 미주가 둘러업고 여기까지 데려다 놓았을 것이다. 정신을 잃고 축 늘어져 있는 지수의 엄지손가락을 잡아 키패드에 갖다 대며 큰 소리로 툴툴대는 모습이 눈에 선했다. 결국 환영회 날부터 입주민들에게 못 볼 꼴을 보인 것이다. 어지간히 얌전 빼더니 주사나 부리는 민폐 진상이라고 생각했겠지. 정신없이 꼭지가 돌아서 도대체 무슨 짓을 했을까?

"봤어?"

귓가에 울리던 누군가의 목소리가 떠올랐다. 윤미주였나? 아니면 주다인?

"봤어? 봤어? 회색 옷?"

"안경 쓴 남자?"

"응, 방금 또 여기를 흘끔 돌아봤잖아."

"전 못 봤는데."

"아까 자기가 화장실 갈 때 뭘 떨어뜨려서 저 남자가 주워 줬잖아? 그때부터 흘끔거리던데? 나와서 걸어오는데도 고개 돌려서 계속 쳐다보더라고."

"어머, 지수 씨한테 관심 있네, 있어."

그리고…….

지수는 화장실 바닥에 주저앉아서 두 다리를 세우고 그 사이로 몽롱한 머리를 집어넣은 채 호흡을 가다듬었다. 그 이후의 기억은 봄날의 먼지처럼 머릿속을 빙글빙글 돌아다니기만 할 뿐 도무지 잡히지 않았다. 가까이 붙어 앉아서도 고래고래 소리 질러야 할 만큼 시끌벅적했던 그 펍에서 도대체 무슨 일이 있었던 거지?

"이.사.했.다.고.요!"

"와, 축하할 일이네. 혼자 살아요?"

"엄청 좋은 집이에요. 좋은 집, 멋진 집, 안전한 집."

"이야! 그렇게 좋은 집, 나도 구경 좀 시켜줘요. 오늘도 좋고."

토막토막 끊어지는 대화와 축축한 입술이 귓가에 와 닿던 느낌이 떠올랐다. 온몸이 부르르 떨리던 것도. 다른 장면은 모두 희미했지만, 그 감촉만은 또렷하게 남아 있었다. 그 남자가 내 옆에 앉았었나? 설마 내가 그쪽 테이블에 찾아간 거야? 아무리 오랜만에 마시고 정신을 놨기로서니, 일행도 있는데 낯선 남자한테 그런 추태를 부렸다고? 어젯밤, 도대체 무슨 일이 있었던 거지?

"들어오실 때 힘드셨죠? 죄송해요. 바로 옆 건물 주차장에 일이 좀 생겨서 지금 시끌시끌하네요. 안 그래도 좁은 골목인데 하필 점심시간이랑도 겹쳐서."

지수의 여권을 확인한 남자가 카운터 밑에서 지갑을 꺼내 주며 말했다.

"네, 들어오면서 보니까 사람들 엄청 많고 노란 줄이 쳐져 있던데요. 무슨 일 났나 봐요?"

"아침에 주차장에 있는 차 안에서 시체가 발견돼서요. 지금은 다 정리됐는데, 아까는 경찰이랑 구급차 오고 한바탕 난리였어요."

"어머!"

"아, 자살 그런 거 아니고 사고예요. 죄송해요. 놀라셨나 보다."

지수의 떡 벌어진 입을 보고 남자가 손을 내저으며 황급히 사과했다.

"대리 불러놓고 차에 들어가서 히터 켜고 깜빡 잠이 드신 모양인데, 배기가스가 안으로 새어 들어갔나 봐요. 차가 노후되면 그런 일이 가끔 있대요. 저희도 놀랐어요. 가끔 혼자 오시는 손님이라. 얼굴만 아는 분인데도 남 일 같지가 않네요.”

“혼자…… 어머, 그럼 이 가게에 오셨던 손님이라고요?”

“네, 수제 맥주 좋아하셔서 가끔 오시거든요. 항상 같은 자리에서 혼자 몇 잔 드시고 가는 분이에요. 얼마 전에 발목을 다치셨다는데도 들러주셨다가 이게 참 무슨 날벼락인지. 어제는 또 하필 제가 쉬는 날이라서 마음이 더 안 좋아요.”

입이 근질근질하던 참에 반가웠는지 남자는 적극적으로 아는 이야기를 풀어놓았다.

“덕분에 아침부터 경찰 연락을 다 받아봤네요. 가게 CCTV가 고장 나서 별 도움은 못 드렸지만. 내일부터 공사 시작인데, 며칠만 일찍 당겼어도 이런 일은 없었으려나 싶어서 괜히 마음이 안 좋아요.”

“그러시겠네요.”

무심코 맞장구를 쳤다가 괜히 가게 탓을 하는 것처럼 보일까 봐 얼른 덧붙였다.

“그러면 대리기사분이 많이 늦으셨나 봐요? 그렇게…….”

숨이 끊어질 만큼? 일이 벌어질 만큼? 뒤에 무슨 말을 붙여야 자연스러울까.

“그게…… 취해서 실수를 하셨나 보더라고요.”

“실수요?”

“경찰들 말로는, 앱으로 대리운전 신청을 해놓고 금방 취소

버튼을 눌렀다가 다시 또 신청하셨대요. 그런데 그마저도 위치를 잘못 입력해서 대리기사님은 또 엉뚱한 데 가서 헤매고 있었다네요. 많이 취하셨던가 봐요."

"저런."

남자가 진지한 표정으로 고개를 끄덕이며 말했다.

"나쁜 일이라는 게 꼭 그렇게 예고 없이 닥치더라고요. 평소에는 그렇게까지 취하는 분은 아니었던 걸로 기억하는데 말이죠."

인사불성은 이쪽이었겠지. 이 사람은 그 꼴을 못 봤겠지만.

"저도 어제 좀 취했었나 봐요. 다시 한 번 감사합니다."

지수가 지갑을 들어 보이자, 남자가 고개를 끄덕였다.

"제가 찾은 건 아니고, 우리 알바생이 청소하다 발견했어요. 의자 등받이에 끼어 있었다네요. 혹시 모르니 한번 확인해 보세요."

어차피 현금 같은 건 없었고, 몇 장 안 되는 카드와 명함, 신분증은 모두 고스란히 잘 꽂혀 있었다.

"은인이네요. 사례라도 해드려야……."

"아닙니다. 한 달 뒤면 공사 끝나니까 그때 꼭 다시 와주세요."

남자가 싹싹하게 말했다.

"그럴게요."

마주 웃어 보이고 지갑을 챙겨서 돌아 나오려는데 문득 어제 앉아 있던 자리로 눈이 갔다. 입구에서 가까운 오른쪽 줄, 출입구를 등지고 있는 기다란 3인용 가죽 의자. 자꾸만 부딪치던 왼쪽 어깨와 팔꿈치. 왼쪽 귓가에 와 닿던 축축한 입술의 감촉. 항상 같은 자리에서 혼자, 그리고 발목에…….

"참, 저기."

"네?"

"그분…… 그, 돌아가셨다는 분이요. 저 안쪽에서 두 번째 자리 맞나요? 발목에 붕대를 감고 혼자 앉아 계신 남자분을 본 것 같은데."

"네, 맞아요. 화장실 근처 두 번째 줄, 출입문을 등지는 자리요. 항상 거기에 앉으세요."

12

삐이익. 화면에 다시 빨간 경고문이 떴다. 지수는 신경질적으로 패드에 엄지손가락을 꾹꾹 찍어댔다.

"그러다 고장 납니다."

스피커에서 뚱한 목소리가 경고했다.

"이거…… 이거 도대체……."

말이 잘 나오지 않았다.

"이거 그냥 좀 열어주실래요? 저 알잖아요."

숨이 턱에 차고 머리가 지끈거리는데 안에서는 아무 말이 없다.

"저기요, 유 팀장님!"

"천천히 다시 찍어보시죠."

발끈해서 소리치려다가 얼른 입을 다물었다.

설마 어젯밤에도 저 남자가 당직이었을까?

택시를 타고 정문을 통과했어도 타운 안을 비추는 카메라에는 모든 게 다 찍혔을 텐데. 그렇다면 엉망으로 취해서 제대로 걷지도 못하고 집에 업혀 들어가는 모습을 여기저기 아주 제대로 선보인 셈이다. 지수는 이를 악물고 엄지를 꽉 눌렀다.

삐빅. 마침내 경쾌한 소리가 나더니 게이트의 쪽문이 열렸다. 지수는 굳게 닫힌 보안초소의 창문을 슬쩍 노려보며 안으로 들어갔다. 금주 넉 달 만에 무너져 버린 것도 모자라 새로 사귄 사람들 앞에서 추태를 보였으니, 염치가 있다면 당연히 부끄럽고 괴로워야지.

하지만 그게 전부가 아니었다. 이 불편한 기분 밑바닥에는 분명 다른 게 있다. 양말에 들어간 조그만 티끌처럼 묘하게 껄끄러운 무언가가.

"얼굴이 왜 그래? 유령이라도 본 사람처럼."

갑자기 등 뒤에서 굵은 목소리가 튀어나왔다.

"으아아악!"

"아아악! 간 떨어질 뻔했네. 내가 더 놀랐다."

덩달아 소리 지른 윤미주가 뒤에 서서 가슴을 쓸어내렸다.

"미안해요. 깜짝 놀라서."

"암만 놀라도 그렇지. 자기 목청 한번 좋다. 아이고, 귀가 먹먹하네."

미주가 손가락으로 귀를 찌르며 고개를 저었다. 오늘도 변함없이 화사한 담황색 니트 원피스에 핫핑크색 숄을 걸치고 무지개색 비즈가 잔뜩 박힌 텀블러를 들고 있다.

"술이 덜 깼는지 계속 멍해서 오전 내내 작업 하나도 못 하고 커피 한잔하러 센터 가는 길이었는데, 덕분에 잠이 확 깼네."

미주가 어색하게 따라 웃는 지수의 팔에 자기 팔을 끼며 끌어당겼다.

"점심 먹고 오는 길이야? 그럼 나랑 커피 한잔하고 들어가."

커다란 손에 반쯤 끌려서 커뮤니티 센터 쪽으로 걸어가며 어쩐지 안심이 됐다. 태도가 별로 달라진 것 같지 않은데. 그러면 어제 그렇게 심하게 망가진 건 아니었을지도 몰라.

"자기, 설마 이사하고 여기는 처음이야? 그러고 보니 그동안 못 본 것 같다."

미주가 아일랜드 탁자 쪽으로 걸어가서 커피를 내리며 말했다.

"네."

"뭐야! 편의시설 알뜰히 이용해 먹어야지. 관리비 내잖아. 우리가 내는 푼돈이 이 타운에 딱히 도움 되는 것 같진 않지만."

이제 대놓고 편한 말투였지만 딱히 거슬리지는 않았다. 쉰네 살이라는 조유선을 빼면 다들 비슷한 연배였고, 어쨌든 입주민 모두 지수보다는 나이가 많았다. 미주와 다인은 두 살, 하주연은 네 살이 더 많다고 했던가.

"점심 약속? 어디서 먹었어?"

미주가 머그잔 두 개를 탁자에 내려놓고 소파에 앉으며 물었다.

"아니요."

지수는 대답할 시간을 벌고 싶어서 우선 커피부터 마셨다. 진하고 따뜻한 커피가 목을 타고 내려가는 감촉이 좋았다. 멍한 머리도 조금씩 깨어나는 것 같았다.

"어제…… 그 펍이요. 거기 다녀오는 길이에요."

"응? 거긴 왜?"

윤미주가 자기 몫의 커피를 홀짝거리며 물었다. 별로 놀라는 기색은 아니었다.

"아, 분실물 찾으러 오라고 연락이 와서."

"분실물?"

"지갑을 두고 왔더라고요."

말해놓고 보니 후회가 됐다. 필름 끊겨서 남의 손에 실려 들어온 주제에 뭘 잘했다고.

"그래? 우리가 어제 챙겨야 했는데 빠트린 모양이네. 미안."

"아니에요, 어제 제가 좀…… 그랬죠? 워낙 오랜만에 마셔서."

"응, 좀 빡세긴 했지."

윤미주가 손을 내저었다.

"자기 보기보다 은근 무겁더라, 하하하하. 암튼 내가 허락도 없이 둘러업고 집에 들어갔는데 용서해 주는 거지? 그래도 집 앞에서 물어보기는 했다? 대답을 못 들어서 그렇지."

"용서는 제가 구해야 할 거 같은데."

"무슨! 서로 돕고 살아야지. 다인이도 술이 세서 그렇지, 취하면 아주 우스워져. 너무 신경 쓰지 마."

미주가 손을 내저으며 자기 몫의 커피를 마셨다. 별다른 기색이 엿보이지 않아서 마음이 놓였다.

"그래서, 음, 오늘 별일은 없었고?"

"별일……이요? 거기서?"

머그잔 너머로 보이는 까만 눈이 이쪽을 찬찬히 살피는 느낌이 들었다.

"아니 그러니까 뭐, 없어진 건 없는지 궁금해서."

"네, 다 그대로 있었어요. 현금은 안 가지고 다녀서."

"그래? 다행이네."

"뭐가 다행이야?"

화들짝 놀라 계단 쪽을 쳐다보니 2층에서 다인이 내려오고 있었다. 난간도 없이 공중에 떠 있는 것처럼 보이는 새까만 철제 계단과 입고 있는 새파란 체크무늬 셔츠가 잘 어울렸다.

"2층에 있었어?"

"응, 오늘은 재택근무하는 날이라 공사 서류 정리 좀 해둘까 하고 사무실에 잠깐. 그런데 뭐가 다행이라고?"

손에 텀블러를 든 다인이 이쪽으로 걸어와서 미주 옆에 털썩 앉았다.

"지수 씨가 펀베이에 다녀왔대서. 지갑 때문에."

"지갑? 어제 흘리고 온 거야?"

"응, 그런데 뭐, 별일은 없었다네?"

"그래? 난리가 났을 텐데 그럴 리가. 본인이 눈치 못 챈 건 아니고?"

두 사람의 눈이 허공에서 슬쩍 마주치는 게 보였다. 마주 앉아 있는 게 세 사람뿐이라면 그걸 모를 수가 없다. 불쾌한 기분이 스멀스멀 피어오르려는데, 다인이 툭 던지듯 물었다.

"그럼 지수 씨는 아직 모르는 거야?"

"에이, 굳이 알 필요가 있어? 뭐 좋은 일이라고. 어차피 우리랑 상관도 없는데."

미주가 황급히 손을 내젓는 게 어째 더 불쾌했다.

"상관이 왜 없어? 자기랑 그렇게 정신없이 놀고 나서 일이 터졌다는데. 혹시라도 마지막으로 같이 있었던 여자 조사하겠다고 찾아오면 어쩔 건데?"

"아, 그 생각은 또 못 했네."

미주의 표정이 심각해졌다. 두 사람을 번갈아 보다가 다인의 싸늘한 눈과 마주치는 순간, 확신할 수 있었다. 이 사람들도 다 알고 있다는 걸.

"이건데, 별일 없을 거야. 너무 신경 쓰지 마."

미주가 호들갑스럽게 웃으며 폰을 꺼내 뭔가를 찾더니 불쑥 내밀었다.

만취해 승용차 문 닫고 잠든 40대 남성, 배기가스에 질식해 숨져

포털사이트에서 흔히 볼 수 있는 평범한 헤드라인 아래 무진동에 위치한 모 건물 뒤편 주차장에 세워둔 차 안에서 히터를 틀어놓고 술에 취해 잠들었던 남성이 배기가스에 질식해 숨진 채 발견되었다는 짤막한 기사가 있었다.

"신경 안 쓰게 생겼어?"

다인의 서늘한 목소리에는 짜증이 섞여 있었다.

"괜히 찜찜하잖아. 재수 없으면 불똥이 여기까지 튈지도 모르는데. 그러면 괜히 타운이 시끄러워질 수도 있어."

"아휴, 우리한테 불똥이 왜 튀어. 사고로 죽은 건데."

부지런히 양쪽을 쳐다보느라 고개를 이리저리 돌려댔더니 머리가 다시 지끈거리기 시작했다. 미주와 이야기를 나누던 다인이 갑자기 이쪽을 쳐다봤다. 일그러진 한쪽 눈이 유난히 매섭게 보였다.

"이거 혹시 자기랑 어제 노닥거리던 그 남자 아니야? 탁자
에 올려둔 차 키가 딱 기사에 나온 이거던데. 유난히 후져서
기억에 남았단 말이야. 요즘 누가 그런 거 타?"

"그래, 안경 끼고 발목에 붕대 감은 남자. 가게 안쪽에 앉
아 있던. 자꾸 지수 씨 쳐다본다고 우리가 막 웃었잖아. 기억
나?"

미주가 난처한 듯 웃으며 묻자, 다인이 표정 없는 얼굴로 덧
붙였다.

"둘이 나란히 앉아서 주거니 받거니 잘도 마시더라? 아주
방이라도 잡을 기세던데."

왼쪽 귓가에 와 닿던 축축한 입술.

"그래, 불꽃이 튀더라. 근데 그걸 기억 못 한다고?"

"아니, 그게……."

"몇 잔 마신 것 같지도 않던데. 원래 그렇게 술이 약해? 그
러면 더 조심했어야지. 우리랑 마셨기에 망정이지 요즘 세상
에 무슨 일이 있을 줄 알고?"

다인의 거침없는 목소리가 점점 커졌다.

"에이, 또 왜 그래."

미주가 얼른 팔을 잡으며 달래다가 지수를 돌아보며 눈썹
을 들썩였다.

"그냥 어제는 솔직히 둘 다 좀 그랬잖아, 응? 자기랑 그 남

자랑 둘 다 좀 이상하더라고."

지수는 울음이 터질 것 같아서 한 손으로 입을 가린 채 고개만 끄덕였다.

"그냥 맥주 몇 잔에 둘 다 확 풀어져서 정신 못 차리는 게, 그 뭐랄까……."

"약 빤 것처럼?"

다인이 툭 던지자, 미주가 야단스럽게 고개를 끄덕였다.

"그래! 약이라도 먹은 것처럼. 그래서 남자가 술에 뭘 탔나 했다니까. 요즘 그런 나쁜 놈들 많잖아. 그런데 뭐, 이제 보니 약은 자기가 빨았나 보네. 대리 불러놓고 차 안에 들어가서 자다가 그렇게 됐다며."

미주가 커다란 손으로 지수의 팔을 툭툭 치며 말했다.

"사고잖아, 사고. 그러니까 그냥 잊어버려. 무슨 일이야 있겠어?"

그래, 무슨 일이…… 있을 리가 없잖아.

"글쎄, 그거야 모르는 일이지. 술 말고 몰래 다른 거라도 나눠 먹고 취한 거면 어쩔 건데?"

다인이 찌그러진 한쪽 눈을 깜빡이지도 않고 지수를 똑바로 바라보며 거침없이 말했다.

"너무 기분 나빠하지는 마. 나야 자기 술버릇을 잘 모르니까 하는 말이야. 사람이 맥주 몇 잔에 그렇게 필름이 끊어지는 건 처음 봤거든. 혹시 술에 뭐 섞어 마시는 버릇 같은 거 있어?"

탁. 떼구르르르. 나무 바닥 위를 구르던 약통이 떠오른다.

이제 멀쩡하게 살 때도 됐잖아.

거울 앞에서 다짐하던 것도.

그리고 거기서…….

약을 삼켜버렸지. 두 알이나. 아니, 세 알이었던가?

13

쾅! 철컥!

등 뒤에서 문이 닫히며 저절로 잠기는 소리가 유난히 크게 느껴졌다. 신발을 대충 벗어 던지고 2층으로 미친 듯이 달려 올라갔다. 계단을 오르다 발이 미끄러져 넘어질 뻔했지만 벌떡 일어나서 다시 뛰어 올라갔다. 욕실 바닥에 급하게 벗어두고 간 청바지 주머니는 텅 비어 있었다. 의자 위에 걸쳐놓은 재킷을 집어 들고 탈탈 털어보았지만 두 개의 커다란 주머니도 납작했다. 술에 취해 늘어져 있다가 택시 안에 흘렸나? 아니면 타운 사람 누구라도 주워서 갖고 있는 건 아닐까?

겉에 아무것도 쓰여 있지 않은 동그란 휴대용 약통은 생활용품점에서 누구나 살 수 있는 흔한 물건이었다. 그 안에 들어 있는 조그만 노란색 알약도 얼핏 봐서는 무슨 약인지 알 수 없다. 비타민이라든가, 소화제라든가, 알레르기약이라든가 대충 둘러댈 수 있다. 하지만 누가 맘먹고 검색이라도 해본다면? 정신과에서 처방해 주는 진정제라는 걸, 졸음을 유발할 수도 있다는 걸, 술과 함께 마시면 안 된다는 걸 알아낼 것이다.

'혹시 우리가 걱정할 만한 문젯거리가 있을까요? 약물이나 술 같은 나쁜 습관이라든가.'

하주연의 질문에 상대의 눈을 피하며 그런 건 없다고 대답하던 자신이 떠오른다. 설마 이런 일이 문제가 되진 않겠지. 면접 때 거짓말을 했다는 게 밝혀지면 타운에서 쫓겨난다는 조항 같은 건 계약서에 없었다. 하지만 지금 중요한 건 그게 아니잖아. 지금 중요한 건…….

"아!"

약통은 침대 밑에 굴러떨어져 있었다. 지수는 마룻바닥에 한쪽 뺨을 대고 엎드린 채 침대 아래로 손을 뻗어서 간신히 약통을 꺼냈다. 급하게 뚜껑을 열고 남은 약을 전부 손바닥에 쏟아보았다. 딱 여섯 알. 애매한 양이다. 이것보다는 더 많았던 것 같은데. 도대체 몇 알이나 들어 있었을까? 내가 몇 알이나 먹은 거지? 아니, 나만 먹은 건 맞나?

기사에 따르면 남자의 사인은 일산화탄소 중독이었다. 낡고 더러운 배기관이 먼지와 이물질로 막혀 있어서, 배기가스가 금이 간 부품의 틈새를 통해 차 안으로 흘러 들어갔다는 것이다. 흔한 사고는 아니지만 충분히 일어날 수 있는 일이라고 했다. 대리운전을 불러놓고 차에서 잠들어 버리는 사람들은 많으니까. 술김에 시동을 걸고 히터를 틀어놓았다고 해도 이상한 일이 아니다.

'유난히 후져서 기억에 남았단 말이야.'

그런 차라면 배기관이 막혀 있을 법도 하지. 그러니 그건 그저 평범한 사고였다. 하지만 보이는 것만큼 평범하지 않다면? 혹시라도 만에 하나…….

"그건 뭔데 그렇게 목숨처럼 꽉 쥐고 있어요?"

"이거? 내가 먹는 약이에요. 요즘 잠을 잘 못 자서."

"그런 게 있어? 나도 항상 잠이 모자란데. 어디 한번 줘봐요. 이거 술이랑 같이 먹어도 되나?"

설마 그렇게 흘러가진 않았겠지.

요란한 음악 소리, 눈에 비치던 황금색 불빛, 거품이 가득인 맥주잔, 그리고 나란히 앉아서 조금 끼를 부리며 남자를 어깨로 슬쩍 밀어대던 기억. 술기운에 고삐가 풀려서 그런 미친 짓을 할 수 있었다면 다른 짓도 충분히 할 수 있다.

"어어? 그냥 가려고? 자리 옮겨서 한잔 더, 어때요?"

"어림없어요, 하하하하. 우리 타운은 통금이 있다니까."

"신데렐라야 뭐야. 이대로 돌아가면 나 잠 못 잘 거 같은데."

"뭐래! 이거나 먹고 좀 진정해 봐요."

"이게 뭔데?"

"푹 자게 도와주는 약."

장난스러운 마음에 건네준 알약을 남자가 받아 든다. 여자가 일행들과 떠난 뒤, 남자는 호기심에 조그만 알약을 털어 넣고 맥주로 꿀꺽 넘겨버린다. 그리고 대리운전을 불러놓고 그대로 차 안에서 잠들어 버렸다면? 이런 사고사도 부검을 하게 될까? 만일 그렇다면 약을 준 사람이 죽음의 원인을 제공했다고 할 수 있을까? 둘 다 취해 있었고, 무슨 목적이 있었던 게 아니라도?

급하게 뛰어오느라 등에 후끈하게 배어 나왔던 땀이 식으며 몸이 떨려왔다.

예민하게 구는 다인과 달리 미주는 대수롭지 않게 여기는 눈치였다.

"걱정할 거 없어. 내가 알기로 그 집 CCTV는 고장 난 지 오래고, 주차장 카메라나 블랙박스에는 우리가 코빼기도 안 비칠 테니 상관없잖아. 그냥 같이 놀던 사람이 죽었다니까 좀 찜찜한 것뿐이지. 잊어버려. 그리고 만에 하나, 무슨 일이 생긴다고 해도 우리가 있잖아. 자기는 아무 상관 없다는 거 다 증언해 줄 텐데, 뭘."

다인은 조금 더 단호했다.

"혹시 누가 물어봐도 무조건 선을 딱 그어야 돼. 저 혼자 취해서 자빠진 게 우리랑 무슨 상관이냐고. 우리는 시간 돼서 바로 나왔지만, 그때 자기는 완전 인사불성이었으니까 괜한 오해를 받을 수도 있잖아."

"아휴, 묻긴 누가 뭘 물어. 딱 봐도 그냥 사고인데. 영화에서처럼 경찰이 찾아오고 그런 일은 당연히 없지."

미주가 지수의 어깨를 다독이며 말했다.

"없길 바라야지. 타운이 시끄러워지면 골치 아프니까. 혼자 사는 여자들만 모인 곳인데 여기저기 입에 오르내려 봤자 좋을 거 없잖아. 기자랑 경찰 드나들면 진짜 감당 안 된다."

지수를 바라보는 다인의 눈은 끝까지 차가웠다. 시끄러운 일이라도 생기면 가만히 있지 않을 기세였다. 그러니 그 남자가 혹시라도 '혼자 취해서 자빠진 게' 아니라는 걸 알게 되는 날엔 정말 난리가 날 것이다. 술 문제가 있는 주제에 약까지 갖고 가서 먹었다는 걸 알게 되면, 증언이고 뭐고 절대 편들어 주지 않을 것이다. 그러니 부디 조용히 넘어가길 기도하는 수밖에 없다.

하지만 도무지 풀리지 않는 의문은 여전히 남아 있었다. 어떻게 생겼는지 기억조차 희미한 남자와 합석까지 해서 노닥거렸다고? 그런 연애는 지수의 취향이 아니다. 술에 절어서 툭하면 필름이 끊기던 시절에도 그런 사고를 친 적은 없다. 그런데 도대체 어쩌다가?

14

주차장, 배기가스, 질식.

세 개의 단어를 입력하자 뜨는 기사는 고작 서너 개 정도였다. 흔한 사고는 아니지만, 요즘처럼 온갖 일이 벌어지는 세상에서 이 정도는 특별한 일도 아닌 듯했다. 기사는 전부 고만고만한 수준이었다. A씨의 나이가 40세라는 것, 주차장이 있던 건물 관리인에게 발견되었으며 특별히 자살의 징후나 타살의 흔적 같은 건 보이지 않았다는 정도만 알 수 있었다. 주차장 카메라를 통해 남자가 혼자 비틀거리며 걸어가서 직접 차에 타는 것도 확인되었다고 했다. 하지만 도대체 어떤 사람인지, 어젯밤 지수와 함께 술을 마셨던 그 남자가 정말 맞는지 확인할 만한 정보는 없었다. 댓글은 대부분 '자다가 가스 마시고 죽었으면 편하게 간 거'라는 비아냥 아니면, '우리나라 사람들은 진짜 술 좀 작작 처마셔야 한다'는 호통부터 '생각난 김에 내 차 배기관 청소 좀 해야겠다'는 눈치 없는 반성과 '술 마시고 음주 운전으로 애먼 사람 죽이느니 차라리 잘 죽었다'는 식의 악플이 넘쳐났다. 어쨌든 다들 그저 흔한 주취 사고라고 여기는 듯했다. 일이 엉뚱한 방향으로 튈 염려는 없어 보였다. 그러니 미주의 말대로 그냥 잊어버리고 태연하게 지내는 게 타운 주민들에게도 떳떳해 보일 것이다. 그 남자와 정말 약을 나눠 먹었는지 아닌지는 지수조차 모르는 거니까.

딱 한 가지, 마음에 걸리는 것만 없다면 얼마든지 잊어버릴 수 있었다. 토막토막 끊어지는 기억 속에 잔상처럼 남아 있는 모습. 왼쪽 팔꿈치로 그 남자를 쿡 찌르며 활짝 웃는 자기 모습 말이다. 남자의 얼굴은 거의 기억나지 않지만, 앞에 놓아둔 잔에서 올라오는 시원한 맥주 향기와 왼쪽 팔꿈치에 자꾸만 와 닿던 다른 팔의 감촉만큼은 제법 생생하게 남아 있었다. 그러니까 취해서 그 남자와 어울린 건 분명한데…… 도대체 어디서 그랬던 걸까? 혹시 합석을 하자고 이쪽에서 먼저 다가갔다면? 서로 마주 보는 대신, 나란히 앉았다면 남자가 안쪽으로 들어가며 옆자리를 내줬을 것이다. 그러면 그의 왼쪽에 앉게 된다. 그의 왼팔과 지수의 오른팔이 부딪쳤을 것이다.

하지만…….

물에 젖은 거미줄처럼 아스라한 기억이 확실하다면, 그는 분명 지수의 왼쪽에 앉아 있었다. 마치 그녀가 안으로 들어가면서 옆자리를 기꺼이 내준 것처럼. 둘 다 똑같이 출입문을 등지고 가게 안쪽을 바라보는 방향에 앉아 있었기 때문에 변수가 있을 리 없다. 그러니까 남자가 지수 쪽으로 건너온 것이다. 그게…… 말이 되나?

남자는 일행도 없이 혼자 앉아 있었지만 이쪽은 사정이 다르다. 그렇게 많은 여자가 함께 있었는데, 다 같이 어울려서 마신 기억은 없다. 미주나 다인도 그런 말은 하지 않았다. 그렇다면 그 남자가 이쪽으로 왔을 때, 다들 한꺼번에 자리를 비켜주기라도 한 건가.

노트북을 앞에 두고 앉아서 기계적으로 스크롤을 내리며 생각에 잠겨 있는데 갑자기 뭔가가 눈에 들어왔다.

아이 학원 쌤이 어제 갑자기 돌아가셨다는데 수업료 환불은 어떻게 해야 할까요?

세 개의 검색어를 모두 포함하는 글 중에서 뉴스 기사가 아닌 유일한 글이었다.

술에 취해 주차장에 세워둔 차에서 잠을 자다가 자동차 배기가스에 질식해서 돌아가셨다네요. 배기관이 막혀 있었대요. 너무 끔찍해서 믿어지지도 않네요. 우리 남편 차도 엉망진창이라 아침부터 닦달해서 세차장 보냈어요. 조문은 좀 그렇고 조의금 정도

는 보내려고 하고요. 학원에 소속된 분이지만, 개인적으로 돈을
내고 따로 과외도 받고 있었거든요. 그런데 이번 달 수업 일수가
한참 남았는데 돈은 미리 입금을 했어서, 환불은 어떻게 해야 할
지. 이런 거 학원에 물어봐도 괜찮을까요?

두 시간 전 주영시 무진동 주부 커뮤니티에 올라온 글이었
다. 회원이 아니어도 누구든 볼 수 있도록 전체 공개로 성급
하게 작성한 글과 '안 그래도 새로 이사 와서 좋은 학원을 찾
고 있었는데 어딘지 추천 바란다'는 눈치 없는 댓글 덕분에 남
자의 직업과 직장을 알아낼 수 있었다.

해가 넘어가기 시작하자 지수는 불을 켜고 배달 음식을 시
킨 뒤 다시 노트북 앞으로 돌아갔다. 뚜렷하게 뭘 찾아야겠다
는 생각은 없었다. 이런다고 넉 달 만에 처음 술을 입에 대던
날, 자기가 무슨 짓을 저질렀는지 알아낼 수는 없겠지만, 남
자에 대해 조금이라도 알게 되자 이상하게도 멈출 수가 없었
다. 결국 학원 홈페이지를 뒤져 부고 소식을 읽으며 그의 이
름을 알아냈고(이세운 선생님), 미혼이며 학원에서 일하기 전
에는 무진여자중학교 수학 교사였다는 것도 알게 되었다. 그
런다고 더 위로가 되는 건 아니지만, 적어도 딸린 식구는 없
다는 걸 알게 되어 마음이 아주 조금 편해졌다. 어쨌든 죽은
남자는 이제 실체를 갖게 되었다. 조금만 더 뒤지면 사진도

나올 것 같다. 어쩌면 다른 것도. 원래 주사(酒邪)가 있었다든가, 약을 먹고 있었다든가, 지병이 있었다든가, 아무튼 지수가 원인이 아니라는 증거가 조금이라도 나온다면 안심할 수 있을 것 같다.

하지만 간절히 찾아 헤맨 끝에 발견한 것은 전혀 예상치 못한 정보였다. 지수는 멍하니 화면을 바라보았다. 1년쯤 전에 그 중학교와 관련된 잡담을 올린 어느 블로그 포스팅에 누군가가 남긴 댓글이었다.

야! 쎄운 그 인간, 요즘도 여자애들 만지고 다니냐? 그 짓 하다가 짤리고서도 정신 못 차렸네.

찌르르르.
그 순간, 요란하게 초인종이 울렸다.

15

"여기."

문을 열자 눈꼬리가 살짝 올라간 새까만 눈이 이쪽을 쳐다보고 있었다.

"후문에서 배달 식품 찾아오는 길인데, 자기 집에 불이 켜져 있길래."

입주자 대표 하주연이 들고 있던 마트 봉투에서 음료수병을 꺼내 내밀었다.

"아, 고맙습니다."

얼른 손을 뻗어서 받아 드는데 심장이 두근거렸다.

"실은 자기가 걱정돼서 와본 거야. 혼자 괜히 머리 쥐어뜯고 있을까 봐."

"네?"

"죽었다며? 어제 같이 놀던 그 남자."

감정이 전혀 실리지 않은 담담한 말투였다.

"미주한테 들었어. 어쩌다 재수 없게 잘못 걸린 건데, 괜히 마음 쓰지 말라고."

목소리는 여전히 카랑카랑했지만 말투는 부드러웠다.

"다들 걱정이야 하지만, 지수 씨 욕하는 사람 아무도 없으니까. 원래 술 마시다 보면 별일 다 생기잖아. 낯선 사람이랑 어울릴 수도 있지. 둘이 잘 놀고 나서 저 혼자 어디 가서 사고 난 걸 어쩌겠어? 그러니 너무 자책하지 말고 그냥 빨리 잊어버려. 재수 없게 잘못 걸린 거야. 어디서 뭘 하던 놈인지도 모르는데, 뭐."

하지만 이제는 어디서 뭘 하던 놈인지 알고 있다. 그리고 얼굴까지도. 그 남자가 예전에 근무했던 다른 학원 홈페이지에 사진이 올라와 있었다. 좁고 긴 코, 갸름한 턱, 얇은 금테 안경. 평범한 얼굴이었다. 아무리 술에 취해 인사불성이었다지만, 아홉 살이나 많은 남자랑 노닥거렸다니 미쳤던가 보다고 생각했는데, 막상 사진을 보니 그렇게 나이가 많아 보이지는 않았다. 얼마나 오래된 사진인지 몰라도 그만하면 무난한 인상이었다. 문제는 눈빛이었다. 무슨 짓을 했는지 알고 봐서일까. 평범한 얼굴에서 그 눈, 안경 너머로 보이는 희끄무레한 삼백안만은 어딘가 불길하게 보였다.

무진여자중학교에서 수학을 가르치던 이세운은 2년 전쯤, 여학생들을 성추행했다는 혐의로 조사를 받았다. 두 아이의 고백을 들은 학부모들이 고발했는데, 실제로 당한 아이들은 그보다 훨씬 많았을 거라고 했지만 정작 추가로 나서는 집은 없었다. 아직 어린 딸에게 그런 추문의 꼬리표가 나붙는 것을 부모들이 염려했기 때문이었을 것이다. 그전부터 미묘한 행동과 취향 뚜렷한 차별 대우로 학생들 사이에서는 유명했던 모양이지만("그 새끼, 생머리에 몸집 작은 여자애들만 보면 주물럭대고 싶어서 안달 남. 소름 끼쳐."), 그런 유의 인간들은 언제나 아슬아슬하게 수위를 조절하기 마련이다. 교육청 조사 결과 증거불충분으로 무혐의 처분을 받았지만, 결국 자의 반 타의 반으로 사표를 내게 되어 학원가로 옮겨 간 듯했다. 실력만은 괜찮았는지 그런 추문에도 불구하고 개인 교습까지 받는 학생들도 있었던 모양이라, 숨은 희생자가 얼마나 더 많을지는 알 수 없었다. 그리고 그 남자는 어젯밤, 지수와 우연히 술집에서 만나 술을 마시다가 어처구니없는 사고로 죽어버렸다.

거의 이틀간 배달 음식만 시켜 먹으며 집에 틀어박혀서 알아낸 정보들이었다. 그동안 타운은 조용했다. 윤미주만 인터폰으로 안부를 물어왔을 뿐 다른 사람들은 모두 침묵을 지키고 있었다. 술을 마시고 추태를 부리다가 사건에 휘말리기까지 했으니, 거리를 두고 싶은 게 분명했다.

"에이, 다들 화 안 났어. 보기보다 단순한 사람들이라 벌써 다 잊어버렸을걸? 다인이야 애가 원래 좀 까칠해서 재수 없어 보이지만 속은 안 그래. 그냥 이 타운을 워낙 아끼니까 괜히 오버하는 거지. 자기도 너무 걱정하지 마. 이제 기사도 안

뜨고 잠잠한데 뭘."

"걱정할 일 아니라는 건 아는데, 그래도 얼굴 보니까 기분 묘하더라고요."

"응? 얼굴?"

"그 남자 얼굴이요. 찾아봤거든요."

"어머! 이름도 모르는데 어디서 찾았어? 재주도 좋다."

놀라서 흥분한 미주의 목소리가 더욱 걸걸해졌다.

"여기저기 뒤지다 보니 나오더라고요. 안경 끼고 얼굴 까맣고 턱이 갸름한 남자 맞죠? 솔직히 기억이 잘 안 나서."

"글쎄, 가물가물하네. 아니, 그런데 뭘 또 굳이 찾아봤어? 괜히 머리만 복잡하게."

"그냥…… 좀 찜찜해서."

"뭐가? 자기가 그 인간한테 술을 막 퍼먹이기라도 했을까 봐?"

"그것도 그렇고요. 혹시…… 그랬을까요?"

"에이, 말도 안 돼. 각자 알아서 마시기 바쁘던데."

응? 우릴 지켜보고 있었던 거야?

"그 남자가 우리 자리로 왔던 것 같은데 맞아요? 나란히 앉아 있었던 것 같긴 한데, 또 다 같이 어울린 기억은 없어서요."

"글쎄."

그게 가물거릴 만큼 헷갈릴 일일까?

"아아, 그랬나 보다!"

수화기 속 미주의 목소리가 갑자기 커졌다.

"기억나지? 그 남자가 자꾸 뒤를 돌아봐서 우리가 막 놀리고 그랬잖아. 그런데 우리가 자리 비운 사이, 어느 틈에 자기 옆에 떡하니 와서 앉아 있더라고."

"아, 그러면 그때 다들 어디에……."

"글쎄, 그건 기억이 잘 안 나네. 무슨 일이었을까? 아마 다인이는 한 대 피우러 나갔던 것 같고, 주연 언니는 전화가 왔던가? 그리고 나랑 유선 언니는 화장실에 갔었나 보지. 암튼 뭐 어쩌다 보니 그렇게 됐었네."

어쩌다 보니 네 명이 한꺼번에? 일부러 자리를 비켜준 거였네.

그저 술자리에서 만난 남녀를 놀리는 마음이었겠지만. 그렇다면 다인이 기사를 보고 그렇게 호들갑을 떤 것도 이해가 간다. 이 만남을 자기들이 괜히 부추기는 바람에 일이 벌어진 것 같아서 껄끄럽고 불편했겠지. 하지만 그게 전부일까? 하필 어쩌다가 그 시간, 그 장소에 그런 인간이 있었던 것일까?

죽은 남자의 실체를 알고 난 뒤 조금은 마음이 가벼워진 것도 사실이었다. 그가 좋은 사람이었다면, 그러니까 착실히 봉사를 나가서 노숙자나 소외계층을 돕고, 상냥한 아내와 토끼 같은 자식들을 둔 다정한 가장이었다면 훨씬 더 마음이 아팠을 것이다. 그러니 어찌 보면 차라리 다행스러운 일이었다. 이 세상이 아주 조금이나마 정화되었을 거라고 생각해 버린다면 말이다. 하지만 상대가 '죽어 마땅한' 사람이라는 걸 알고 난 뒤에도 마음속의 껄끄러움은 사라지지 않았다. 넉 달간 바짝 졸라맸던 금주의 고삐가 한순간에 풀려버렸다는 불쾌한 후회까지 더해서, 그날 있었던 모든 일이 손톱 밑에 박힌 가시처럼 계속 거슬렸다. 어쨌든 그 약통의 비밀을 아는 건 자신과 죽은 남자, 둘 뿐이니 말이다. 적어도 아직까지는.

"아무튼 이제 땅굴은 그만 파고, 내일 유선 언니 돌아오면 같이 맛난 거나 먹으러 가자. 혼자 즐기고 왔으니 한턱 쏘라고 해야지."

미주가 다 털어버린 듯 밝은 목소리로 말했다. 거기에 대고 계속 우울한 티를 내봤자 좋을 건 없다.

"어디…… 가신 거예요?"

"엊그제 여행 갔잖아. 연례행사야, 그 언니. 이맘때면 항상 기분이 널을 뛰거든."

"겨울 여행 즐기시나 봐요."

수화기 너머에서 피식 웃는 소리가 들렸다.

"사실 한 시간이면 가는 가까운 곳인데 겸사겸사 혼자서 여행하고 오는 거야. 그렇게라도 해야 견딜 수 있겠지. 자식 앞세우고 제대로 사는 사람들 없다잖아. 그것도 하나뿐인 늦둥이 딸이었는데."

"네?"

술독에 빠져 지내던 시절에는 남의 말을 이해하기가 힘들었다. 귀로 들어온 정보가 머릿속에서 제대로 자리를 잡지 못하고 빙글빙글 돌기만 하는 것이다. 딱 지금처럼 말이다.

"아니, 그러면, 그게…… 그러니까…… 유선 언니 따님이……."

"아, 자긴 모르겠구나."

미주의 목소리는 담담했다.

"자살했대. 한…… 3년쯤 됐던가? 무진여중 수학 특별반에서도 밀어주는 영재였다는데. 어느 날 갑자기 하루아침에 유서도 없이 그렇게 갔다네? 무슨 일인지는 몰라도 어린애가 참 독하기도 하지."

16

땅거미가 깔려 어둑해지기 시작하자 불을 켜고, 진한 홍차 한 잔을 우려낸 뒤 다시 노트북을 열었다. 원하는 기사를 찾는 건 별로 어렵지 않았다. '여중생'과 '주영시'를 키워드로 하는 예전 기사 목록 가운데 지수가 원하던 정보가 있었다. 숨진 채 아파트 화단에 쓰러져 있던 M여중 1학년 A양을 발견한 것은 경비원이었고 유서는 없었다. 학교 폭력을 의심한 유가족의 요청으로 경찰이 추가 조사에 들어갔으나 의심할 만한 정황을 발견할 수 없었다고 했다.

그 남자가 성추행 의혹 때문에 학교를 그만두게 된 것은 아이가 죽고 반년쯤 지난 뒤였다. 그런 종류의 범죄는 수면으로 드러나기 전까지 무수한 희생자를 낳기 마련이다. 들키지 않고 스쳐 간 학생들, 알려지지 않은 피해자들이 얼마나 많았을까. 그리고 부모에게 차마 말할 수 없는 끔찍한 고민을 간직한 10대들이 가진 선택지는 그리 많지 않았을 것이다. 똑똑하고 야무진 여중생의 순진한 세상을 완전히 뒤흔들어 놓을 만한 고민이라면 말이다. 그러니 정말 이게 다 우연일까?

소중한 외동딸, 수학 특별반에서도 영재라고 칭찬받던 똑똑한 아이가 유서도 없이 갑자기 자살했는데, 반년 뒤에 그 학교 수학 선생이 학생들을 괴롭히던 성추행범이라는 의심을 받고 학교를 떠났어. 부모가 미쳐나가는 데 확실한 증거 따위는 필요 없지 않을까? 게다가 놈이 아무 벌도 받지 않고 멀쩡하게 살아간다면 그거야말로 돌아버린 뇌에 기름을 들이붓고 불을 지른 격이지. 고작 쉰네 살에 염색도 포기한 채 희끗한 백발로 교외의 은밀한 타운하우스에 조용히 은둔하면서 복수를 꿈꿀 법도 하지 않겠느냐고. 그리고 잡히지 않고 놈을 깔끔하게 보내버리려면 안전한 보험이 되어줄 희생양이 필요했을 테고.

아니, 근거 없는 망상은 집어치워. 조유선이 너에 대해 뭘 안다고 콕 집어서 이용했겠어? 술이나 약에 대해서는 몰랐을 텐데. 그리고 그 남자와 나란히 합석해서 이야기를 나누는 것까진 어떻게 유도할 수 있었다고 쳐도, 이후 상황은 우연에 맡겨야 하는데 그만한 위험을 감수하고 배팅했을 거라고?

하지만…….

하지만 제정신이 아니라면 어떨까? 미치도록 되갚아 주고 싶은 원한이 있다면. 되든 안 되든 그냥 밀어붙여 보고 싶지 않았을까? 눈앞에 있는 게…….

"그것들이었다면."

지수도 한때 청부업자를 고용하는 방법을 생각해 봤었다.

조선족에게 돈을 좀 쥐여주면 해결해 준다더라, 텔레그램으로 러시아 킬러를 고용하면 된다더라 하는 무수한 '카더라'들을 멍하니 검색하던 때가 있었다. 심부름센터에 돈을 주고, 조폭처럼 우락부락한 남자들을 고용해서 어둑한 밤길에 그것들을 덮치고 겁을 주는 상상도 해봤다. 여자애의 무릎을 꿇린 뒤 머리채를 잡고 흔들어서 깔깔대던 그 목소리로 비명을 지르게 해주고 싶다는 상상. 남자애의 옷을 모두 벗기고 의자에 앉힌 다음 묶어놓고 칼로 온몸에 하나씩 빗금을 그어가며 울고불고 싹싹 빌게 만드는 상상. 한 방에 죽여버리는 것보다 오랫동안 살려두고 끔찍한 굴욕을 주는 게 좋겠다고 생각하며 공들여서 이런저런 방법들을 상상하는 동안만큼은 혼자 미소 지을 수 있었다. 기나긴 암흑 속에서 그것만이 유일한 오락이던 때가 있었다.

그래, 그 기분을 안다. 알 것 같다. 그러니 훨씬 더 쉽고 안전한 방법이 있다면 시도하지 않을 이유가 없다.

"38번 테이블 여자분이 보내셨습니다아!"

종소리와 함께 환호가 쏟아지고, 남자의 탁자에 누군가 보낸 맥주잔이 놓였다면? 그가 뒤를 돌아보고, 일행도 없이 혼자 앉아서 해롱대는 지수를 발견했다면?

"감사히 잘 마시겠습니다. 아, 저랑 건배 한번 하실까요? 다음 잔은 제가 쏠게요."

그렇게 다가와서 합석하게 된 거라면?

약이 중요한 게 아니다. 그건 누구라도 탈 수 있으니까. 필요한 건 그저 안전한 희생양뿐.

'내가 알기로 그 집 CCTV는 고장 난 지 오래고.'

추천을 받아서 처음 와보는 집이라고 하지 않았던가?

'전공은 약학이었는데, 어쩌다 보니 이런 일을 하고 있네.'

'옛날에 우리 집이 카센터를 했었거든. 거의 정비사 수준으로 빠삭하니까 궁금한 거 있으면 물어봐요.'

약과 술에 취해 정신없는 남자의 대리운전 앱을 조작하는 건 식은 죽 먹기였을 테고, 사는 곳만 안다면 낡고 더러운 차의 배관이야 얼마든지 미리 손봐둘 수 있다. 그러면 그 누구의 손에도 직접 피를 묻힐 필요가 없다. 설령 일이 실패로 돌아가더라도 안심할 수 있다. 하지만 실패하지 않았다. 제대로 죽어버렸으니까.

머릿속이 빙글빙글 돌기 시작했다. 떠들썩한 테이블 한쪽에서 조용히 웃고 있던 조유선의 얼굴이 떠올랐다. 푸석한 회색 머리, 부드러운 미소. 알아듣기 힘들 만큼 나직한 목소리로 조곤조곤 말하던 그 여자가 이런 일을 꾸몄다고? 그리고 다들 기꺼이 도와준 거라고? 그럼 도대체 어디부터 어디까지가 계획이었을까? 혹시 처음부터……

따르르르르릉.

갑자기 뺨을 후려치는 것처럼 요란한 초인종 소리가 생각의 고리를 산산이 부숴버렸다. 벌떡 일어나는 바람에 앉아 있던 의자 다리가 뒤로 끌리며 요란한 소리를 냈다. 지수는 의자 등받이를 꽉 움켜쥐고 서 있었다.

따르르르르릉.

초인종이 다시 울렸다. 지수가 설정해 두었던 세련된 전자음이 아니라 요란한 종소리다. 게다가 누군가 일부러 키우기라도 한 것처럼 볼륨이 커져 있다. 지수는 월패드를 미처 확인할 새도 없이 허둥지둥 문 앞으로 달려갔다. 얼음처럼 싸늘한 손가락으로 겨우 손잡이를 잡고 조그만 구멍으로 밖을 내다보는 순간 숨이 턱 막혔다. 전에 이방인에게 문을 열어줬을 때는 끔찍한 일이 벌어졌었다. 이번엔…… 어떨까?

"자고 있었던 건 아니지?"

열린 문틈으로 조유선의 웃는 얼굴이 불쑥 나타났다. 하지만 다른 사람 같았다. 산뜻한 청재킷, 발목이 드러나는 경쾌한 면바지, 수수하게 하나로 묶고 있던 회색 머리도 부드러운 밤색으로 바뀌어 있다. 훨씬 젊고 활기차고, 낯설게 보였다.

"잠깐 우리 집에 올래?"

변함없이 상냥한 목소리였지만 지수의 등에서는 식은땀이 흘렀다.

"지금······요?"

자려던 참이었다고 해. 몸이 안 좋다고 말해.

"줄 게 있어서 그래."

조유선은 지수의 대답을 기다리지도 않고 현관문을 활짝 열어놓은 채, 돌아서서 걸어 나갔다. 경쾌하고 가벼운 발걸음이었다. 짧은 여행을 통해 마음을 비우고 홀가분해지기라도 한 것처럼. 그게 아니라면 뭔가 좋은 일이라도 기대하는 사람처럼.

지수는 멀어지는 조유선의 등을 바라보고 있다가 천천히 따라 나갔다. 집의 현관문을 닫고 조그만 뜰을 지나 울타리 밖으로 나간 뒤 길을 건넜다. 심장이 머리에 달리기라도 한 것처럼 관자놀이가 계속 쿵쿵 울려댔다.

뭐야? 이제 와서 인사라도 하려고?

'덕분에 그 새끼를 깔끔하게 처리했어, 고마워.'

하지만 그게 아니라면?

조유선의 집 울타리 안으로 들어서는 순간 문득 그런 생각이 들었다. 그냥 이용한 것뿐이라면? 그리고 이제 쓸모 없어진 도구를 치워버리려는 거면 어쩌지?

문득 그 손톱만 한 붉은 얼룩이 떠올랐다. 새하얗고 깔끔한 화장실 뒷벽에 남아 있던 포도줏빛 얼룩.

"집이 좀 엉망이지?"

안으로 들어간 조유선이 돌아서서 활짝 웃으며 두 팔을 벌렸다. 새까만 어둠을 배경으로 환하게 빛나는 사각형의 실내는 다른 차원으로 넘어가는 경계선처럼 보였다. 지수는 한참 망설이다가 주머니 속 핸드폰을 꽉 움켜쥐고 집 안으로 들어섰다.

17

철컥. 등 뒤에서 문이 잠기는 묵직한 소리에 가슴이 쿵 내려 앉았다.

하지만 눈앞에 펼쳐진 것은 평화롭고 따뜻한 풍경이었다. 참나무로 만든 가구와 밝은 색깔의 리넨 쿠션이 조화를 이루는 집 곳곳에는 초록색 식물을 담은 살구색 테라코타 화분들이 놓여 있었다. 집 안은 편안한 산장처럼 따뜻했고, 식물들이 뿜어내는 향긋한 풀 냄새가 났다. 하지만 깔끔하지는 않았다. 바닥에는 입을 활짝 벌린 여행 가방이 아무렇게나 놓여 있었고, 탁자 위에는 화려한 색채의 조그만 종이 상자들이 두서없이 널려 있었다. 누군가를 죽여서 소리 소문 없이 묻어버리기에는 너무 사람 사는 냄새가 물씬 풍기는 집이었다. 물론 그런 곳에서도 사람이 죽어 나갈 수야 있겠지만 적어도 오늘, 여기서는 아닐 것 같았다.

"들어와요. 아직 짐도 다 안 풀었는데 사람부터 부르고, 성미도 참 급하지?"

조유선은 현관문에 등을 딱 붙이고 서 있는 지수를 보고 웃으며 손짓했다.

"내가 차 덕후거든. 이번에 여행 가서 사 온 거, 다들 하나씩 챙겨주려고. 제일 먼저 고를 특권을 줄게. 앞집이니까."

차에 독을 타서 타운 전체를 말살해 버리는 건 어떨까. 자기 딸의 복수에 동원된 사람들을 몽땅 죽어버리려는 조유선의 큰 그림이라면.

"안 주셔도 되는데요."

신발을 신은 채 문 앞에 버티고 서서 말했다.

"별거 아닌데, 뭐. 이건 어때? 핫시나몬스파이스, 이거 괜찮아, 살짝 달달한 맛도 나고. 계피 향 좋아하면 한번 시험해 봐요. 아, 지금 마셔볼래?"

"괜찮……."

유선은 대답을 듣지도 않고 대뜸 손을 뻗어서 상자를 열더니 모슬린 천으로 된 티백 하나를 꺼내고 커피포트에 물을 끓이기 시작했다. 문득 타운에 면접을 보러 왔을 때 미주가 내오던 차가 떠올랐다. 묘하게 마음을 가라앉혀 주던 풀 냄새. 저건 절대, 죽어도 입에 대지 않겠다고 다짐하며 지수는 유선의 뒷모습을 물끄러미 쳐다보았다. 염색한 머리 때문에 완전히 다른 사람처럼 보였다.

"포장도 안 뜯은 차가 벽장에도 잔뜩 쌓여 있더라. 보고 좋으면 더 골라 가요. 사람 욕심이란 게 참 끝도 없지. 마시지도 않으면서 자꾸만 사다 나르는 거야. 우리 해인이가 그러더라고. '그러다 다 썩어서 버리면 무슨 소용이야, 엄마.' 그러면 나는 그러지. '네가 모은 아이돌 포토카드보다야 훨씬 가치 있겠다. 당장 5년 뒤에 한번 비교해 볼래?' 하하하하."

여전히 머릿속에서 쿵쿵대던 지수의 심장이 딱 멈췄다. 순식간에 이 집 온도가 5도쯤 내려간 것 같았다. 하지만 부드러운 음성은 태연하게 이어졌다.

"걔는 차 맛을 몰라. '그렇게 쓴 물을 도대체 무슨 맛으로 마셔?' 그러는 거야. 그러면 또 내가 '나중에 크면 다 알게 돼. 인생의 쓴맛을 좀 보고 나면 차가 달게 느껴질 거다.' 그러지. 그럼 애가 진저리를 치는 거야. 하하하. 말끝마다 따박따박, 너무 지독한 엄마지. 그런데 걔 놀리는 게 그렇게 재미있더라고. 얼굴에 표정이 다 드러나는 애라서."

지수는 여전히 문간에 서서 아무 말도 하지 않았다. 서늘한 손가락이 등뼈를 훑고 내려가는 것만 같았다.

"그래서 훤히 다 안다고 생각했지 뭐야. 우리 애는 내가 제일 잘 안다고. 진짜 비밀 하나 없이 친구처럼 가깝게 지내는 모녀라고 자부했거든."

포트의 물이 끓으며 쉭쉭거리는 소리가 나더니 저절로 툭 꺼졌다. 유선은 티백이 담긴 컵에 뜨거운 물을 부으며 태연하게 말을 이었다.

"그런데 그런 거 다 착각이었어. 어쩜 그렇게 독하게 셔터를 내려버릴 수 있는지. 아니, 저하고 나하고 함께 지낸 세월이 얼만데, 몇 자 적어주는 게 그렇게 어려워? 하다못해 이름 석 자만이라도 적어주고 가면 좋았잖아. 딱 이 사람 때문이다, 내가 이놈 때문에 너무 힘들어서 간다, 그렇게 언질만이라도 주면 좀 좋냐고."

유선이 조리대 위에 김이 모락모락 나는 머그잔 두 개를 올려놓고 먼 산을 보며 말을 이었다.

"그게 얼마나 사람 미치게 만드는지 모르지? 애가 그렇게 갔는데 당최 이유를 모르겠는 거야. 바로 그 전날 오후까지 학원 잘 다녀와서 나랑 같이 떡볶이도 만들어 먹고, 제 아빠랑 산책까지 잘 다녀와 놓고. 다음 날 아침에 그렇게 갑자기…… 가버렸는데 도대체 왜 그랬는지 모르겠더라고. 방을 다 뒤집었더랬어. 책이며 메모장이며 일기장까지. 주머니 속에서 나온 쪽지 하나까지 전부 다 탈탈 털었어. 미친년처럼 애 친구들도 붙잡고 늘어지고."

유선의 목소리는 낮고 침착했다. 울지도, 소리치지도, 목청을 높이지도 않았다.

"나중에는 그 이유가 너무 궁금해서 슬퍼할 틈도 없더라. 눈만 뜨면 그 생각인 거야."

유선이 조리대에 기대선 채 자기 몫의 차를 한 모금 마시더니 희미한 미소를 지었다.

"그러니 뒤늦게라도 실마리를 잡았을 때 내가 얼마나 기뻤겠어. 화도 안 나더라. 그냥 막힌 속이 뻥 뚫린 것처럼 정말 시원한 거야. 아, 그래! 바로 이거였구나."

집 안 가득한 풀 냄새와 시나몬 향기, 높낮이가 없이 조곤조곤한 목소리에 지수는 숨이 점점 막혀왔다.

"우리 해인이 별명이 다람쥐였어. 몸집이 작고 똘똘했거든. 그렇게 작고 귀여운 애가 나도 헷갈리는 수학 문제를 척척 풀어내는 게 너무 자랑스럽더라고. 친구들 다 제치고 소수 정예라는 수학 특별반에 들어가게 된 게 너무 뿌듯해서…… 애를 계속 밀어붙였어. 그게 지옥으로 가는 길인 줄도 모르고서. 언젠가부터 문제 푸는 게 좀 버겁다면서, 특별반 그만두고 싶다고 칭얼대는 애 등을 계속 떠밀었어. 엄살 부리지 말고 열심히 하라고. 그러면 성공해서 엄마 아빠보다 멋진 삶을 살 거라면서. 엄마는 마시는 차나 모으고 있지만 너는 타는 차를 모으게 될 거라고, 그런 실없는 소리나 해가면서. 그러니까 빠지지 말고 선생님이 오라고 하면 주말에도 군말 없이 나가서 공부하라고. 그렇게 열정적인 선생님을 만난 게 얼마나 행운이냐면서. 감사하는 마음으로 선생님 말씀…… 잘 들으라고."

담담하던 목소리가 점점 작아지더니 마지막 말은 거의 들리지 않았다. 허공을 맴도는 침묵이 그들 사이에 깃털처럼 조용히 내려앉았다.

"그래서……."

꽉 움켜쥔 손의 손톱이 손바닥을 아프도록 파고드는 순간, 굳어 있던 지수의 혓바닥이 풀렸다.

"그래서 날 이용했어요? 복수하려고?"

조유선이 고개를 들었다. 두 사람의 눈이 마주쳤다.

"도움을 받은 거지."

"그런 걸 도움이라고 하나요? 당사자도 모르게 돌아가는 일을?"

"이해해 줄 거라고 생각했어. 우리랑 잘 맞을 줄 알고 있었으니까. 그런 이웃을 찾고 있었거든."

"그러니까 처음부터 다 알고 일부러 골라서 들인 거네요. 이용해 먹기 좋게 술도 하고, 약도 하는 정신 나간 여자로."

"이런 기분이 뭔지 아는 사람을 찾은 거지."

"뭐라고요?"

"지수 씨라면 이해할 거라고 생각했어. 밤에 두 발 뻗고 자기 힘들지 않아? 눈만 감으면 가슴속에서 뭐가 막 끓어오르지? 갚아주지 않고는 못 견디겠잖아?"

"그게 당신들하고 도대체 무슨 상관이냐고요!"

지수가 소리쳤다. 심장이 터져나갈 것 같았다.

"내 심정은 이해하되, 나랑은 연결고리가 없는 사람이 필요했어. 그 인간은 내 얼굴을 모르지만, 혹시 문제가 생겼을 때 의심을 받으면 안 되니까."

"그, 그러니까 내 뒷조사를 했다는 거잖아요!"

몸이 덜덜 떨려서 목소리가 제대로 나오지 않았다. 하지만 조유선의 목소리는 차분했다.

"아주 간단한 수준의 조사였어. 회사에서 입사 지원자의 레퍼런스 체크를 하는 것과 별반 다르지도 않아. 같이 살 이웃이 어떤 사람인지는 알아야지. 일방적인 대답에만 맡겨둘 수는 없잖아."

"아니, 희생양을 찾은 거겠지. 일이 잘못되면 전부 덮어씌우려고!"

"희생이라니, 말도 안 돼. 덮어쓸 일 같은 것도 없어. 우리가 보호해 줄 테니까. 타운은 그런 곳이 아니야."

"미쳤어!"

그 말을 입 밖에 내고 나니 속이 후련해졌다. 고삐가 풀린 기분이었다.

"당신들 전부 다 미쳤어."

"불쾌했다면 정말 미안해. 하지만 우리는……."

"미안하다고? 사람이 죽었잖아요! 다 같이 합심해서 그렇게 일을……."

"글쎄, '사람'이라고 할 수 있는지 모르겠네."

갑자기 서늘해진 조유선의 목소리는 여전히 침착했다.

"중학생 본 적 있어? 생각보다 되게 어려. 겉모습은 소녀티가 나지만, 다들 아직 엄마 품을 찾는 애들이라고. 그런 애들을 망쳐놨는데, '사람'이라고?"

"그래도 이건…… 이러면 안 되잖아요!"

"왜 안 되는데?"

조유선이 잔을 내려놓으며 조용히 미소 지었다. 어쩐지 슬프고 섬뜩해 보이는 미소였다.

"우리 애는 가버렸는데, 그놈은 버젓이 살아 있는 게 너무 이상하잖아. 나쁜 짓을 저질렀으면 누구든 벌을 받아야 하는데, 아무도 벌을 내려주지 않으면 어떻게 해야 해? 우리 집은 엉망진창이 됐는데."

조유선이 입가에 미소를 띤 채 말했다.

"해인이 가고 나서 결국 남편과 나는 갈라섰어. 처음엔 너무 힘들어서 잠시 각자 시간을 가지기로 했을 뿐이었는데, 그 거리가 도무지 좁혀지지 않더라. 언젠가부터 문자로 가슴에 박히는 모진 말만 하고 내 전화는 피하더니, 기어이 사람이 이상해졌어. 유흥이라고는 생전 모르던 사람이 이상한 업소를 들락거리며 제멋대로 살고 있더라고. 그것도 타운에서 조사해 준 덕분에 알았지. 결국 남편은 연락을 모질게 끊더니 이민을 가버렸어. 그렇게 멀쩡한 가정이 박살 나버렸는데! 누군가는 책임을 져야지, 안 그래? 그런데 그 인간은 앞으로 결혼도 하고, 애도 낳고, 일도 하고, 해가 뜨고 지는 걸 보면서 아무 일도 없었다는 듯이 잘 살아간다고? 그건 아니지."

지수가 숨죽이며 듣고 있는 동안 조곤조곤한 목소리가 말을 이었다.

"얼마나 많은 애들을 괴롭혔을지 짐작도 안 가. 부모한테 말했지만 덮고 넘어가기로 한 애, 우리 해인이처럼 차마 말도 못 하고 넘어간 애, 그게 추행인지도 모르고 지나간 애, 화가 나서 고발했지만 결국 소문만 나고 좋은 꼴은 못 본 애. 그리고 앞으로 몇십 년 동안 당했을 애들까지. 우리가 몇 명을 구한 건지 셀 수도 없을걸. 그냥 놔뒀으면 어떻게 됐을 것 같아?"

"그건……."

그래, 그냥 놔뒀으면 어떻게 됐을까? 할 말이 떠오르지 않았다. 그래도 사람의 생명은 소중하다고? 그래도 법대로 해야 했다고? 지나간 일은 용서하고 본인 삶을 살았어야 한다고? 무슨 말을 해도 전부 다 헛소리처럼 들릴 것만 같다. 지수에게 그렇게 하라고 말하는 사람이 있다면 당장 뺨을 때려줄 것만 같다.

"그럼…… 직접 피를 묻히시든가!"

지수는 떨리는 목소리에 힘을 주어 소리쳤다.

"당신들끼리 해결했어야지! 아무 상관도 없는 사람을 끌어들여서……"

소리치며 손을 뒤로 돌려 현관문 손잡이를 더듬거렸다. 철컥철컥. 하지만 아무리 세게 잡아당기고 비틀어도 잘 열리지 않았다. 등골이 서늘해졌다.

"누구 손에도 피는 묻지 않았어. 잘 생각해 봐."

조유선이 타이르듯 말했다. 지수는 뒤로 돌린 손을 계속 움직였다. 하지만 손잡이는 꿈쩍도 하지 않는다. 제발!

"우린 그냥 판을 깔아줬을 뿐이야. 지수 씨 도움을 받아서 시선을 다른 데로 돌리기만 했지. 술을 먹고 잠이 든 건 그 인간 잘못이잖아."

"말 같지도 않은 소리 집어치워요! 당신들 전부 신고할 거야!"

철컥. 마침내 잠금장치가 풀렸다. 지수는 얼른 돌아서서 현관문을 활짝 열었다.

"하려면 해. 상관없어. 난 이미 3년 전 그때 죽은 거나 마찬가지니까."

저런 소리 듣지 말고 그대로 뛰어나가. 당장 짐을 싸서 여길 뜨는 거야. 되도록 빨리.

"타운을 나간대도 말리지 않을게."

등 뒤에서 조유선의 목소리가 들려왔다.

"하지만 우린 지수 씨를 도와주고 싶어."

싸늘한 밤바람이 머리카락을 흩어놓았다. 길 건너편에 새까만 밤하늘을 배경으로 환하게 불이 켜진 하얀 집이 보였다. 서지수의 집. 내 집.

"아까 내 마음을 이해해 줄 사람이 필요하다고 했잖아. 나도 지수 씨 마음을 이해하거든."

조유선의 목소리가 조금씩 가까워졌다.

"나 어제 정말 오랜만에 죽은 듯이 푹 잤어. 다 끝나고 나니까 그냥 천국에 온 것 같더라. 오랜만에 해인이 아빠 생각도 났어. 소식 들으면 좋아했을 텐데. 이제는 남남이 돼서 연락할 길이 없네. 이 기분 나만 즐기기엔 너무 아까운데 말이야. 아닐 거 같지? 그래도 사람인데, 이러면 안 된다는 죄책감에 빠질 거 같지? 절대 안 그래. 얼마나 후련한데. 그런 기분 느껴보고 싶지 않아?"

지수는 꼼짝하지 않고 서 있었다.

"지금 여길 나가면 그걸 느껴볼 기회가 영영 없을 거야. 그러면 너무 억울하지 않겠어?"

당장 경찰에 달려갈 수야 있지. 하지만 그러면 설명을 해야 할 것이다. 아주 많은 일들을. 다시 들춰내기도 싫은 기억들까지 모두 다.

"나도 처음엔 따라서 죽어버리거나, 용서하고 받아들이거나 둘 중 하나뿐이라고 생각했어. 하지만 다른 방법이 있어. 더 좋은 방법이."

갑자기 등 뒤에서 불쑥 사진 한 장이 튀어나왔다.

"그놈은 아주 잘 살고 있더라? 이제 약은 끊은 모양이고."

지수는 조유선의 손에 들린 사진을 내려다보았다. 지수의 악몽 속에 떠돌던 그 얼굴이 아니었다. 혈색이 아주 좋아 보였다. 머리카락도 많이 자라서 단정하게 손질되어 있었다. 유니폼을 입고 편의점 카운터 뒤에서 손님에게 담배를 건네며 웃는 모습이 익숙하고 자연스러워 보였다. 평범하고 건실한 아르바이트생 같았다. 누군가의 턱 밑에 조잡한 커터 칼을 들이대며 옷을 벗으라고 소리치는 일은 없을 것 같았다.

지수의 눈앞이 부옇게 흐려졌다. 1000, 999, 998, 997……. 조유선이 따뜻한 손으로 지수의 떨리는 어깨를 감싸안으며 속삭였다.

"이제 지수 씨 차례야. 자기도 천국을 한번 느껴봐. 우리가 도와줄게."

2부
천국

당신은 자신이 매사에 옳은 선택을 한다고 믿을 것이다.

자기는 좋은 사람이라고, 자신의 근본은 선량하다는 것을

믿어 의심치 않을 것이다.

나 역시 그랬다.

그 오랜 세월 동안, 삐딱한 시선에 고통받아 오면서도

인간의 근본은 선량하다고,

한 사람이 다른 사람을 완전한 지옥으로 몰아넣는 일은

불가능하다고 여기며 살아왔다.

하지만 그건 잘못된 생각이었다.

나는 누나가 죽고 나서야 그걸 알아버렸다.

1

“서지수 씨?”

귀에 익은 목소리를 들은 순간, 발이 땅에 붙어버렸다. 못 들은 척 도망치고 싶지만 이미 늦어버렸다.

“어, 유 팀장님?”

천천히 돌아서서 깜짝 놀랐다는 듯 억지로 눈썹을 끌어올리며 미소 짓는 수밖에.

“여기서 다 뵙네요?”

밖에서 보는 유민우는 완전히 다른 사람 같았다. 입고 태어난 것처럼 익숙하던 그 제복 대신 짙은 회색 바지에 헐렁한 남색 니트, 종아리까지 내려오는 얇은 까만색 코트 차림이었다.

“네, 저기, 음, 이 근처에 사는 친구가 있어서…….”

“그렇군요.”

“팀장님은요?”

“저는 오늘 오프라서요.”

그냥 저렇게 간단하고 건방진 대답이면 됐는데.

“그럼…… 집이 이 근처세요?”

"그건 아니고요."

그래도 알리바이는 만들어두는 게 좋을 것 같다. 어쨌든 타운에서 한 시간이나 떨어진 동네에서 마주쳤으니까.

"저는 친구네 집들이에 가는 길이에요. 선물을 아직 못 사서……."

일단 입을 열자 제법 그럴듯한 이야기가 흘러나왔다.

"그럼 좀 급해서 먼저 가보겠습니다. 나중에 타운에서 뵐게요. 수고하세요."

수고는 무슨. 괜히 찔려서 횡설수설 말이 길어졌지만, 저쪽은 건방지게 짧은 목례만 하는 바람에 기분이 확 나빠졌다. 걸어가다가 흘끗 뒤를 돌아보니 유민우는 그 자리에 서서 이쪽을 바라보고 있었다. 눈이 마주쳤는데도 당황한 기색 없이 똑바로 쳐다보는 시선이 불편했다. 어색해진 지수는 한 번 더 고개를 까딱하고 돌아섰다. 나쁜 짓을 하다가 들킨 것도 아닌데, 뒤통수가 괜히 따끔거렸다.

괜찮아. 그냥 주택가 골목이잖아. 저 인간은 내가 여기서 뭘 하고 있었는지 절대 알 수 없어. 타운 식구들에게 공유할 필요도 없는 사소한 일이야. 그래도 시키는 대로 차 안에만 얌전히 있어야 했는데 괜히 물 같은 걸 사겠다고 나가서는.

"먼발치에서 몰래 보기만 해. 절대 들키지 말고. 유선 언니

때랑은 달라서 놈이 자기 얼굴을 알잖아. 원래 실행할 때 당사자는 빠져 있는 게 원칙이지만, 자긴 특별히 봐주는 거야. 이번엔 한 방으로 끝내는 프로젝트가 아니니까."

놈은 조유선이 보여준 사진 속의 모습처럼 잘 살고 있었다. 애초에 본드나 기침약 수준의 가벼운 약물에 손을 댄 정도였으니 회복도 빠른 모양이었다. 지수가 한결같은 고통 속을 헤매고 있을 때, 놈은 약을 끊고 편의점에서 착실히 아르바이트를 하며 검정고시를 준비하고 있었다. 결국 놈의 아버지가 지수를 더 이상 찾아오지 않고 내버려둔 건 그만한 이유가 있었기 때문이다.

짧은 머리카락, 혈색 좋은 얼굴로 단정하게 편의점 유니폼을 차려입은 놈의 모습은 낯설었다. 길에서 우연히 마주쳤다면, 아니 바로 코앞에서 물건을 사고 계산을 했어도 전혀 알아보지 못했을 것이다. 여전히 가끔 담배 한 갑이나 음료수 한 병을 슬쩍하기도 했지만, 약도 술도 입에 대지 않았다. 틈틈이 책을 펴고 공부를 했고, 손님들에게 싱긋 웃어 보이기까지 했다. 다짜고짜 핸드폰을 들이밀며 뭔가를 묻는 노인에게 친절하게 이것저것 설명도 해주었다. 놈은 사회의 착실한 구성원으로 잘 살고 있었다. 이제 검정고시를 통과하면 대학에도 가겠지. 그 여자애와는 헤어진 모양이니, 제대로 된 여자친구를 만나서 대학 생활도 즐기고, 취직도 하고, 가정도 꾸리고 평범하게 살아갈 것이다. 그러니까 그 사건은 놈에게 아무런 흔적도 남기지 못했다. 생채기 하나 나지 않았다. 지워지지 않을 흉터가 생긴 것은 오직 지수뿐이다. 이러면 안 되지.

놈이 아직도 약에 절어 밑바닥을 헤매는 중이었다면 이쪽도 생각이 달라졌을 것이다. 그냥 침 한번 뱉고 돌아서서 제 갈 길을 갔을지도 모른다. 흔히들 충고하듯이, 다 잊고 잘 살아주는 게 최고의 복수니까. 그러니까 선택은 지수가 했더라도, 빌미를 제공한 건 그놈이다. 굳이 변명하자면 말이다.

석 달쯤 지나 지수가 다시 편의점을 찾았을 때, 놈은 더 이상 거기에 없었다.

"알바는 진작 잘렸지. 요즘은 근처 공원에서 죽치고 있더라. 해 지면 거기 운동 트랙 뒤편 동산이 쓰레기들 아지트야. 같이 가볼래? 우리가 놈을 어떻게 바꿔놨는지 감상해야지."

아직 해가 떠 있을 때는 꽤 괜찮은 장소였다. 트랙을 돌며 운동하는 러닝족과 운동기구를 능숙하게 사용하는 노인이 많았다. 하지만 트랙 뒤편에 줄지어 늘어선 울타리를 넘어 안쪽으로 들어가면 해가 들지 않는 어둑한 공터가 나왔다. 담배꽁초와 종이컵, 팩 소주, 그리고 흙투성이가 된 여자 속옷까지 널려 있는 걸 보면 어떤 곳인지는 알 만했다. 바닥에 널려 있는 쓰레기 중에는 주삿바늘이나 약 껍질 같은 것도 있었다.

"저런 놈들은 살짝만 건드려줘도 충분하거든."

하주연이 발끝으로 땅바닥에 떨어진 주삿바늘을 툭툭 건드리며 웃었다.

"자기도 알겠지만, 그런 욕구는 절대 사라지지 않잖아. 가슴속에 그냥 잠자고 있는 거지."

물론 지수도 잘 알고 있다. 중독은 첫사랑과 같아서 일평생 말끔히 털어낼 수 없다. 그저 아련하게 가슴에 묻어두고 살아가는 것이다.

"그래서 쉬운 걸로 그냥 살짝 건드려주기만 했어. 예전에 즐기던 걸 눈앞에 떨어뜨려 줬지. 함량은 좀 더 높은 걸로. 그러다 점점 더 센 걸로 옮겨 간 거야."

두 사람은 서로 팔짱을 끼고 울타리 근처를 이리저리 돌아다녔다. 한가한 오후에 햇빛을 받으며 공원을 산책하는 친구 사이처럼.

"심지만 굳으면 빠져나갈 구멍이야 얼마든지 있었잖아. 유선 언니네 그 변태 놈처럼 말이야. 그런데 아직 어려서 그런가, 의지가 그 정도로 강하진 않더라고."

원망이나 증오도 중독과 같다. 굳은 의지가 없다면 용서나 망각으로는 완전히 극복할 수 없다.

"원래 내리막길은 처음이 어렵잖아?"

하주연이 쿡쿡 웃었다.

"한번 자리 잡으면 그다음부터는 쭉쭉 떨어지는 거지. 뭐, 그렇게 된 거야. 약을 다시 시작하고 얼마 못 가 편의점에서 사고 치고 잘렸어. 이상한 놈들하고 다시 어울리기 시작하더니 지금은 아예 다 놔버렸던데? 매일 오는 건 아니지만 시간만 맞으면 볼 수 있을 거야. 놈이 얼마나 망가졌는지."

그래서 여기까지 왔다. 칼로 찌르고, 총으로 쏘고, 목을 조르고, 벼랑 끝에서 밀어버리고. 그동안 지수가 머릿속에서 온갖 방법으로 수십 번 죽였던 놈이 결국 어떤 지옥으로 떨어졌는지 직접 보기 위해서.

2

처음엔 바로 알아보지 못했다.

살이 너무 많이 빠진 탓이었다. 덥수룩하게 자란 머리칼이 목덜미를 덮고 있어서 앙상한 몸에 비해 머리가 커 보였다. 형편없이 더러운 티셔츠에 낡은 점퍼, 무릎이 튀어나온 추리닝 바지를 입고 3월 꽃샘추위에 어울리지 않게 맨발에 다 떨어진 슬리퍼를 질질 끌고 있었다. 편의점 유니폼을 단정하게 입고 싹싹하게 웃으며 손님을 맞던 그 모습이 전생처럼 아득했다.

트랙 앞쪽에는 저녁 운동이며 산책을 하는 사람들이 더러 있었지만, 뒤편 울타리 너머로는 누구도 가까이 가려고 하지 않았다. 가로등 불빛조차 미치지 못하는 사각지대, 인적이 드문 공터, 더러운 쓰레기가 가득 뒹구는 흙바닥이 놈의 새로운 아지트였다. 결국 다시 제자리를 찾은 것이다. 훨씬 더 어울리는 곳으로.

뒤쪽 울타리 밖 한적한 골목에 차를 대고 불을 끈 채 앉아 있으면, 들킬 염려 없이 안전하게 모든 것을 볼 수 있었다.

"감상하는 건 좋은데, 빌린 차니까 조심해서 다뤄. 쓸데없이 흔적 남기지 말고."

주다인이 뚱한 표정으로 차 열쇠를 넘겨주며 말하던 게 생각났다. 결국 차 밖으로 잠깐 나갔다가 하필 보안팀장과 마주쳐 버렸지만, 지금은 신경 쓰고 싶지 않다. 며칠간 허탕을 친 끝에 마침내 놈이 눈앞에 나타났으니까.

몰골은 엉망인데 기분은 꽤 좋아 보였다. 친구의 배 위에 벌러덩 누워 소주를 병째 마시다가 흥얼흥얼 노래를 불렀다. 멍하니 초점 잃은 눈으로 핸드폰을 꺼내 게임을 하다가 이따금 옆에 있는 비닐봉지를 들어서 속에 든 내용물을 한껏 흡입하곤 했다. 취기 탓인지, 약기운 때문인지, 반응 속도가 느려서 게임을 하는 손이 자꾸만 미끄러지자 짜증을 내기도 했다. 두 다리를 끊임없이 달달 떨다가 기침을 심하게 하고 가래침을 바닥에 아무렇게나 뱉어냈다. 그러는 사이사이, 온몸을 뒤틀면서 등과 배를 긁어대기도 했다.

지수는 놈이 감전이라도 된 것처럼 온몸을 웅크리고 벌벌 떨다가 갑자기 피가 날 만큼 세게 긁어대는 것을 지켜봤다. 가만히 보고 있자니 자기 몸도 여기저기 스멀스멀 가려워지는 것 같았다. 저러다 피부가 남아나지 않겠다 싶을 만큼 벅벅 긁던 놈이 갑자기 고개를 번쩍 쳐들더니 주머니를 뒤져 라이터를 꺼냈다.

"야! 줘봐! 줘어봐아아아아!"

친구의 손에 들린 담배를 빼앗다시피 낚아채서 가져갔지만 불을 켜기가 쉽지 않았다. 손이 심하게 떨렸기 때문이다. 여러 번 헛된 시도를 하다가 마침내 라이터 불이 켜지는 순간, 커다란 불기둥이 나타나며 주위가 갑자기 밝아졌다. 뭘 잘못 건드렸는지 싸구려 라이터의 불꽃이 최대치로 키워져 있었던 것이다. 훅 뻗어 올라간 라이터 불길이 길게 늘어진 놈의 앞머리를 화르륵 태우며 그대로 타고 올라갔다. 순식간이었다.

"아아아악! 씨바아아알!"

놀라서 지수가 차창을 내리자 끔찍한 비명이 들렸다. 옆에 있던 친구가 벌떡 일어서는 게 보였다. 그사이 놈은 오렌지색 불덩어리로 변해 있었다. 불길이 머리와 소매에 옮겨붙어 그대로 타들어 갔다. 나중에 알게 된 사실이지만, 놈들은 비닐봉지 안에 페인트 희석제를 넣어서 흡입하고 있었던 모양이다. 강력한 가연성 물질이 놈의 소매와 앞머리, 손과 얼굴에 묻어 있었기 때문에 순식간에 불이 붙어버린 것이다.

지수는 차 문을 열고 급히 뛰어나갔다. 하지만 싸늘한 3월의 월요일 저녁, 가로등이 드문드문 켜진 외딴 골목에는 아무도 없었다. 울타리 너머 공터는 어둡고 한적했으며, 저만치 앞쪽 트랙도 텅 비어 있었다. 그 와중에 옆에 있던 친구가 비틀대다가 불을 끄겠다고 소줏병을 들이붓는 바람에 불길은 더욱 화르륵 타올랐다. 불덩어리가 된 놈이 쓰러져서 흙바닥 위를 데굴데굴 구르는 게 보였다.

고통스러운 비명, 옷과 살과 머리카락이 타는 냄새.

결국 다른 놈이 친구를 놔두고 비틀거리며 저만치 뛰어가는 게 보였다. 지수는 떨리는 손으로 얼른 핸드폰을 꺼냈다. 1, 1을 누르고 숫자 9 위에 손을 얹었을 때 정신이 번쩍 들었다. 아직도 흉터가 남아 있는 발목이 따끔하게 쑤셔왔다.

아니, 잠깐만. 기다려봐. 이렇게 충동적으로 결정할 일이 아니야.

지수는 이마 위에 늘어진 머리카락을 쓸어 올리며 숨을 몰아쉬었다.

신고하면 기록이 남게 돼. 그래도 괜찮아? 신원이 알려질 거야. 처음부터 모든 걸 다 설명해야 할걸. 그러고 싶어?

'벗겨! 벗겨! 신고 못 하게 아예 찍어버려!'

그렇게 해서 얻는 게 뭔데? 어렵게 이 판을 깔아준 사람들에게 보답은 못 할망정 일을 망치고 싶어?

지수는 손바닥에 자국이 남을 만큼 핸드폰을 꼭 움켜쥐고 벌벌 떨며 서 있다가 다시 차 안으로 들어갔다. 창문을 끝까지 올리고 히터를 켜니 따뜻하고 아늑했다. 음악을 틀고 시끄러운 메탈 음악이 차 안을 가득 메울 때까지 볼륨을 높였다. 딱 한 모금, 시원한 맥주 생각이 날 때면 그랬던 것처럼 몸을 앞뒤로 흔들고 손등을 꼬집어가며 1000부터 거꾸로 숫자를 셌다. 828까지 셌을 때 창밖을 보니 불길은 이제 잦아들어 있었다. 사방에 타는 냄새가 진동했고, 흙바닥 위에 쓰러진 검은 그림자는 움직이지 않았다. 신음도, 구급차의 사이렌 소리도 들리지 않았다. 친구란 놈은 같이 약을 하고 있었으니 선뜻 신고도 못 하고 도망가 버린 듯했다.

지수는 조용히 시동을 걸고 골목을 빠져나왔다. 손이 심하게 떨렸지만, 절대 뒤돌아보지 않았다.

'천국을 느껴봐.'

그러게 착하게 좀 살지 그랬니. 사람 봐가면서 사고 치지 그랬어.

3

"아쉽네. 깔끔하게 보내버릴 수 있었는데."

"어차피 깔끔하긴 글렀지. 숯덩이가 됐는데."

미주의 말에 다인이 웃지도 않고 응수하자, 다들 깔깔거리며 잔을 들어 요란하게 부딪쳤다. 미주가 찾아냈다는 인근의 와인 바는 적당히 소박하고 아늑해서 다 같이 마음껏 어울리기 좋았다. 누구도 이해하지 못할 축하 파티를 위한 장소로 안성맞춤이었다.

"괜찮아? 그거 갖고 되겠어?"

미주가 지수의 잔에 담긴 콜라를 가리키며 물었다.

"아아, 괜찮아요. 술 냄새만 맡아도 적당히 알딸딸해지는 것 같아서."

"우리가 원망스럽겠지만 유혹에 노출돼야 강해지는 거야. 자꾸 싸고도는 것보다는 이게 나은 치료법일 수도 있어."

윤미주의 진지한 어조에 조유선이 손을 내저으며 웃었다.

"누구 앞에서 주름을 잡아."

"어머! 그러고 보니 내가 심리 전문가님 앞에서 허튼소릴

했네!"

윤미주가 화들짝 놀라며 입을 가리자 주다인이 고개를 흔들며 자기 잔을 내밀었다.

"야, 야, 너나 마셔라."

모두 다시 웃으며 잔을 들어 올렸고, 지수도 콜라가 담긴 유리컵을 내밀었다.

괜찮다는 말은 거짓이 아니었다. 이제는 다른 사람들의 와인잔에 넘실대는 붉은 액체를 봐도 입이 바짝 마르진 않았다. 적어도 갈증을 참아낼 수는 있었다. 그걸 숨길 필요가 없다는 것도 마음에 들었다. 이 사람들은 이제 다 알고 있으니까. 그냥 타운을 나갔더라면, 영원히 아무것도 달라지지 않았을 것이다. 여전히 혼자서 모든 아픔과 분노를 고스란히 감당하며 시들어갔겠지.

결국 그날 밤, 조유선의 집 문을 박차고 나오지 않았던 건 현명한 선택이었다. 짧은 시간에 그만한 판단을 해낸 자신이 자랑스러울 정도였다. 이제 이들이 지수의 알코올이자 약물인 셈이다. 필요할 때 도움을 받았으니, 적절히 잘 다루고 제때 끊어내기만 하면 평범한 삶을 살 수 있을 것이다.

"그래도 조심은 해야지. 건강이 제일인데."

조유선이 다정하게 지수의 팔을 토닥거리며 말했다. 그 간단한 몸짓에 괜히 뭉클해졌다.

"우리가 매의 눈으로 감시해 줄 테니까 허튼 생각 말고 따라
오면 되겠네."

다인의 툭 던지는 말도 살갑게 느껴졌다.

"걱정하지 마. 지수 씨는 이제 술 없이도 충분히 신날 거야.
그게 바로 복수의 맛이거든. 복수에 취하는 거지."

하주연이 지수의 잔에 자기 잔을 쨍그랑 부딪치며 어울리
지 않게 눈을 찡긋해 보였다.

"아주 보내버리는 것보다 이게 더 나을 수도 있어. 얼굴은
뭉개졌고, 머리는 모근까지 타버렸다니까 살아도 사는 게 아
닐걸."

"팔 한쪽도 엉망이라며? 소매가 녹아서 다 들러붙었다던
데. 앞으로 인생이 아주 꽃길이겠어."

미주가 목청을 높였다. 지수는 잔에 남은 콜라를 한 번에 쭉
들이켜다가 사레가 들려서 캑캑거렸다. 바닥을 데굴데굴 구
르던 오렌지색 불덩어리가 눈에 선했다. 코끝에는 아직도 탄
내가 감돌았다. 하지만 신기하게도 그날 이후 잠을 설친 적은
없었다. 밤새 꿈도 꾸지 않고 푹 잤다. 물론 낮에는 가끔 멍하
니 생각에 잠길 때도 있었다. 그때로 다시 돌아간다면 어떻게
할까? 바로 달려가서 도와줬다면 마음이 더 편했을까? 하지
만 대답은 언제나 한가지였다. 아니, 절대로.

놈을 구해줬더라면 세상은 그만큼 더 오염되었을 텐데? 이

제 적어도 마음대로 나쁜 짓은 못 하게 되었잖아. B급 영화에 나오는 것처럼 한 사람의 목숨을 희생시켜 세계 평화를 얻을 것인지 결정해야 할 상황 같았다고 하면 너무 멀리 간 건가? 하지만 생각해 보면 별로 다를 게 없다. 가벼운 상처만 입었다면 놈은 그걸 훈장 삼아 태연하게 간호사들이나 집적거리겠지. 그리고 퇴원하면 또 약을 하고, 몽롱한 정신으로 누군가의 집에 침입할 거다. 이번엔 그냥 사진만 찍지는 않을 거야. 더 심한 짓을 할지도 몰라. 그러니 쓸데없는 동정심은 넣어둬.

'우리가 몇 명을 구한 건지 셀 수도 없을걸. 그냥 놔뒀으면 어떻게 됐을 것 같아?'

귓가에 나직하게 울리던 조유선의 목소리를 떠올리는 순간, 약속이나 한 것처럼 눈이 마주쳤다. 다 안다는 듯 조용히 미소 짓는 온화한 얼굴을 보자 마음이 차분해졌다. 우리는 그저 각자의 삶을 살고 있었을 뿐, 누구에게도 해를 끼친 적 없는데. 사람 잘못 건드린 거야. 저렇게 벌레 한 마리 죽일 수 없을 것처럼 얌전한 사람마저 가차 없이 잔인해지게 만든 쪽이 잘못한 거잖아.

"바로 그게 이 일의 묘미야. 무슨 일이 벌어질지 모른다는 거. 계획대로 흘러가는 건 하나도 없거든. 어떤 놈이든 그냥 살짝 건드려주기만 하면 알아서 쭉쭉 미끄러지는 거야. 어디로 가는지도 모르고."

주연이 자기 몫의 잔을 쭉 들이켜며 말했다.

"우리 덕분에 지옥행 특급열차에 무임승차하는 거지."

다인이 거들었다.

"따져보면 지옥행도 아니야. 감옥보다야 병원이 낫지 않나? 자식새끼 약쟁이 돼서 더 큰일 저지르는 걸 막아줬는데, 부모가 감사할 일이지."

미주의 말에 다인이 안주를 집어 던지며 피식피식 웃었다.

"약 사는 돈이나 화상 치료비나 도긴개긴이겠다. 감사는, 에라이!"

"어쨌든 청소는 됐잖아. 세상이 얼마나 깨끗해졌냐."

윤미주가 자기 무릎에 떨어진 과자를 다시 집어 던지며 박장대소했다.

"도망친 친구 놈까지 살려준 셈인데. 지글지글 불쇼를 눈앞에서 봤으니, 앞으로는 정신 차리고 살 거 아냐? 놔뒀으면 그 새끼도 무슨 사고를 쳤을지 알 게 뭐야."

말이 점점 과격해지고, 안 그래도 굵은 목소리가 점점 더 걸쭉해지는 걸 보면 미주도 슬슬 취기가 오르는 모양이었다.

"어때! 자기야, 속 시원하지? 응? 기분 죽이지?"

뭉개진 발음으로 소리치며 술잔을 내밀고 흔드는 바람에 술이 사방으로 튀었다. 지수는 웃어 보이며 콜라가 담긴 잔을 얼른 부딪쳐 주었다.

"작작 해라. 귀청 떨어지겠다."

"아니야, 정말 우리 일이 그래서 의미가 있는 거잖아."

하주연의 구박에도 태연하게 말을 잇던 미주가 이번에는 유선을 보고 물었다.

"쓰레기는 치워주고, 고민은 없애주고! 꽃길만 걷게 해주는데. 안 그래, 언니?"

"아니, 이제 불똥이 나한테 튀는 거야?"

유선이 웃으며 손을 내저었다.

"언니가 이 기분 제일 잘 알 거 아니야. 솔직히 우리 아니었으면 언니도 여태 질질 짜고만 있었을걸? 아니, 질질 짜는 게 다 뭐야. 벌써 요단강을 건너도 백번은 건넜을 텐데. 우리 덕분에 아직 살아 있잖아!"

미주가 커다란 몸을 흔들면서 소리치자, 다인이 고개를 끄덕이며 동의했다.

"하긴, 언니 성격에 아직도 남편이랑 부둥켜안고 매일 눈물바람이었겠지. 엄마 가슴에 대못 박고 저세상 가버린 못된 계집애, 뭐 그리 이쁘다고 뇌주지도 못하고 둘이서 계속 질척거렸을걸."

"그럴 땐 같이 붙어 있어봤자 도움 안 돼. 각자 일어서야지. 안 그래, 지수 씨?"

기세 좋게 이어지던 대화에 갑자기 소환된 지수는 입에 머금고 있던 콜라를 얼른 삼켰다. 하지만 미주의 대책 없는 목소리는 한층 더 커졌다.

"무슨 정신병 같은 것도 있지 않나? 축축 처지는 인간들끼리 부대끼다 보면 같이 미치게 되는 뭐 그런 증상. 책에서 본 거 같은데."

"아, 그건 그런 의미가 아니라……."

"그래서 우리가 언니를 도와준 거야. 딱 잘라낼 수 있게. 기분은 더러워도 진실을 아는 게 좋잖아?"

하주연이 서늘한 목소리로 끼어드는 바람에 지수는 어색한 분위기 속에서 숨죽이고 두 사람을 바라보기만 했다. 딸을 애도하기 위해 부부가 각자 떨어져 살던 시절, 남편의 행적을 타운이 조사해 줬다는 조유선의 말이 생각났다.

공유 망상 장애는 이미 망상이 있는 사람과 가까운 사람이 같은 망상을 공유하게 되는 증상이니 이 경우와는 전혀 다르다. 게다가 아이를 잃은 모든 부부가 갈라서는 것도 아니다. 오히려 같은 슬픔을 공유하는 두 사람이 서로를 위로하며 함께 치유하고 극복해 나갈 수도 있다. 하지만 아내를 위로하는 대신, 퇴폐적인 유흥으로 관심을 돌릴 만큼 자포자기해 버린 인간이라면……. 그래, 곁에 없는 게 낫겠지. 이렇게 타운의 일에 몰두하는 것 자체가 조유선에게는 치유와 극복의 과정

일지도 몰라.

"죽은 딸내미는 그냥 핑계지. 그렇게 나약한 인간은 언제든 곪아서 터지게 되어 있어. 언니까지 썩어버리게 만들 거라고. 우리도 가슴이 아파서 몇 번이나 망설였지만 결국 언니를 위해서 알려준 거야. 그 따위 인간, 미련 없이 잘라내고 혼자 설 수 있게 도와준 거라고."

"그래그래! 결론적으로 언니는 자유를 찾았고, 우리는 타운을 찾았고, 지수 씨는 행복을 찾았으니 다 해피엔딩이지! 자, 마셔! 마셔!"

미주의 커다란 목소리에 지수도 콜라가 담긴 잔을 들어 올리며 유선의 눈치를 보았지만, 그쪽은 그저 조용히 미소 지을 뿐이었다.

"그런데 우리 감바스는 도대체 언제 나오는 거야? 시킨 지 한참 되지 않았나?"

슬쩍 가라앉은 분위기를 의식했는지 미주가 목청을 높였다.

"저 사람들 먼저 줬나 본데? 우리보다 늦게 왔는데 너무하네."

하주연이 뒤쪽 테이블을 기웃거리며 말했다.

"뭐야, 요즘도 이렇게 얼렁뚱땅 장사하는 데가 있어? 와, 여기도 지옥 맛 좀 보여줘야겠네. 정신 번쩍 들게."

다인의 말에 갑자기 다들 조용해졌다. 지수는 말없이 눈알만 굴렸다. 그건 좀 너무 나갔다고 누군가 나무라길 기다리며 숨죽이고 있었다. 하지만 멀뚱히 서로 바라보던 사람들이 갑자기 하나둘씩 킥킥거리기 시작했다.

"그럴까? 벌레라도 좀 풀어?" 미주의 말에 주연이 "난 어중간한 건 싫더라. 쥐나 살모넬라균 정도는 돼야지." 하고 받아치자 모두 더 크게 웃어댔다. 유선까지 웃는 걸 보니 지수는 바보가 된 기분이 들었다.

이게 재미있다고? 별로 웃기지 않은데. 아니, 무엇보다 이상한 기시감 같은 것이 들어 묘하게 신경이 쓰였다. 열심히 머리를 굴리며 이유를 찾고 있을 때, 뒤에서 귀에 익은 높고 가는 목소리가 들렸다.

"어머! 선생님?"

4

돌아보니 낯익은 얼굴이 보였다. 활짝 웃으면 사라지는 작은 눈, 살짝 촌스러운 분홍색 코트, 아담한 키를 보완해 주는 두꺼운 굽의 부츠. 짧고 경쾌한 단발머리를 이제는 길게 길러 하나로 묶고 있었지만, 무엇보다도 살짝 부푼 배가 눈에 들어왔다.

"은주 씨? 어머!"

지수가 일어서자, 여자가 가까이 다가오며 자기 배를 가리켰다.

"이제 7개월, 아직 좀 남았어요. 그런데 저 많이 쪘죠!"

"아니야, 딱 보기 좋은데. 축하해요! 잘 지냈어요?"

"저야 뭐. 입덧도 없고, 식성만 좋아져서 먹어대느라 정신 없어요. 선생님이야말로 잘 지내셨어요? 여기서 다 뵙네요!"

지수는 호기심 어린 눈들을 둘러보았다.

"친구들하고 한잔하러. 여긴 예전에 상담 센터에서 같이 근무하던 최은주 씨예요."

"아, 저는 리셉션에 있었어요. 접수하는 일."

은주가 사람들을 둘러보고 웃으며 손을 내저었다.

"요즘은 어디 계세요? 이제 몸은 좀 괜찮아지셨어요? 그 거⋯⋯."

웃으며 말을 잇다가 지수의 표정이 살짝 어두워지는 걸 보니 아차 싶은 모양이었다. 사고는 센터를 나오고 나서도 한참 뒤에 일어난 일이지만, 워낙 좁은 업계라 당연히 소문이 돌았을 것이다.

"이제 괜찮아요. 일은 아직이고. 음, 은주 씨도 여기서 약속?"

지수는 슬쩍 말을 돌리며 물었다. 당황하며 진땀을 흘리는 대신 능숙하게 대처한 게 뿌듯했다.

"하하하. 와인은 좋아하지만, 당분간 참아야죠 뭐. 여기 저희 형부 가게거든요. 가끔 나와서 주방 관리하며 용돈벌이하고 있어요. 언니가 애만 셋이라 정신이 없어서."

"어머, 그렇구나. 이런 우연이 다 있네."

어색하게 웃으며 이쯤에서 사라져 주길 바라지만, 이 친구는 예전에도 쓸데없이 말이 많은 타입이었다.

"원장님 소식은 들으셨어요?"

"글쎄."

이런 타입은 상대가 모르는 소식을 전해주고 싶어서 안달이 난다. 불편하고 껄끄러운 사람에 대한 소문이라면 더더욱 적극적으로 나선다.

"선생님 나가시고 얼마 안 돼서 센터 접으셨어요. 한참 쉬시다가 작년에 후암동에 작게 새로 여셨대요. 여기서 차로 한 40분 거리?"

"아아."

더 묻지 않고 입을 다물어버리자 김이 샜는지, 은주가 재빨리 상황을 정리했다.

"그럼 말씀들 나누세요. 저는 주방 좀 들여다봐야겠어요. 치즈 플레이트 하나 서비스로 드릴게요. 자주 놀러 오세요."

"감사합니다."

웬일로 잠잠한 미주를 대신해 조유선이 부드럽게 인사했다.

"무슨 일이야?"

은주가 사라지자마자 다인이 물었다.

"네?"

"분위기 갑자기 싸해지던데. 자기 얼굴에 다 쓰여 있어."

"아아, 그냥."

"숨겨도 소용없어. 우리가 파면 다 나오는 거 알지?"

다인의 거침없는 말에 하주연이 손을 뻗어 팔을 툭 치며 말했다.

"하여간 넌 농담을 진담처럼 하는 게 문제라니까."

"아니에요. 숨기고 말고 할 것도 없는 얘긴데요."

작정하고 알아보면 다 나올 텐데, 남의 입을 통하는 것보다
는 제대로 된 얘기를 들려주는 게 나을 것 같다. 서지수가 한
성질 하던 옛날 일인데, 뭐.

"그 강도 사건이 나기 한참 전에, 그러니까 보호관찰소에
다니기 전에 잠깐 일했던 센터에 같이 있던 친구예요. 아동
심리 상담과 치료를 전문으로 하는 곳이었는데, 음…… 알고
보니 원장이 이상한 짓을 좀 하고 있더라고요."

"이상한 짓?"

유선이 물었다.

"상태가 별로 심각하지 않은 애들인데, 부모에게는 부풀려
서 말한 거예요."

"뭐?"

"상담 세션도 억지로 늘리고, 약도 과잉 처방하고, 뭐 그렇
게 한 거죠."

한창 의욕이 가득하던 시절이었다. 지금보다 두 배는 더 건
강하고, 대담하고, 자신만만하던 시절. 다인만큼이나 거침없
이 할 말을 내뱉던 때였다.

"좀 지켜보다가 확실하다 싶어졌을 때 냉큼 가서 따졌어요.
지금 생각하면 그냥 차곡차곡 증거를 모아뒀다가 어디 신고
라도 하는 게 나았을 텐데, 그땐 좀 철이 없어서."

"그래서?"

"당연히 잘렸죠. 오히려 제 근태랑 이런저런 핑계를 대더라
고요."

지수는 허망하게 웃었다.

"그럼 부당해고로 신고해야지! 확 엎어버리든가."

다인이 찌그러진 한쪽 눈을 깜빡거리며 말했다.

"그러기엔 이 바닥이 너무 좁아서."

정의감에 불타올라 내지르고 보니 덜컥 겁이 났다. 다른 곳
에서 일할 기회가 사라질까 봐 걱정됐다. 검사 결과야 조작하
면 그만일 텐데, 너무 무모하게 들이받았다는 생각에 후회가
됐다.

"그래도 얌전히 나오진 않았어요."

"뭐, 불이라도 질렀어?"

조용히 듣고 있던 윤미주가 피식 웃으며 물었다.

"다른 센터에서 재검받아 보시라고 몇몇 집에 문자 넣었죠.
짐 싸서 나오는 마지막 날에도 몰래 집에 연락해서 애를 돌려
보내기도 했어요."

"그러면 부모가 순순히 납득하고 데려가?"

윤미주가 물었다.

"운이 좋았는지, 이해해 주더라고요."

그때를 떠올리자 슬며시 웃음이 났다. 누군가를 위해 거침
없이 할 일을 한다는 생각에 가슴이 뜨거워지던 기억. 서지수

가 이렇게 망가져 버리기 전에는 꽤 좋은 사람이었다는 증거로 내내 흐뭇하게 간직해 온 추억이다.

"요즘은 워낙 다들 바쁘니까, 애만 놔두고 가는 사람들이 많아서요. 갑자기 보호자랑 연락이 닿기가 쉽진 않더라고요. 포기하긴 싫어서 할아버지며 외삼촌까지 다 뒤져보고 그랬죠."

"자기, 생각보다 집요하구나."

미주가 술잔에 남은 술을 마시며 감탄한 듯 중얼거렸다.

"제가 그때는 좀…… 의욕이 앞서던 때라."

지수가 멋쩍은 듯 미소 지었다.

"고작 그게 복수야? 소심하기는."

하주연이 혀를 찼다.

"그래도 애들 앞날은 구한 셈이잖아요. 그런 생각을 하면 뿌듯하긴 해요."

"그냥 시원하게 불이나 지르지."

윤미주가 얼음을 와그작 깨물며 중얼거렸다.

"그거야 네 생각이고."

하주연이 말했다.

"아무튼 그 원장이라는 인간은 아직도 버젓이 센터를 운영하고 있다는 거지?"

다인이 말하다가 생각난 듯 덧붙였다.

“거기도 맛 좀 보여줄까?”

“네?”

“이야기를 들어보니 그 인간도 세상에 딱히 도움 되는 게 없어 보여서. 거기다 자기한테도 못 할 짓 했다니까 가만두면 안 되겠는데?”

“아하하하.”

어색하게 웃으며 주위를 둘러보니 아까처럼 모두 미소 짓고 있었다. 그린 듯 다 같이 활짝 올라간 입꼬리가 어쩐지 좀 오싹했다.

“그건 나중에 생각하고, 일단 오늘은 평화롭게 보내자. 지수 씨 좀 즐기게.”

하주연이 손사래를 치며 말하자 그제야 다들 잔을 부딪치고 남은 와인을 마셨다.

“아니, 진짜 말만 해. 두 발 뻗고 푹 자게 도와줄게.”

다인이 삐딱하게 웃으며 말했지만, 일그러진 한쪽 눈만은 전혀 웃고 있지 않았다.

5

“얼른 뒤따라와! 통금 걸리면 골치 아프다!”

세 사람이 탄 택시 문이 닫히더니 저만치 멀어져 갔다. 미주가 지수를 돌아보았다.

“이제 꽃샘추위도 끝난 건가, 별로 춥지 않네. 우리는 그냥 슬슬 걸어갈까? 딱 한 시간 남았는데.”

“그럴까요.”

시끄러운 목청에 요란한 옷차림, 가끔 숨 막히게 옥죄는 커다란 덩치가 부담스럽긴 해도, 역시 윤미주는 타운에서 가장 가깝게 느껴지는 이웃이었다. 곤란한 상황이 닥칠 때마다 능청스러운 유머로 넘겨주는 센스도 마음에 들었다. 조심스러운 질문을 하기에도 적당한 상대다.

“그런데 통금은…… 도대체 왜 생긴 거예요?”

“통제와 관리지, 뭐.”

미주가 커다란 몸을 감싼 청록색 니트 재킷의 깃을 끌어올리며 말했다.

“이제 자기도 한식구니까 하는 말이지만, 타운에선 누구 하나 풀어지면 별로 좋을 거 없잖아. 다 같이 뭉치려면 적당한 수준의 압박도 필요한 법이야."

"11시가 넘으면 무슨 일이 벌어지는데요?"

"글쎄."

미주가 씩 웃었다. 넓적한 얼굴에 비해 유난히 작은 이목구비가 가로등 불빛 아래서 묘하게 어색해 보였다.

"별거 없어. 그렇다고 궁금하면 늦어보란 이야기는 못 하겠네. 보안팀에서 가만있지 않을 테니까. 하하하."

"그 사람은 아무것도 모른다고 했죠? 유 팀장."

"그냥 고용인일 뿐이야. 철저하게 뒷조사해서 뽑긴 했지만, 그래도 우리 일은 우리끼리 처리하지."

그럼 그날 하필 거기서 마주친 게 더더욱 꺼림칙한데. 그 공원에서 벌어진 화재 사건과 바로 옆 골목에 있던 지수를 연결 지어 생각하는 건 아닌지 걱정이 됐다.

"그럼 혹시 유선 언니 일이 처음이 아닌 거예요?"

"응?"

"그러니까 다 같이 그렇게……."

"아."

미주가 미소 지었다.

"어쨌든 지금의 멤버가 다 모여서 각자 제대로 자기 몫을 한 건 그게 처음이라고 봐야지. 그 전엔 타운이라는 게 아예 없었으니까."

"그럼 다들 어떻게 모인 거예요?"

"나랑 주연 언니가 시작한 거야. 언니가 물려받은 재산이 좀 있거든. 때마침 헐값에 나온 적당한 부지도 찾았고. 처음엔 그냥 마음 맞는 사람들끼리 편하게 살아보자고 시작했지만, 모이고 보니 다들 사연이 있더라고. 아무리 착한 사람도 계속 밟히면 도저히 못 참고 지렁이처럼 꿈틀하게 되잖아? 그런데 혼자 꿈틀해 봐야 소용이 있나?"

흥분하던 미주가 주위를 둘러보더니 커지려는 목청을 다시 가라앉혔다.

"그래서 힘을 모으기 시작한 거지. 누군가 제대로 꿈틀할 수 있게 다 같이 도와주는 거야. 그러면 언젠가는 내 차례가 돌아오거든. 품앗이처럼. 자기도 유선 언니 일 때문에 우리한테 배신감 느꼈겠지만, 이렇게 차례가 됐잖아. 누구나 살면서 그런 도움이 필요한 순간이 분명히 있단 말이야. 그럴 때 든든한 자기편이 있다는 게 얼마나 좋은지 몰라. 그러니 우리는 언제든 믿고 기대도 돼. 나도 자기한테 그럴 테니까."

미주가 웃으며 말했다.

"그럼 타운에는 누구든 약점을 가진 사람만 들어올 수 있는 거예요?"

"글쎄, '지옥에 다녀와 본 사람'이라고 해두자."

미주가 담담하게 말했다.

"우리는 다 같이 팔을 뻗어서 서로를 지옥에서 건져주는 거니까."

"그러면……."

"응?"

"미주 씨도 그런 경험이 있어요?"

"그런 경험?"

"지옥에 다녀와 본 경험."

"아아."

미주가 고개를 끄덕였다.

"그런 경험이야 있지만, 내 지옥은 좀 달라."

윤미주가 빗물이 고인 웅덩이를 피해서 조심스럽게 발을 디디며 말했다.

"그런 면에서 자긴 운이 좋은 거야. 난 갚아줄 곳도 없다."

전에 없이 진지한 어조 때문에 더 캐물어도 될지 눈치가 보였다. 지수는 입을 다물고 윤미주의 큼직한 보폭을 종종걸음으로 따라가며 다음 말을 기다렸다. 한동안 묵묵히 걷기만 할 뿐 아무 말이 없던 윤미주가 갑자기 멈춰 서서 소매를 걷어 올리더니 팔을 불쑥 내밀었다. 가로등 불빛에 비친 두툼한 손목 안쪽에 희미한 가로줄 몇 개가 보였다.

"주연 언니랑 내가 병원 옥상에서 처음 만났다는 이야기 했

나? 우리 둘 다 사는 게 질린 인간들이었거든. 그때 나는 뛰어
내리다가 발목이 부러져서 철심을 박았는데, 그 언닌 알고 보
니 약을 먹었더라고?”

미주가 피식 웃으며 말을 이었다.

“우리 언니는 운 좋게 한 번에 가버렸는데. 나는 몇 번이나
노력해도 잘 안 되는 거야.”

지수는 미주의 손목 위에 조그만 애벌레처럼 내려앉은 흉
터를 숨죽이고 내려다봤다.

“언니는 하나뿐인 조카가 사고로 죽은 뒤 한 달 만에 뒤따라
갔어.”

“아……..”

할 말을 찾을 수가 없었다. 그런데 갚아줄 곳도 없다는 소리
는 그럼…….

“형부라는 인간이 운전대를 잡고 있었는데, 글쎄, 애 안전
벨트도 안 채웠더라.”

윤미주의 담담한 목소리가 고요한 밤공기 속에 서늘하게
울렸다.

“그 상태로 벽을 들이받아서 애는 튕겨 나가고, 저는 납작
하게 구겨졌더라고. 알아서 지옥으로 꺼져줬는데, 그게 진짜
너무 분한 거 있지?”

지수는 말없이 한 손을 윤미주의 팔에 얹었다. 그 이상 어떤

위로를 해야 좋을지 알 수 없었다.

"나라면 그렇게 한 방에 보내지는 않을 텐데. 그건 너무 과분하잖아? 야금야금 질질 끌며 피를 말려야 그게 진짜 복수지."

6

삐걱.

희미한 소리에 눈을 떴다. 부옇게 흐린 시야에는 아무것도 들어오지 않는다. 몸이 물먹은 솜처럼 무거워서 일어날 수가 없다.

삐걱.

하지만 그 소리가 다시 들렸다. 이번에는 좀 더 확실하게. 그리고…….

지수의 피가 얼어붙었다.

타는 냄새. 살과 머리카락이 타들어 가는 역겨운 냄새.

낑낑거리며 몸을 일으키려고 애를 썼다.

콰르르릉 콰쾅!

갑자기 창밖이 번쩍하더니 하늘이 무섭게 울렸다. 지수는 기겁하며 펄쩍 튀어 올랐다.

거실 소파에 누워 티브이 소리는 꺼둔 채 화면만 보며 음악을 듣다 반쯤 졸았던 모양이다. 스피커에서 흘러나오는 재즈 선율 위로 창문을 세차게 두드리는 빗소리가 들려왔다. 하지만 정신을 미처 차리기도 전에 이어서 불이 번쩍하더니 또다시 세차게 천둥이 쳤다. 마치 하늘을 굵은 망치로 때리는 것 같았다. 지수는 벌벌 떨며 쿠션을 꽉 끌어안고 소파에 좀 더 깊숙이 몸을 묻었다.

뚝. 갑자기 티브이 화면이 시커멓게 변하더니 사방이 깜깜해졌다. 집 전체의 불이 나가버린 것이다.

지수는 벌떡 일어섰다. 블루투스 스피커에서 흘러나오는 재즈 소리와 창밖으로 내리는 빗소리만이 시커먼 집 안에 울려 퍼지고 있었다. 지수는 소파 옆 벽에 붙어 서서 호흡을 가다듬었다. 손발이 떨렸다. 목구멍이 조여오는 것 같아서 숨쉬기가 힘들었다.

핸드폰, 핸드폰이 어디 있지?

집 앞에 서 있는 타운의 가로등도 꺼졌는지 커튼 너머 창밖도 캄캄했다. 어둠 속에서 나지막이 빌리 홀리데이가 〈미스티〉를 부르기 시작했다. 무척 좋아하던 노래였는데. 지금은 어둠 속에서 귀에 대고 속삭이는 듯 허스키한 목소리가 섬뜩하게 느껴졌다. 벽에 등을 대고 선 채 한 걸음도 나갈 수가 없었다.

개들이 저기 있어. 어둠 속에서 나지막이 깔깔대는 여자애의 웃음소리가 들렸다. 고기를 굽다가 태워버린 것처럼 희미한 탄내를 맡을 수 있었다. 그날 이후, 이따금 코끝에 감도는 그 역겨운 냄새.

그것들이 날 따라왔어. 여기까지!

여자애의 킬킬거리는 웃음소리가 빌리 홀리데이의 목소리와 섞여서 귓가에 웅웅 울렸다.

우르르릉 쾅!

하늘이 다시 울렸다. 그리고 다시 눈앞이 번쩍 밝아지는 순간, 텅 빈 거실 저편에 희미한 그림자가 보였다. 시커멓게 타버려 형체만 남은 둥그런 머리가 꼬챙이 같은 목 위에 얹혀 있었다.

지수는 비명을 질러댔다. 그대로 벌떡 일어나서 현관까지 뛰어가려다가 깔개에 발이 걸리며 앞으로 철퍼덕 엎어졌다. 철심을 박았던 발목이 욱신하게 쑤셨다.

약 먹은 개구리처럼 바닥에 넘어진 채 허우적거리는데 소리가 들려왔다.

치지직.

빗소리, 천둥소리, 그리고 빌리 홀리데이를 뚫고 다시 한 번 치지직 하는 잡음이 울리더니 소리가 흘러나왔다.

"보안실입니다. D호, 괜찮으십니까?"

귀에 익은 건방진 목소리를 듣는 순간, 싸늘해진 손끝에 피가 도는 게 느껴졌다. 하지만 목소리가 나오지 않았다.

"D호? 전기가 나간 걸로 표시되는데요, 맞습니까?"

지수는 바닥을 엉금엉금 기어가서 주방 아일랜드 탁자를 붙잡고 간신히 몸을 일으켰다. 그새 어둠에 눈이 익었는지 싱크대 위에 놓여 있던 핸드폰이 보였다. 손에 밴 땀 때문에 몇 번이나 미끄러지고 나서야 간신히 폰을 집어 들고 손전등을 켠 뒤 빌리 홀리데이의 입도 막아버릴 수 있었다.

뚝. 음악이 그치자 유리창을 때리는 거센 빗소리만 가득해졌다.

"여보세요? D호예요! 여기 불이 나갔어요! 빨리 좀 와주세요! 얼른요!"

"전부 다 나간 겁니까? 집 앞 가로등까지 꺼진 걸로 나오네요."

"그렇다니까요! 얼른 와주세요, 얼른! 여기 너무 깜깜해요! 여기 누가……."

지수는 몸을 싱크대에 딱 붙이고 선 채 핸드폰 손전등으로 앞을 비춰보며 말했다. 거실은 텅 비어 있었다. 그림자 속에 서 있는 사람은 없었다. 이따금 번개가 번쩍하는 집 안에는 분명히 지수 혼자뿐이었다. 하지만…….

"서지수 씨?"

지수는 대답하지 않았다.

"제 말 들리십니까? 일단 분전함을 한번 보세요. 거기 누전 차단기가……."

"뭘…… 보라고요?"

지수가 속삭였다.

"분전함 말입니다. 어디 있는지는 아시죠?"

"아뇨, 모, 몰라요."

인터폰 너머에서 나직한 한숨 소리가 들렸다.

"이사 올 때 드린 매뉴얼 안 보셨습니까?"

"누가…… 있어요."

지수는 벌벌 떨며 속삭이듯 말했다.

"뭐라고요?"

"2층에…… 누가…… 누가 있다고요."

"서지수 씨?"

2층에서 삐걱하고 바닥이 울리는 소리가 났다.

"제발…… 여기 좀 와주세요. 2층에 있어. 걔들이 왔다고."

"누가 왔다고요? 서지수 씨? 서지수 씨!"

"제발, 여기 좀 와달라고요! 제발!"

그 이상은 무리였다. 지수는 등을 벽에 딱 붙인 채 그대로 주르륵 미끄러져 바닥에 주저앉았다. 싱크대 수납장 사이에 몸을 숨긴 채 두 손으로 귀를 막고 몸을 잔뜩 웅크렸다. 귓전에 천둥소리가 웅웅거렸다.

안 돼, 안 돼, 안 돼, 안 돼, 안 돼.

두 팔로 몸을 감싼 채 바닥에 주저앉아서 그 말만 되뇌었던 것 같다. 진정제가 든 약통이 2층에 있었기 때문에 가지러 갈 수도 없었다. 이제 끊어도 되겠다 싶어서 한 달쯤 전부터는 먹지 않고도 잘 지냈는데. 지금은 한 움큼을 다 털어 넣어도 모자랄 것 같다.

쿵! 쿵! 쿵! 쿵! 쿵!

"으아아아악!"

무턱대고 다시 비명을 질렀지만, 다시 들어보니 누군가의 발소리가 아니라 현관문 소리였다. 지수가 귀를 막은 손을 내리고 천천히 고개를 들자, 이번에는 타다다닥 유리창 두드리는 소리가 들렸다.

"서지수 씨!"

귀에 익은 목소리도 들렸다. 창밖에서 손전등이 번쩍하는 게 보였다. 고개를 내밀자 보안팀장이 유리창을 두드리는 게 보였다. 지수는 얼른 일어나서 허겁지겁 뛰어나가 현관문을 열었다.

"괜찮으십니까?"

물이 뚝뚝 떨어지는 비옷을 입은 시커먼 형체를 본 순간, 너무 반가워서 와락 끌어안을 뻔했다.

"누가 있다고요? 2층에?"

유민우가 문간에 서서 손전등으로 집 안을 비추며 물었다. 지수는 말이 잘 나오지 않아서 고개만 끄덕였다.

"그럴 리는 없습니다. 제가 종일 초소에 있었으니까. 저희를 거치지 않고는 아무도 못 들어옵니다."

"그래도……."

"우선 불부터 켜시죠. 분전함은 확인해 보셨습니까?"

"어, 어디 있는지 모른다니까요!"

짜증을 내는 순간, 막혔던 목이 갑자기 탁 트이는 것 같았다.

"벽장 안에 있습니다. 건조기 뒤를 보세요."

유민우가 한숨을 쉬며 말했다.

"거기 누전차단기부터 확인하세요."

"제가요?"

"본인 집이잖습니까. 직접 하셔야죠. 제가 함부로 들어갈 수는 없으니까."

"하지만……."

"길을 비춰드리죠."

유민우는 입을 굳게 다물고 턱짓을 하더니 문간에 선 채로 커다란 손전등을 고쳐 잡았다. 절대 타협하지 않겠다는 그 꼬장꼬장한 태도가 어쩐지 지수의 가쁜 숨을 진정시켰다. 조금씩 몸의 감각이 돌아오면서 제정신이 들기 시작했다. 그래, 내 집이잖아. 그 누구도 함부로 들어올 수 없어. 보안팀장조차도 허락을 받아야 한다고.

지수는 뒤에 버티고 선 유민우가 비춰주는 불빛을 따라서 걸어갔다. 건조기와 청소도구가 들어 있는 벽장문을 열고 발돋움해서 핸드폰 손전등을 비추자 몇 개의 스위치가 줄지어 붙은 배전판이 보였다.

"어때요? 보입니까?"

"보여요. 전부 다 내려가 있네요."

"그걸 올려보세요."

유민우가 다시 한숨을 쉬며 말했다.

하나씩 올리는 순간, 티브이가 켜지더니 곧바로 집 전체가 환해졌다. 갑자기 모든 게 제자리로 돌아왔다. 비는 여전히 줄기차게 내렸고, 가끔 저 멀리서 하늘이 쿵쾅거렸지만 이젠 조금도 무섭지 않았다.

"전력 소모량이 많았나요? 가전제품을 한꺼번에 돌렸다든 가."

"티브이만 보고 있었어요. 거실 불이야 당연히 켜두었고."

"2층에 뭘 켜두고 깜빡하신 건 아닙니까? 제습기나 노트북, 아니면……."

잠깐 말을 멈추고 이마를 찌푸리다가 원하던 단어가 떠올랐는지 재빨리 덧붙였다.

"고데기나 헤어드라이어 같은 거 말입니다. 사실 그런 걸 사용하셔도 이 사달은 잘 나지 않지만, 전부 한꺼번에 켜두셨다면 또 모르니까요."

"그런 적 없어요!"

발끈해서 대답했다가 이마를 찌푸렸다.

"그런데…… 혹시 또 모르겠네요."

불이 환히 켜진 지금은 모든 게 꿈처럼 아득하지만, 아까는 분명 혼자가 아닌 것 같았다. 누군가 지켜보고 있는 느낌이 들었다. 2층은 과연 안전할까?

"제가 점검해 드릴까요?"

마침내 그의 입에서 그 말이 떨어지는 순간, 안도의 한숨이 흘러나왔다.

하지만 그래도 괜찮겠어? 이번에도 내 손으로 또 악마를 집 안에 들인 거면 어째?

망설이고 있을 때 유민우가 먼저 입을 열었다.

"그럼 여기 잠깐 계시겠습니까? 현관문 닫지 마시고요. 제가 올라가서 한번 둘러보고 나오겠습니다."

지수는 고개를 끄덕였다. 그런 조건이라면 괜찮을 것 같다. 이번에는 문을 닫지 않을 테니까. 절대로 낯선 사람과 둘만 남지 않을 테니까. 지수는 유민우가 비옷을 벗어 현관 손잡이에 걸어두고, 투박한 워커의 끈을 재빨리 풀어 신발을 벗은 뒤 집 안으로 들어가는 것을 지켜보았다. 잘 훈련받은 군인처럼 깔끔하고 절도 있는 동작이었다. 환하게 불이 켜진 거실에서 활짝 열린 현관문 앞에 서 있으니 건장한 남자가 2층으로 올라가는 걸 봐도 불안하지 않았다. 오히려 든든했다. 거기에 뭐가 있든 그 남자가 대신 마주치게 될 테니까.

"침입자는 없습니다. 침실 창문이 열려서 비가 조금 들이친 것을 빼면 별다른 문제는 없고요. 창문은 닫았습니다."

잠시 후 유민우가 계단을 내려오며 말했다.

"네."

지수는 어색하게 고개를 끄덕였다. 예상은 했지만 안심이 되는 한편 창피했다. 내가 얼마나 한심하게 보였을까. 게다가 며칠 동안 늦잠 자며 뒹굴거리느라 침대가 엉망이었을 텐데. 문득 2층 욕실에 손빨래해서 널어놨던 속옷을 걷었는지 어떤지 생각이 나지 않았다. 망했네.

"말씀드렸듯이 이런 일은 거의 없는데, 운이 나쁘셨네요. 대부분의 설비가 최신식이고 배선이 잘되어 있어서 여러 가지 가전을 한 번에 돌려도 문제가 발생한 적은 없거든요. 앞으로 같은 일이 생긴다면 누전차단기를 확인해 보시기 바랍니다."

여전히 표정 없는 얼굴로 담담하게 말한 유민우가 돌아서려다가 문득 생각났다는 듯이 덧붙였다.

"보통 세대 분전함 문제라면 집 앞 가로등까지 꺼지는 일은 없는데. 벼락이라도 맞았던 건지 한번 점검은 해봐야겠네요.

그건 제가 내일 관리팀에 요청해 두겠습니다."

고개를 끄덕이는 지수의 눈이 그와 마주쳤다. 날카롭고 서늘한 눈매가 뭔가 알아내려는 듯 지수를 찬찬히 관찰하고 있었다.

7

한동안 잠잠하던 불면증이 다시 도졌다. 밤마다 약을 털어 넣지 않으면 잠을 잘 수 없었다.

낮에는 괜찮았다. 멍하니 생각에 잠길 만하면 신기하게도 기막힌 타이밍에 인터폰이 울리는 바람에 지루할 틈이 없었다. 반드시 누군가 연락해서 안부를 묻거나 의미 없는 수다를 떨곤 했다. 재택근무하는 미주가 커피나 한잔하자며 커뮤니티 센터로 불러주기라도 하면 하루가 금방 가서 좋았다.

하지만 문제는 혼자 있는 시간이었다.

창밖에 가로등이 하나둘씩 켜지기 시작하고, 맞은편 조유선의 집에도 불이 켜지기 시작하면 그때부터 걷잡을 수 없는 불안이 몰려왔다. 정적을 도저히 견딜 수 없어 온종일 티브이를 켜두어야만 했다. 누구도 함부로 들어올 수 없는 요새 같은 타운에 산다는 걸 알면서도 마음이 도무지 가라앉지 않았다.

"요즘 살 좀 빠지지 않았어?"

퇴근길에 기쁜 소식이 있어 전화했다며 하주연이 물었다.

“글쎄요.”

“미주도 그러더라? 자기 날씬해졌다고. 이제 44 사이즈도 거뜬하겠다던데? 걔가 그런 눈썰미가 워낙 좋아.”

“음, 그러고 보니 옷이 좀 헐렁해진 것도 같고.”

“잘됐네. 거봐, 앓던 이 빠지고 나면 좋은 일만 몰려오지.”

하주연이 수화기 저편에서 호탕하게 웃었다.

“그래서 선물 하나 더 주려고.”

“네?”

“걔도 찾았어.”

얼음을 통째로 삼킨 것 같은 기분.

“누구…….”

“하나가 아니잖아. 자기 집에 찾아간 것들.”

“아.”

“뭐든 시작을 했으면 끝을 봐야지. 우리가 원래 그래.”

“아니, 저기…….”

“여자애도 아주 뻔뻔하더라? 글쎄, 미용학원에 다니고 있더라고. 남의 인생은 엉망으로 밟아놓고, 자기 미래는 챙기겠다는 거지.”

얼음으로 만든 손가락이 등줄기를 훑어 내려가는 것 같다.

“새 남자 친구도 생겼던데. 부지런도 하지.”

“음, 그냥…….”

"다들 애 많이 썼어. 걔 찾아내고 소식 캐고 뒤밟느라고. 유선 언니 건강보험공단에서 일하잖아. 다들 자기 위해서 일자리도 걸고, 몸뚱이 갈아가며 고생한 거야. 요즘 심란한 거 같아서 기운 좀 내게 해주려고."

번지를 잘못 짚으셨다고, 그래서 우울한 게 아니라고, 그쯤 하면 됐으니 이제 그냥 내버려두자고 말하고 싶었다. 아직도 집에서 탄내가 나는 것 같아 잠을 이룰 수 없다는 말을 하고 싶은데 입이 떨어지지 않았다. 하주연의 목소리가 너무 밝고 명랑해서, 매일 전화해 주는 이웃들을 실망시키고 싶지 않아서. 그리고 어쩌면 이번에는 다를지도 모른다는 희망 때문에.

'계획대로 흘러가는 건 하나도 없거든.'

타운의 복수는 그런 식이다. 조유선의 그놈도, 지수의 그놈도, 세팅된 무대에서 자기들이 넘어졌을 뿐이다. 술을 먹고 잠들지 않았더라면, 약에 취해 담배를 피우지 않았더라면, 그런 일은 피해 갈 수도 있었잖아. 그럼 이번에는 좀 다를지도 몰라. 그 여자애가 자기 운명을 스스로 결정할 수도 있지 않을까? 그러니까 기회를 줘보는 건 괜찮잖아. 나한테도, 걔한테도.

"지수 씨, 듣고 있어?"

"네."

"우리한테 맡겨줄 거지?"

굴욕적으로 터지던 핸드폰 카메라 소리.

깔깔대는 여자애의 웃음소리.

'어머! 저 팬티 좀 봐! 할머니야, 뭐야?'

나한테 그런 짓을 했으면, 네 운명도 시험해 봐야 하지 않겠어? 어차피 계획대로 흘러가는 건 하나도 없으니까.

"그래요."

이번에는 다를 거야. 이번에는 두 발 뻗고 푹 잘 수 있을 거야.

8

아침부터 거세게 내리던 비는 거의 그쳤지만 사방에는 여전히 뿌연 물안개가 끼어 있었다. 조그만 카페에도 손님이 거의 없었다. 자리를 차지하고 있는 게 미안해서 석 잔째 주문한 커피와 두 개의 케이크는 손도 대지 않은 채 탁자 위에 쓸쓸히 버려져 있었다.

"규칙은 알지? 당사자는 현장에 나타나지 않는 거. 우리가 다 알아서 할 테니까."

딱 잘라 말했지만, 그들은 이번에도 전망 좋은 자리를 잡아주었다. 출근한 유선을 빼고 간편한 복장으로 커뮤니티 센터에 모인 세 명은 어쩐지 비장한 표정이었다.

"그냥 멀찍이서 감상만 해. 그래도 본인을 위한 프로젝트니까. 오늘이 개 학원 가는 날이라 타이밍이 딱 맞았으면 좋겠는데. 그렇게 되어줄진 모르겠네."

하주연이 말했다. 청바지에 운동화, 모자와 우비 차림이라 어쩐지 낯설게 보였다.

"안 맞아도 별수 없어, 갈 길은 가야지. 그래도 날씨는 딱 좋네."

온통 새까만 옷으로 차려입은 다인이 마시던 커피잔을 탁 내려놓으며 말했다.

그들이 알려준 주소를 찾아 버스를 타고 도착한 카페는 건물 3층에 있었다. 커다란 통창 앞에 놓인 1인용 테이블에 앉아 있으면 미용학원이 있는 맞은편 건물과 사거리가 훤히 내려다보였다. 다인의 말처럼 일을 벌이기엔 최적의 날씨였지만, 막 나가는 계집애라면 학원을 빼먹고 싶어질 수도 있다. 그러면 이 프로젝트는 취소될 것이다. 언제나처럼 선택의 여지는 열려 있다. 아직 늦지 않았다. 자기 마음 깊은 곳에서 그러기를 바라는지 어떤지는 알 수 없지만 말이다.

어떤 방법으로 어떻게 '맛을 보여줄지' 그들은 전혀 말해주지 않았다. 지수도 굳이 캐묻지 않았다. 그렇게 끼어들기 시작하면, 이 계획이 진짜 자기 것이 될까 봐 두려웠다. 그냥 자신을 위해 계획을 짠 친구들을 믿고 맡겨두는 게 옳은 일인 것처럼 여겨졌다. 다들 지수를 위해 움직여 주고 있으니까. 지금껏 누구든 자신의 악몽에 관심을 가져준 적이 있었나? 온전한 내 편이 되어서 내 마음을 이해해 준 적이 있었어? 경찰조차 그런 적 없었다. 두 명의 경찰이 지수 앞에서 무신경하게 영상을 계속 돌려보는 동안, 화면 속 여자애의 깔깔대는 웃음소리가 경찰서 안에 울려 퍼지던 게 떠올랐다.

그러니 여기까지 온 게 당연하다. 그냥 살짝만 건드려주는 거야. 어디로 튀든.

지수는 차갑게 식어버린 커피를 단번에 쭉 마셔버리고 벌떡 일어섰다.

나를 위한 프로젝트인데 1열에서 감상할 자격은 있잖아.

남은 컵을 정리하고 1층으로 내려오니 건물 현관 앞 처마 밑에 사람들이 서서 비를 피하고 있었다. 이따금 지나가는 시내버스를 빼면 거리는 잠잠했다. 이대로라면 운 나쁘게 계획이 무산될지도 모르겠다. 이렇게 축축한 날에는 복수 따위 다음으로 미루고, 이대로 집에 돌아가서 따뜻한 물에 샤워하고 푹 자는 게 나을지도 모른다.

하지만 일은 그렇게 돌아가지 않았다. 오늘의 운은 지수의 편이었다.

저 멀리 어디선가 달려오는 성난 엔진 소리를 들은 것은 사거리 왼쪽 건너편 신호등이 파란불로 바뀌었을 때였다. 딛고 서 있는 아스팔트에 덜덜거리는 진동이 느껴질 만큼 커다랗고 요란한 소리가 맹렬히 돌진해 왔다. 소리는 점점 커지기만 할 뿐 잦아들지 않았다. 일정한 속도로 달려오고만 있었다. 모든 사람의 고개가 일제히 그쪽으로 돌아갔다.

오른쪽 저 너머 살짝 경사진 언덕배기 위쪽에서 소음의 주인공이 나타났다. 천박한 노란색 불꽃을 그려 넣은 오토바이가 맹렬히 달려오고 있었다. 헬멧도 없이 앞에 앉은 남자의 굵은 팔뚝은 시커먼 문신으로 덮여 있었다. 남자의 허리를 꽉 끌어안은 사람이 쓴 헬멧 아래로 긴 머리카락이 휘날리고 있었다. 놀랄 만큼 짧은 청 반바지 아래로 하얀 허벅지와 날씬한 종아리가 드러나 있었다. 오토바이가 가까이 다가오자 남자의 희번덕 커진 눈과 한껏 벌린 입이 뚜렷하게 보였다. 하지만 남자가 내지르는 소리는 시끄러운 엔진 소음에 묻혀버렸다.

"어, 어, 어!"

지수의 옆에 서 있던 아저씨가 대신 고함을 내질러 주었다. 언덕배기에서 달려 내려온 오토바이는 그대로 지수의 눈앞에 있는 횡단보도를 지나쳐 갔다. 속력은 조금도 줄어들지 않았다. 마치 불꽃을 달고 돌진하는 지옥의 폭주족처럼 쌩하니 달려갔다.

"아아아악!"

사람들의 비명은 끼이이익, 하는 요란한 굉음에 묻혀버렸다. 왼쪽에는 마지막 신호의 꼬리를 잡기 위해 바쁘게 앞차를 따라가던 커다란 화물트럭이 있었고 작열하는 노란색 불꽃은 곧장 트럭으로 돌진했다. 지수는 남자의 머리가 그대로 트럭 뒤쪽에 부딪히는 것을 똑똑히 봤다. 목이 괴상한 각도로 꽉 꺾였다. 오토바이가 삐딱하게 쓰러지더니 마치 용접할 때 날법한 불꽃을 사방에 흩뿌리며 그대로 빨려 들어가듯 트럭 바퀴 아래로 감겨들었다.

이후의 모든 장면은 눈 깜빡할 사이에 벌어졌지만, 지수의 눈 안쪽에서는 마치 실감 나는 악몽처럼 천천히 느릿하게 재생되었다.

신호등이 바뀌면서 차들이 빵빵거리며 뒤엉켰고, 삽시간에 아수라장이 되었다. 도망치듯 얼른 지나가는 사람들과 핸드폰을 꺼내서 찍어대는 사람들로 사거리가 혼잡해졌다. 지수는 누군가에게 등을 떠밀려서 비를 맞으며 주춤주춤 길을 건너갔다. 꿈속을 걷는 것처럼 다리가 휘청거렸다.

"와, 토할 거 같다. 신호 어기고 막 달린 거야?"

"아니, 앞에 화물차 있는 거 뻔히 보면서 그렇게 막 달린다고?"

"브레이크 고장 난 거 아니야? 남자가 도와달라고 소리 지르는 거 같던데."

몰려든 구경꾼들 때문에 현장은 잘 보이지 않았다. 사람들을 헤치고 앞으로 조금 더 나가자 너덜너덜한 고철 덩어리로 변한 오토바이 아래에 구겨진 천 조각처럼 끼어 있는 피투성이 반바지가 눈에 들어왔다. 하지만 그 아래로 쭉 뻗어 있던 미끈하고 하얀 다리는 보이지 않았다.

9

"뭉개졌대!"

다음 날 아침, 미주의 스피커폰 속에서 들려오는 하주연의 목소리는 비 온 뒤 활짝 갠 하늘만큼이나 상큼했다. 지수는 미주, 다인과 함께 커뮤니티 센터에서 베이글과 커피로 아침 식사를 하는 중이었다. 밤새 한숨도 자지 못해 입안이 깔깔했다.

"다리가 차바퀴에 깔려버렸으니 별수 있나. 머리가 으깨지 길 바랐는데, 항상 변수라는 게 있으니까. 그래도 이 정도면 나쁘지 않아. 머리는 남겨둬야 반성이라는 걸 하겠지."

하주연이 명랑하게 말했다.

"아이고, 그나마 봐줄 만한 부위였는데 어째."

전화를 끊고 미주가 호들갑을 떨었다.

"이제 자기네 집이든 남의 집이든 멀쩡하게 걸어서는 못 들어가겠네."

"왜, 기어가면 되겠지."

"야, 들어가기도 전에 잡혀서 두들겨 맞겠다."

미주와 함께 낄낄거리던 다인이 지수를 쳐다봤다.

"아니, 여긴 왜 아직도 죽상이야? 안 좋아?"

"아니요."

입꼬리가 심하게 떨려서 웃을 수 없었다.

"음, 그러면…… 그게……."

말을 하려다가 입을 다물어버렸다. 그러게 누가 그런 놈을 사귀래? 누가 점검도 안 해보고 오토바이를 타래? 누가 하필 화물차 뒤에 처박히래? 무슨 대답이든 가능하다. 어떤 선택이든 가능했다고. 이번에도 네 운명은 네가 결정한 거야. 그러게 애초에 내 집에 들어오지 말았어야지.

"그래도 기쁜 티는 내줘야지. 다들 열심히 한다고 했는데 김새게. 이걸로는 부족해서 그래?"

다인의 목소리에 날이 서 있었다.

"아, 그런 게 아니라……."

지수가 막 입을 열었을 때 다시 미주의 전화가 울렸다. 액정에 또 하주연의 이름이 뜬 것을 보고 미주가 전화를 받아 다시 스피커 모드로 돌렸다.

"자른대!"

하주연이 들뜬 목소리로 말했다.

"결국 다리 하나 자른다네? 완전히 뭉개져서 어쩔 수가 없나 봐. 병원 복도에서 부모가 울고불고 난리가 났어. 귀청 따갑다."

"요즘은 의족도 많이 좋아졌잖아. 이쁜 걸로 하나 맞추면 되겠네."

미주가 걸걸한 목소리로 소리쳤다.

"네 스타일대로 요란하게 하나 포장해서 선물로 보내줘라."

다인이 턱짓하며 말하자 미주가 어깨를 으쓱하며 대꾸했다.

"무지개색으로?"

그리고 둘이 다시 키득거리며 지수를 바라봤다.

"기분이 어때? 오늘 완전 자기 생일이네."

환하게 미소 짓는 미주의 핏기 없는 입술이 죽은 물고기의 내장처럼 창백하고 두툼하게 보였다.

"으휴! 이제 됐니? 속 시원해? 응? 이제 웃을 수 있겠지?"

다인이 팔꿈치로 지수의 옆구리를 쿡 찔렀다. 다분히 힘이 실린 한 방이었다. 너무 아파서 숨이 막힌 나머지 입꼬리가 저절로 올라갈 수밖에 없었다.

10

추적추적 내리는 비 때문에 하루 종일 습하고 후덥지근한 날이었지만 불 꺼진 거실은 생각보다 시원했다. 에어컨을 켜는 대신 창문을 조금 열어놓으니 살 것 같았다. 창으로 들어오는 비 냄새, 풀 냄새가 막힌 숨통을 터주었다. 지수는 창가에 놓인 기다란 소파에 두 무릎을 끌어안고 앉아 있었다. 아까부터 긴장병 환자처럼 몸을 앞뒤로 흔들고 있었지만, 도저히 멈출 수가 없었다. 사방에서 벽이 점점 밀고 들어오는 것 같아서 견딜 수가 없었다.

"축하해! 자살했대. 병원 옥상에서 뛰어내렸다네? 아주 깔끔한 해피엔딩이다."

두 시간 전, 하주연의 축하 전화를 받았다. 여자애가 입원한 지 거의 한 달 만이었다. 휠체어를 직접 움직여서 거기까지 올라간 모양이었다.

"남의 인생 망쳐놓고 잘만 살아가더니, 자기 몸뚱이 망가진 건 못 참겠던가 봐. 계속 찜찜했는데, 이렇게 또 길이 열리네. 역시 이런 게 묘미라니까? 변수가 너무 많아."

하주연의 카랑카랑한 목소리는 잔뜩 들뜬 소녀처럼 밝았다. 그걸 듣고 있자니 숨이 막혔다. 눈을 감으면 짧은 치마 아래로 쭉 뻗어 있던 새하얀 다리가 떠올랐다. 한쪽이 뭉툭하게 잘려 나간 모습은 잘 그려지지 않았다. 그냥 어딘가에 그 계집애가 멀쩡히 살아서 다른 누군가를 괴롭히고 있을 것만 같아서 기분이 이상했다. 그리고 지독하게 역겨웠다. 3층 카페 창가에 앉아서 무슨 일이 일어나기만을 기다리며 두근거리는 마음으로 거리를 내려다보고 있던 걸 생각하면 속이 울렁거렸다.

마지막 순간, 그 여자애도 병원 옥상에서 아래를 내려다봤을 것이다. 아득하게 훨씬 더 높은 곳이었겠지만, 그래도 비슷한 구도였다고 생각하면 멀미라도 하는 것처럼 속이 메슥거렸다. 미친 듯이 술이 당겼는데, 막상 한 모금이라도 입에 들어오면 구역질이 날 것 같았다.

지수는 최대한 몸을 작게 웅크리고 앉아서 열린 창 너머로 비 내리는 정원을 바라보고만 있었다. 아직은 조용했지만, 언제라도 갑자기 인터폰이 울리고 누군가 자기를 찾을까 봐 두려웠다. 지금은 그 무신경한 벨 소리를 듣기만 하면 비명이 나올 것 같았다. 하지만 초점 없는 눈앞에 갑자기 스윽, 검은 그림자가 나타났을 때는 곧바로 반응할 수 없었다. 몸이 마음대로 움직여지지 않아서 그저 힘없이 고개를 들기만 했다.

울타리 밖에 시커먼 우산을 받쳐 든 유민우가 서 있었다.

"야간 순찰 중입니다만."

그가 손에 든 봉투 몇 개를 들어 보였다.

"우편물도 전해드릴 겸."

지수가 아무 말도 하지 않자 유민우가 우산을 쓴 채로 대문을 가리켰다. 지수의 허리께까지 올라오던 울타리 대문이 그에게는 고작 허벅지까지 올라오는 장난감 문짝처럼 허술하게 보였다.

"그냥 여세요. 열 수 있잖아요."

"주인이 버젓이 있는데 막 열고 들어가면 불법이죠."

"주인 없는 집은 괜찮나."

"실언했네요. 말 바꾸겠습니다. 위급한 상황이 아니라면 따고 들어가지 않아요."

"딸 수는 있다는 거네요."

"돌발 상황은 워낙 많으니까."

"정전이 됐을 때처럼요?"

"그렇죠."

그러고 보니…… 그때 이 인간이 도대체 몇 분 만에 나타났더라? 이 사람은 타운에서 일어나는 일을 얼마나 알고 있을까? 정말로 단순한 고용인에 지나지 않을까?

"하긴 돌발 상황은…… 많죠. 인생에는 변수가 워낙 많으니까. 항상 그게 문제지."

"혹시 취했습니까?"

"그래 보여요?"

"네."

이 대목에서 피식 웃음이 나왔다. 아직 웃을 수는 있네. 아니면 정신이 나가버렸거나.

"해가 졌는데 불은 꺼져 있고, 창문은 열려 있는 걸로 나오길래 외출하며 실수로 열어두고 가셨나 싶어 와봤습니다."

"그런 걸 거기서 다 알 수 있어요? 창문이 열려 있는 것까지?"

"현대 기술 덕분이죠. 그런 걸 다 감안해서 지은 집이니까."

"참 좋은 집이네. 밖에서도 별걸 다 알 수 있으니."

문득 뭔가 머릿속을 스쳐 가는 생각이 있었지만 너무 금방 사라져 버렸다.

"이런 날씨엔 감기 걸리기 쉬워요. 그리고 이렇게 창문 열어두시면 집도 눅눅해질 겁니다. 창문 닫고 불 켜고 에어컨 말고 보일러 약하게라도 살짝 돌리세요. 그러면 좀 나을 겁니다."

"사람이 죽어서요."

우편물을 전해주고 막 돌아서려는 유민우의 등 뒤에 툭 뱉었다. 그가 천천히 몸을 돌렸다.

"아는 사람이었습니까?"

울타리 밖에 선 채 유민우가 담담하게 물었다. 커다란 검은 우산을 타고 빗물이 흘러내리고 있었다. 그의 등 뒤로 맞은편 유선의 집에서 새어 나오는 희미한 불빛이 보였다.

"옛날에 알았죠."

"친구?"

"원수."

"그럼 됐네."

기분 탓일까? 그의 목소리가 서늘하게 들렸다.

"이렇게 불 다 꺼놓고 폐인처럼 있을 이유는 없겠네요."

"그럴까요?"

"죽음도 여러 종류가 있잖습니까. 내 손에 피를 안 묻혔다면 원수의 죽음은 하늘이 내린 축복이죠."

"내 손에…… 피를 묻혔다면?"

"글쎄요, 그런 건 뭐, 자업자득이라고 해야 하나. 그 뒤에 뭐가 따라오든 전부 자기 책임이 될 테니까. 그래도 남의 손에 피를 묻히는 것보다야 낫겠죠."

"그럴까요?"

"내 의견이 중요합니까?"

"그건 아니지만."

잠시 말을 멈추고 빗줄기를 바라보던 지수가 말을 이었다.

"그럼 내가 남의 손에 피를 묻혔다면요?"

"언젠가는 그 피에 책임을 져야겠죠."

서늘한 목소리가 대답했다.

"뭐, 그렇다고 굶어서 책임을 질 필요까지야 있겠습니까? 뭐라도 좀 드시죠. 지금 얼굴이 꼭……."

"사람 죽인 얼굴 같다고요?"

"죽은 사람 같아서요."

유민우는 표정 하나 바꾸지 않고 덤덤하게 말하더니 돌아섰다. 지수는 길을 따라 내려가는 시커먼 우산을 말없이 바라보고 있었다. 문득 저 사람은 집을 확인하러 온 게 아니라는 생각이 들었다.

11

또다시 자기 집에서 도망치고 싶어질 줄은 몰랐는데.

이번에는 다를 줄 알았다. 페인트, 벽지, 타일 한 장, 소품 하나까지 전부 자기 손으로 고른 집이 낯설게 느껴졌다. 사방의 벽이 조금씩 다가오는 느낌이 들어서 견딜 수 없었다. 그 느낌을 잠재워 줄 약도 이젠 없다. 불안할 때마다 하나씩 털어 넣다 보니 바닥나 버렸다.

그래서 지수는 몸서리가 쳐질 만큼 진한 커피를 타서 마신 뒤 집을 나섰다. 가볍고 작은 요가용 더플백 하나에 당장 갈아입을 속옷과 간단한 세면도구만 챙겨 넣었다. 일단 오늘 밤은 시내에 있는 비즈니스호텔에서 보낼 생각이었다. 어딘가 타운이 아닌 곳에서 머리를 식히면서 앞으로 어떻게 할지 차분히 생각해 보고 싶었다. 시간을 두고 다른 집을 찾아보면서, 계약을 예정보다 일찍 파기하게 되면 어떨지 상담이라도 받아보면 어떨까. 자체 보증금 대출 같은 게 걸려 있으니 평범한 임대차 계약과는 다를지도 모르잖아. 어쨌든 지금은 혼자 있고 싶다. 코끝에 맴도는 탄내와 어둠 속에서 희미하게 빛나는 하얀 다리에서 벗어날 수만 있다면 어디든 좋을 것 같다.

문을 닫고 밖으로 나오자 새까만 하늘에 점점이 떠 있는 별이 보였다. 조유선은 잠들었는지 맞은편 집의 불은 꺼져 있었다. 다른 집은 모두 2층에만 불이 켜진 걸 보면 다들 잠자리에 들 준비를 하는 모양이다. 길을 따라 내려가는 동안 누군가 창밖을 내다보기라도 할까 봐 가슴이 무섭도록 뛰었다. 방금 갑자기 약속이 생겼다든가, 요가학원 야간 수업에 가는 길이라든가 몇 가지 변명거리를 떠올려봤지만, 이 시간에는 전부 어색하게 느껴졌다. 그냥 간식거리를 사러 나간다고 하는 게 나을 것 같다. 도대체 이런 걸 왜 신경 써야 하는지는 모르겠지만.

불 꺼진 커뮤니티 센터를 지나 정문 앞에 도착하고서야 간신히 참았던 숨을 내쉬며 쪽문 옆에 있는 조그만 버튼을 눌렀다. 하지만 잠금장치가 풀리는 명쾌한 소리 대신 괴상한 전자음이 들릴 뿐 문은 열리지 않았다. 몇 번을 다시 눌러봐도 마찬가지였다.

고장 났나? 지수는 쪽문 가까이 다가가서 창살을 잡았다.

"아아아아앗!"

순간 눈앞이 번쩍하더니 입속에서 쇠 맛이 느껴졌다. 온몸이 찌릿하는 충격과 함께 머리털이 솟는 것 같았다. 깜짝 놀라 뒷걸음질 치다가 발이 걸려 바닥에 꼴사납게 나동그라졌지만 바로 일어설 수가 없었다. 뭐야, 방금 그거?

코앞에서 번개가 친 것 같았다. 철망 사이로 넣었던 손이 벌벌 떨렸다. 지수는 대문에 닿았던 오른손을 왼손으로 꽉 누른 채 멍하니 입을 벌리고 바닥에 주저앉아 있었다. 그때 보안초소의 문이 열리고 누군가 나왔다.

"서지수 씨?"

귀에 익은 목소리가 들리자 멍하니 허공을 떠돌던 지수의 정신이 다시 제자리를 찾았다.

"거기서 뭐 하시는 겁니까? 괜찮아요?"

아직도 따끔하고 짜릿한 경련의 여파가 남아 있는 손으로 하마터면 다시 대문을 붙잡을 뻔했다. 얼른 손을 거두고 주춤주춤 일어서려고 했지만 다리의 힘이 풀려서 다시 주저앉아버렸다.

"이거……."

입을 여는 순간 헛바닥이 목구멍에 붙어버린 것처럼 거칠고 갈라진 목소리가 나왔다. 지수는 헛기침을 하고 다시 한 번 말했다.

"이거…… 뭐예요? 여기…… 이거 대문에 전기가…… 대문이 전기……."

전류? 감전? 그러니까 머릿속을 맴도는 단어가 분명히 있는데 입 밖으로 잘 나오지 않았다.

“이거…… 전기충격기예요?”

안간힘을 쓰다가 뱉은 말이 고작 그거였다.

“괜찮으십니까?”

유민우는 아까와 달리 가벼운 면바지에 소매를 걷어 올린 셔츠 차림이었다. 이제 막 퇴근하려던 참인 듯했다.

“일어설 수 있겠어요?”

“나 취한 거 아니에요!”

조심조심 일어서던 지수는 자신을 유심히 살펴보는 시선을 느끼고 소리쳤다.

“그게 문제가 아니라, 이거…… 대문 이거 뭐냐고요!”

“지금이…….”

유민우가 손목시계를 들여다보더니 침착하게 말했다.

“12분이나 지났네요. 11시가 되면 게이트는 저절로 잠기고, 대략 3밀리암페어의 전류가 흐르게 됩니다. 내일 새벽 4시가 되면 전류는 다시 차단되고요.”

그는 한쪽 손을 꽉 붙잡은 채 덜덜 떨고 있는 지수를 흘끗 보더니 덧붙였다.

“그 정도면 약한 경련이나 불쾌한 통증 정도는 느끼겠지만 죽지는 않아요. 10밀리암페어 정도는 되어야 위험…….”

“지금 그거…… 그걸 말이라고 해요?”

마침내 목소리가 제대로 나왔다. 입속에서는 여전히 쇠 맛이 났지만 팔의 통증은 이제 조금 잦아들었다.

"그런 건 관리 규약에 안 적혀 있었잖아요! 누가 알려주지도 않았다고요. 이거…… 이거 불법 아니에요? 사람 사는 공동주택 담장에 전기를 흘려보내다니……."

"사유재산을 지키기 위한 목적일 뿐, 고압 전류도 아니고 누굴 죽일 위험도 없는데요."

"하지만…… 이거 분명히 신고감인 거 같은데……."

"누구든 신고하는 사람은 자기가 무슨 이유로 늦은 시간에 이 담장에 접근해서 그런 불쾌한 체험을 하게 되었는지도 함께 설명해야 할 테니 어디 공개적으로 알려질 리는 없을 텐데요. 애당초 불순한 의도를 가진 사람이 아니라면 굳이 그런 짓을 할 이유도 없잖습니까?"

날카로운 눈매가 다시 지수를 흘끗 바라봤다.

"담장 안에 사시는 분들이라면 누구든 반길 만한 안전장치 아닌가요? 이보다 더 확실한 대비책은 없을 것 같은데요."

지수는 헐떡거리며 뒤로 물러났다. 이게 바로 11시 통금의 비밀이었어? 밤 11시가 되면 모두 이 안에 갇혀버리는 거다. 포로수용소처럼 전기가 흐르는 담장 안에. 아니, 갇히는 게 아니야. 반대로 생각해야지. 누구도 안으로 들어올 수는 없는 거야. 이 안에 있기만 하면, 규약을 제대로 지키기만 하면 안전하게 보호받을 수 있는 거야. 그런데 왜 조금도 안전하게 느껴지지 않을까?

가쁜 숨이 점차 가라앉았다. 겨드랑이와 등을 타고 끈끈하게 흘러내리던 땀이 식어가면서 점차 한기가 느껴지기 시작했다.

"입주하실 때 말씀드렸을 텐데요. 11시가 지나면 들어오실 수 없습니다."

"알아요, 안다고요! 하지만 전기 담장 이야기는 없었잖아요! 그리고 전 지금 들어오는 게 아니라 나가려는 거예요. 그러니까 문 좀 열어주세요."

"죄송하지만 그건 곤란합니다."

"잠깐, 뭐라고요?"

지수는 화가 나서 자기도 모르게 다시 철창을 짚으려다가 얼른 다시 손을 거둬들였다.

"11시 통금이라는 게 들어오는 것뿐만 아니라 나가는 데도 적용된다는 거예요?"

"일단 그렇습니다."

유민우가 어깨를 으쓱했다. 얄밉도록 태연한 얼굴에는 땀 한 방울 흐르는 기미가 보이지 않았다.

"허튼소리 말고 어서 문 열어요!"

"미안하지만 규정은 규정입니다. 제 일자리를 걸고 모험을 할 순 없어서요."

"그러니까 아무도 모르게 그냥 살짝 문만 열어달라고요! 그러면 되잖아요. 정말 조용히 나갈 테니까……."

"아무도 모를 수는 없죠. 어디에나 눈이 있는데."

유민우가 조용히 말했다.

"세상에 완벽한 비밀은 없습니다. 특히 여기라면."

"이 전기라는 건 도대체 어디서 누가 켜는 건데요?"

"커뮤니티 센터 2층에 배전실이 있습니다. 거기서 모든 걸 관리하죠. 타운의 카메라, 대문의 전기, 그리고 입주민들의 정보까지."

"잠깐만요, 그러면 그게……."

그 순간 지수의 핸드폰이 울렸다. 단순한 기본 벨 소리에 갑자기 등골이 서늘해졌다. 아직 뻐근한 손을 떨며 주머니에서 핸드폰을 꺼내 액정에 뜬 윤미주의 이름을 보는 순간, 숨이 멎는 것 같았다. 창살 사이로 이쪽을 보는 유민우의 시선을 받으며 망설이는 동안, 벨 소리가 채근하듯 계속 울렸다. 지수는 그의 눈을 바라보며 폰을 귀에 가져다 댔다.

"벌써 자?"

바깥으로 새어 나올 만큼 크고 명랑한 목소리가 들렸다.

"지금 자기 집 앞이야. 우리 다 모였어."

"네?"

“어서 문 좀 열어봐.”

“잠깐…… 음…… 산책을 좀 나와서요. 지금 여기 커뮤니티 센터 근처인데.”

“그럼 얼른 와. 기다릴게.”

윤미주가 웃으며 소리쳤다.

“지금……요?”

“재미있는 얘기가 있어서 그래. 자기 도움도 좀 필요하고.”

“지금 들어갈게요.”

지수는 창살 너머로 유민우의 눈을 쳐다보며 대답했다.

12

지수가 조그만 울타리 대문을 밀고 들어서자 모두 일제히 뒤를 돌아보았다.

"이 밤중에 어딜 갔나 했네."

현관 조명에 비친 미주의 커다란 얼굴이 허공에 떠 있는 허연 가면처럼 보였다.

"11시 넘었는데 어딜 가겠어. 그렇지?"

하주연이 웃으며 커다란 상자를 들어 보였다.

"불금인데 야식 어때?"

"저 언니는 야식이라면 맨날 피자더라. 상상력이 부족해. 그래도 쏜다는데 먹어드려야지, 뭐!"

미주가 호들갑을 떨며 손짓하자 모두 약속이나 한 듯 깔끔하게 한쪽으로 비켜나며 길을 열어주었다. 지수는 천천히 계단을 올라갔다. 현관 앞에 직접 고른 깔개를 흐뭇하게 놓아두던 게 몇 년 전의 일인 것처럼 아득하게 느껴졌다.

키패드를 눌러 문을 열고 방금 허둥지둥 빠져나왔던 그 집으로 다시 들어섰다. 불빛 아래 드러난 실내가 남의 집처럼 낯설게 느껴졌다. 거실 한가운데 멍하니 서 있는 지수 대신 다인이 불을 켜고, 의자를 끌어다 놓고, 탁자 위를 정리하며 부산스럽게 돌아다녔다. 주연이 피자 상자를 탁자 위에 올려놓자 미주가 찬장을 제 집처럼 뒤져서 접시와 포크를 가져왔다.

"야, 이런 게 왜 필요해! 피자는 손으로 먹는 게 제일이야!"

"어우, 난 요조숙녀처럼 깔끔하게 잘라 먹고 싶다고!"

"웃기시네!"

다인이 미주에게 소리치자 다들 깔깔거렸다. 지수만 우두커니 서 있었다.

"그 가방은 또 뭐야? 오밤중에 요가라도 하려고? 커뮤니티센터도 11시 되면 잠겨. 허튼짓했네. 빨리 와서 이거나 먹어."

다인이 어깨를 으쓱하며 피자 상자를 열자 치즈 냄새가 확 퍼졌다. 유선이 이쪽을 돌아보고 손짓했다. 지수는 속이 다시 울렁거렸지만, 천천히 유선의 옆자리로 가서 앉았다.

"자기가 하루 종일 젖은 빨래처럼 늘어져 있길래 내가 모두 불러 모았지. 우리 서로 언제든 믿고 기대자고 했잖아."

미주가 듬직한 자기 어깨로 지수의 어깨를 툭 치며 말했다. 순간 지수의 머릿속에서 불이 반짝 켜졌다. 아까 유민우의 말을 들었을 때처럼, 어떤 생각이 머리를 스쳤다가 금세 사라졌다. 하지만 다시 붙잡아 보기엔 주변이 너무 시끄럽고 머릿속이 멍했다.

"참! 그거 지수 씨 보여줘 봐."

주연의 카랑카랑한 목소리가 뒤따랐다.

"그래, 보여줘. 잘 나왔던데."

다인이 피클을 집으며 무심하게 말했다.

"뭐……데요?"

지수가 묻자 나머지 세 사람이 서로 재빨리 눈빛을 교환했다. 유선은 말없이 자기 몫의 피자를 씹고만 있었다. 미주가 히죽 웃으며 핸드폰을 꺼내서 뭔가를 열심히 찾더니 불쑥 내밀었다. 지수가 폰을 받아 드는 동안, 나머지 사람들은 피자를 먹으며 시답잖은 잡담을 주고받았다. 하지만 그들의 요란한 말소리는 곧 의식 저편으로 아득히 사라져 갔다. 눈앞에 보이는 장면 말고는 아무것도 눈에 들어오지 않았기 때문이다.

낯익은 곳이었다. 줄지어 늘어선 테이블, 저만치 보이는 기다란 가죽 의자 위에 어깨를 맞대고 나란히 앉은 남녀가 보였다. 멀리서 줌을 최대한 당겨 찍은 듯, 화질이 썩 좋지는 못했지만 그래도 반쯤 풀린 눈은 알아볼 수 있었다. 남자가 뭐라고 말을 하자 여자가 팔꿈치로 그의 가슴팍을 쿡 찌르는 게 보였다. 토막 난 기억 속에서 꺼낸 것처럼 아득한 장면이었다. 나란히 앉은 두 사람은 서로 소곤거리다가 맥주잔을 부딪치더니 둘 다 머리를 뒤로 젖혀 시원하게 들이켰다. 전혀 망설임 없는 동작이었다. 지수는 얼음장처럼 차가워진 손이 떨리는 걸 느꼈다. 탁자 위, 여자의 오른팔 근처에 낯익은 물건이 보였다.

작고 동그란 약통.

초점이 맞지 않아 흐릿했지만 다른 사람은 몰라도 자신은 바로 알아볼 수 있었다.

"이걸 찍어놨는데 깜빡 잊고 있었지 뭐야."

윤미주가 활짝 웃으며 말했다. 목소리가 너무 커서 귓전이 왕왕 울릴 정도였다.

"자기 술 깨면 놀려주려고 찍어놨었거든. 그때 무슨 의심 같은 거라도 받았으면 이걸 알리바이로 쓸 수도 있었을 텐데. 그놈이랑은 그날 처음 만난 거다, 합석해서 서로 술만 마셨다, 같이 나간 거 아니다, 뭐 이렇게 말이야. 근데 잠잠하게 넘어갔으니 아쉽네, 아쉬워."

"아쉽긴 뭐가 아쉬워! 그러면 뭐, 지수 씨가 의심이라도 받았어야 한다는 거야?"

주연이 소리치자 미주가 어깨를 들썩였다.

"그렇다는 게 아니라 스릴 있잖아, 스릴! 하하하. 참, 이것도 볼래?"

미주가 꼼짝도 못 하고 있는 지수의 손에서 폰을 빼앗아 가더니 사진첩을 뒤적여 다시 뭔가를 보여주었다. 이번에는 사진이었다. 가로등 불빛이 켜진 어두운 골목 어귀에서 찍은 사진. 역시 어두운 밤중에 줌을 당겨 찍는 바람에 해상도가 좋진 못했지만 필요한 요소는 전부 담겨 있었다. 정차된 차들, 울타리 너머로 보이는 흐릿한 황금색 불덩어리, 그리고 차 밖으로 나와서 그걸 바라보고 서 있는 여자의 뒷모습까지. 돌아서서 얼굴은 보이지 않았지만 한 손에 핸드폰을 쥐고 서 있는 모습에서 당시의 감정이 고스란히 느껴졌다.

"이거는 완전 퓰리처상감이다. 사진이 다이내믹해."

다인이 고개를 끄덕거리며 피자를 한 입 베어 물었다.

"그치? 내가 생각해도 걸작이야. 무슨 시간 여행자 같지 않아? '결정적인 순간에는 늘 이 사람이 있었다!'"

"사진은 잘 찍어놓고 카피는 너무 촌스럽다. 넌 글은 쓰지 마라."

다인의 말에, 미주가 유선을 보며 큰 소리로 항의했다.

"아휴! 사람 기 좀 죽이지 마. 그렇죠, 언니?"

"내가 보기에도 구도가 좀 엉망이야."

유선이 조용히 미소 지으며 한마디하자 미주가 툴툴거렸다.

"그래도 이건 좀 나을지 몰라."

이번엔 다인이 나서서 자기 핸드폰을 꺼내 뒤적였다. 하지만 무슨 사진인지 보기도 전에 알 수 있었다. 오토바이 사고 현장을 둘러싸고 있는 구경꾼들 사이에 망연자실 서 있는 자신의 모습. 사진으로만 봐서는 별로 허망해 보이지 않았다. 호기심에 가득 차서 홀린 듯이 보고 있는 것 같았다. 입은 헤 벌어져 있었지만, 눈빛은 또렷했다. 트럭 밑에 깔린 여자애와 어떤 악연으로 얽힌 사이인지 안다면, 충격을 받은 게 아니라 기뻐하고 있다고 착각할 만큼 애매한 표정이었다.

"어디 봐!"

주연이 다인의 손을 끌어다가 사진을 보더니 고개를 끄덕였다.

"응, 좀 낫네. 지수 씨는 오른쪽 얼굴이 사진을 잘 받는구나."

지수는 가만히 앉아 있었다. 귓속에 윙윙거리는 소리가 파도처럼 가까워졌다가 다시 멀어졌다. 눈앞에서 흘러가는 모든 상황이 마치 무대 위에서 펼쳐지는 연극 같았다. 나와는 전혀 상관없는 가짜 놀음.

갑자기 팔에 뭔가 와 닿는 느낌에 깜짝 놀라 몸을 떨며 정신을 차렸다.

"괜찮아?"

지수는 멍하니 유선을 바라보았다.

괜찮냐고? 이렇게나 많은데? 이렇게 뚜렷한 증거들을 당신들이 차곡차곡 모아놨는데 괜찮냐고?

"아유! 언니는 그게 무슨 소리야! 괜찮지, 그럼! 우리가 이

렇게 항상 든든하게 곁에 있어준다는데 안 괜찮을 이유가 있
어?”

윤미주가 커다란 손으로 등을 두들겨댔지만 아무 느낌이
없었다. 누가 머릿속에 기다란 꼬챙이를 집어넣고 마구 휘저
어 놓은 것처럼 모든 게 뒤죽박죽 엉켜 있었다.

‘참 좋은 집이네. 밖에서도 별걸 다 알 수 있으니.’

‘커뮤니티 센터 2층에 배전실이 있습니다. 거기서 모든 걸
관리하죠.’

‘세상에 완벽한 비밀은 없습니다. 특히 여기라면.’

‘자기가 하루 종일 젖은 빨래처럼 늘어져 있길래 내가 모두
불러 모았지.’

누우려고 할 때마다 인터폰이 울려대곤 했지. 전기 담장 앞
에 서 있을 때 때맞춰 울린 전화벨처럼.

머릿속에 조각조각 먼지처럼 떠돌던 생각들이 딸칵 맞춰졌
다. 그제야 눈이 번쩍 떠지는 것 같았다. 여긴 절대 아늑하고
안전한 천국이 아니다. 그러니까 세이프 타운은······.

3부
지옥

당신은 자신의 모든 감정을 스스로 통제할 수 있다고
믿을 것이다.
지독하게 미워하는 사람도 마음만 고쳐먹으면
언제든 용서할 수 있을 거라고.
하지만 그렇지 않다.
어떤 증오는 오랫동안 깊이 뿌리내리고,
차근차근 자라나서 마침내 당신을 집어삼킨다.
두 눈을 가리고, 결국은 안락한 천국을
자기 손으로 무너뜨리게 만든다.
하지만 당신은 결코 후회하지 않을 것이다.
그것들은 당해도 싸니까.

1

"들어가도 돼?"

현관 조명 아래 드러난 윤미주의 두툼한 입술은 창백했다. 어젯밤 다른 사람들과 함께 이 집을 나설 때는 저 입으로 고래고래 소리를 지르고 있었는데.

'걱정하지 마! 우리가 있잖아! 다 같이 서로서로 지켜주자고!'

하지만 지금은 그 입술이 살짝 떨리고 있다. 완전히 다른 사람처럼 보인다.

"미주 씨? 무슨…… 일이에요?"

그건 다 짓궂은 장난이었다고, 놀라게 해서 미안하다고. 사진이랑 영상은 다 지워버릴 거고, 집 안에 몰래 숨겨둔 카메라 같은 건 없으니 안심하라고 말하러 온 건 아니겠지.

지수는 문을 열고 한쪽으로 비켜섰다.

비틀거리며 들어서는 윤미주의 화장기 없는 얼굴은 엉망이었다. 잠깐 사이에 눈 밑이 꺼지고, 안색은 칙칙했다. 마치…….

죽은 사람처럼.

"뭣 좀 먹지. 그렇게 종일 굶고 있으면 병난다."

하루 종일 지수가 어쩌고 있었는지 다 꿰고 있다는 소리다. 그리고 별로 숨기려는 기색조차 없었다.

"입맛이 없어서……. 이 시간에 커피는 좀 그렇고, 물 드릴까요? 다른 건 없는데."

"아니, 됐고, 그냥 여기 좀 앉아봐."

커다란 손이 튀어나와서 지수의 손을 꽉 잡고 옆자리에 끌어 앉혔다.

감시와 증거 확보, 그리고 이제 남은 건 뭘까? 노골적인 협박? 이 타운에서 도망치는 건 영원히 불가능하니까 알아서 협조하라고?

"나 좀 도와줘라."

"무슨……."

"그래 줄 수 있지? 우리 그러기로 했잖아."

미주가 묵직한 팔을 어깨에 올리고 자기 쪽으로 꽉 끌어안았다. 평소보다 훨씬 낮고 굵은 목소리가 귀에 거슬렸다. 빠져나올 수 없는 덫처럼 강하게 옭아매는 손길에 숨이 막혀왔다.

"전에 했던 말 기억나? 난 갚아줄 곳도 없다고 했던 말."

지수는 고개를 끄덕였다. 이상하게 목이 타기 시작했다. 한

동안 이런 적이 없었는데. 지금은 술을 목구멍에 들이붓고 싶
다.

"그런데 알고 보니 그게 아니었어. 버젓이 살아 있더라고."

윤미주가 갑자기 미소를 지었다. 눈은 먼 산을 보고 있었지
만, 팔은 단단히 지수의 어깨를 잡아당기고 있었다.

"조카를 죽이고, 결국 언니까지 죽게 만든 인간."

"네? 하지만 그분은 같이 사고를……."

"그 뒈진 새끼 말고."

윤미주가 말했다. 마치 엉뚱한 사람의 목소리를 덧입힌 것
처럼 어색한 음성이었다.

"난 여태 그 새끼가 애를 제멋대로 빼앗아서 달아나다가 그
꼴이 된 줄 알았단 말이야."

빼앗아서 달아나다니?

"그때 언닌 이혼 소송 중이었거든. 그 새끼가 언니를 죽도
록 패서 집을 나왔던 거야. 워낙 미친 듯이 행패 부리는 인간
이라 언니가 애를 데리고 숨어다녔다고. 신고 같은 건 요즘
별 소용도 없잖아? 자기도 잘 알겠지만. 아무튼 친정에 알리
지 않아서 나랑 아빠도 몰랐어."

윤미주의 눈은 여전히 먼 산을 보고 있었지만, 입술은 기묘
하게 미소 짓고 있었다.

"그렇게 열심히 숨어다녔는데……. 알고 보니 누가 그 새

끼한테 친절하게 알려줬더라? 애가 여기 있으니 좀 데리고 가라고."

싸늘한 기운이 손가락을 타고 서서히 올라오기 시작했다.

"애가 부모 때문에 계속 우울하고 상태가 안 좋으니까, 언니가 애를 데리고 무슨 심리 검사랑 상담 치료 같은 걸 받으러 다녔던 모양이야. 그런데 바빠서 애만 데려다 놓고 잠깐 회사에 돌아간 사이, 거기서 일하는 여자가 조카 폰으로 그놈한테 전화한 거야. 연락처를 아예 싹 지워버렸어야 했는데. 그래도 아비라고 언니가 만일을 대비해 다른 이름으로 저장해 뒀는지 어쨌는지. 아무튼 아주 가증스러운 음성으로 애 이렇게 혼자 놔두지 말고 얼른 데려가라고 위치까지 콕 집어서 알려주는 통화가 녹음되어 있더라."

눈앞이 하얗게 변하고 세상이 빙글빙글 돌기 시작한다. 머릿속에 엉망으로 뒤엉킨 기억들이 자리를 잡아가기 시작했다.

"원장님, 검사 결과 이 정도면 약은 안 먹어도 될 것 같은데요. 세션 10회 추가도 너무 심하고요. 어린애들 상대로 이렇게 과잉 진료하시면 안 되죠."

자신만만한 자기 목소리가 귓전에 윙윙거린다.

대놓고 들이받은 지 한 달 만에 짐을 싸게 된 건 자의 반 타의 반이었다. 내내 불편하게 대하던 원장은 결국 마지막 날까지 인사도 제대로 하지 않고 점심시간이 되자마자 쌩하니 나가버렸다. 미안한 듯 인사를 하고 주춤거리던 은주가 나간 뒤 짐을 챙겨서 사무실을 나왔을 때, 텅 빈 대기실 한쪽에 누군가 앉아 있는 게 보였다. 체구가 작고 얼굴이 유난히 창백한 아이가 자기 얼굴보다도 큰 핸드폰을 들고 게임에 열중해 있었다. 바닥에 채 닿지도 않는 짧고 통통한 다리가 허공에서 흔들리는 걸 보자 온몸의 피가 얼굴로 쏠리는 것 같았다.

"엄마는 어디 가셨니?"

"회사요."

아이는 '회사'라는 단어도 제대로 발음하지 못했다.

항상 이런 식이지. 제일 먼저 그런 생각이 들었던 기억이 난다. 바쁘고 무심한 부모가 애를 센터에 버려두면, 약삭빠른 인간들이 돈 냄새를 맡고 이용해 먹는 것이다. 희생되는 건 애들인데, 벌 받는 사람은 아무도 없는 거야? 그런 생각을 했던 기억도 난다.

"그럼 누구 연락할 분 없을까? 데리러 오시라고. 여기 문 달을 건데."

아이는 지수의 말을 제대로 이해하지도 못할 만큼 어려 보였다. 그러니 그쯤에서 그냥 나갈 수도 있었다. 짐을 챙겨서 그냥 제 갈 길 가버리는 거다. 하지만 그럴 수 없었다. 이 애는 분명히 더 나은 삶을 살 자격이 있다, 이렇게 어린애를 어른들 욕심으로 망치게 내버려둘 수는 없다고 생각했다. 그래서 아이가 들고 있던 핸드폰을 뒤져서 '가족' 목록에 있는 사람들에게 전화를 걸었다. 통화 중인 할아버지와 부재중인 엄마를 거쳐 마지막으로 외삼촌까지.

하지만 그쪽도 전화를 받지 않았고, 아이는 다른 번호를 알려주었다. 주소록 맨 끝에 'ㅇ'이라고만 저장된 번호였다.

네 번째. 그렇게까지 지독하고 집요하게 전화를 걸어서 기어이 아이 아빠와 연결이 됐다. 어머님이 바쁘신 것 같으니 괜찮으시면 데리러 오라고 위치를 알려줬다. 여기 말고 다른 센터에서 검사를 다시 받아보라는 친절한 충고도 잊지 않았다.

"정말 감사합니다!"

기뻐하는 남자의 목소리를 들으며 잘됐다고 생각했다. 그땐 그게 지독한 사명감, 투철한 직업의식이라고 생각했다. 하지만 지금 생각하니 그건…… 복수심이었다. 자신을 내쫓는 원장에 대한 앙심. 어디 한번 당해보라는 마음.

"나도 이제야 알았어. 창고에 있던 언니 물건을 정리하다가 조카 폰을 발견했거든. 사고가 나던 날…… 그 새끼가 애를 데리고 햄버거집에 데리고 간 모양인데, 거기에 폰을 두고 가서 나중에야 언니한테 전달됐나 봐. 그러고 가는 길에 둘이……."

윤미주의 목소리는 이제 조용하고 담담했다. 마치 기계음처럼 매끄럽고 아무런 감정도 실려 있지 않았다.

"이제라도 알아서 참 다행이지?"

미주가 지수의 어깨에 얹은 팔에 힘을 주어 더 꽉 끌어당겼다. 지수의 뺨이 미주의 어깨에 납작하게 짓눌렸다.

"난 여태 언니를 원망했거든. 그렇게 당하고도 모질게 끊지 못하고 그 새끼한테 빌미를 줬다가 결국 일이 벌어졌나 보다고. 그게 찔려서, 달랑 하나뿐인 동생 생각은 하지도 않고 무책임하게 가버린 나쁜 인간이라고 말이야."

미주가 코를 훌쩍이며 말을 이었다.

"그런데 이제 보니 언니 잘못이 아니었어. 죽어야 될 인간은 따로 있었던 거잖아?"

아이에게 다른 가족은 없다고 했다. 엄마, 할아버지, 외삼촌, 그리고 아빠. 이모가 있다는 걸 알았다면, 한 번의 기회가 더 있었다면, 최악의 인간에게 연결되지는 않았을 거다.

"그 인간은 자기가 무슨 짓을 저질렀는지도 모르고 두 발 뻗고 잘 자고 있겠지? 애를 위해서 그랬다고 뿌듯해하면서. 그건 좀 너무하지 않니? 아무것도 모르면서 남의 가족 일에 끼어들어 사람을 셋이나 죽였으면, 죗값은 치러야지."

한 번의 기회가 더 있었다면, 다른 가족이 있다는 걸 알았다면. 하지만 분명……

"우리 언니는 말이지, 나한테 그냥 자매 정도가 아니야. 내가…… 지금과는 완전히 다른 인간이었을 때도, 그래서 부모라는 인간들마저 등을 돌렸을 때도 유일하게 날 품어준 사람이라고. 그러니 내가 이대로 가만히 있으면 되겠니?"

지수는 미주의 두툼한 팔에 꽉 끌어안긴 채 멍하니 얼굴을 올려다보았다.

달랑 하나뿐인 동생. 완전히 다른 인간.

큰 키와 커다란 덩치, 거대한 손과 발, 걸걸한 목소리, 어깨에 척 걸칠 때마다 헉 소리가 나오도록 엄청난 힘. 그것만으로 눈앞에 있는 이 사람이 이모가 아니라 외삼촌이었다고 볼 수 있을까? 아니, 그건 너무 위험하고 무모한 추측이다. 그런 식으로 누군가에게 함부로 프레임을 씌우면 안 돼. 하지만…….

갑자기 미주가 고개를 돌렸다. 충혈된 눈이 번들거렸다. 물고기의 배처럼 허옇고 두툼한 입술이 말려 올라가며 끔찍하고 서글픈 미소를 지었다.

"언니 흔적을 다 정리해 버려서 남은 게 별로 없더라. 하지만 그런 센터가 흔하지는 않을 거야. 폰을 두고 갔던 햄버거 집을 중심으로 동선 같은 걸 따져보면 찾아낼 수 있지 않을까? 자기가 그런 곳을 잘 알고 있을 테니까."

미주가 두툼한 팔로 지수의 목을 꽉 끌어안고 이마를 가까이 가져다 대며 속삭였다.

"그러니까 나 좀 도와줘라, 제발."

2

마침내 공사를 마친 수영장은 아담한 크기였다. 지하에 있어서 햇빛은 들지 않았지만 비취색의 화사한 타일 위로 황금색 조명이 비치면 제법 근사하게 보였다. 수영장 옆쪽으로는 알알이 줄에 꿴 목걸이처럼 동그란 구슬 모양의 우윳빛 조명 열 개가 전선에 연결된 채 바닥에 놓여 있었다.

"이거 주연 언니가 무슨 잡지에서 보고 외국에서 직접 공수해 왔잖아. 엄청 비싸다던데."

"굳이? 별로 예쁜 줄 모르겠는데. 멀리서 보면 애벌레 같다."

다인은 심드렁하게 빈정댔다.

"저 아일랜드 탁자 위에 해골 모양 돌덩이도 그렇고, 그 언니 미감은 알다가도 모르겠단 말이야."

"하여튼 부지런히 이용해 둬야 해. 생각보다 유지관리비가 많이 들어서 없애버릴 수도 있다던데."

다들 말은 그렇게 했지만 자주 이용하진 않았다. 지하실의 기온이 너무 낮았기 때문이다. 물에서 나와 급하게 타월부터 찾는 지수의 팔다리에는 소름이 잔뜩 돋아나 있었다. 덜덜 떨면서 재빨리 몸을 닦고 조그만 탈의실에서 얼른 옷을 갈아입었다.

월요일 오후 1시. 사람이 가장 없을 것 같은 시간을 일부러 골랐다. 커뮤니티 센터 1층의 라이브러리 카페에는 아무도 없었다. 사방에 가득한 커피 향, 늘 이 시간이면 은은하게 흘러나오는 재즈, 그리고 통창으로 쏟아지는 한여름의 햇살. 모든 게 평화롭게 보인다. 하지만 지수의 머릿속에서는 언제 멈출지 알 수 없는 초침 소리가 똑딱거리고 있었다. 덕분에 간밤에는 한숨도 자지 못했다. 그렇다고 벌떡 일어나서 불을 켜고 앉아 있을 수도 없었다. 그저 침대에 누워서 아무 일도 없다는 듯, 이 타운의 협조적인 일원으로 모두와 뜻을 같이하고 있으며 찔리는 과거 같은 건 없다는 듯 자는 척해야만 했다. 이불을 머리끝까지 뒤집어쓰고서야 겨우 벌벌 떨며 눈물을 흘릴 수 있었다. 카메라를 어디에 몇 대나 심어놨는지는 몰라도 사방에 지켜보는 눈이 있다는 건 알고 있으니까.

그뿐만이 아니다. 갑자기 음량이 제멋대로 왔다 갔다 하던 초인종 소리는? 분명히 전자음으로 설정해 놨던 것 같은데 어느새 귀에 거슬리는 종소리로 바뀌어 있던 게 생각났다. 집 앞 가로등까지 꺼지던 갑작스러운 정전은? 그 재수 없는 보안팀장이 몇 분 만에 득달같이 나타났던 걸 생각하면 타운이 도대체 어디까지 통제하고 감시할 수 있는지는 모를 일이었다. 어쩌면 한계가 없을지도 모른다. 그들은 지수의 집에서 일어나는 모든 일을 훤히 다 알 수 있다. 그리고 숨기려는 노력도 하지 않았다. 아니, 애초에 알리려고 온 거다. 모든 증거가 자기들 손에 있으니 도망갈 생각은 하지도 말라는 경고를 하기 위해. 이제 와서 발뺌이라도 하기엔 너무 늦었다는 걸 가르쳐주기 위해.

'너도 좋아서 한 일이잖아. 손 놓고 보고만 있었으면서. 이제 와서 괜히 찔리는 척하지 마.'

대놓고 말하진 않았지만, 활짝 웃는 눈빛이 그렇게 말하고 있었다.

진작 알아차려야 했는데. 가족도 아닌 생판 남인 사람들이 합심해서 그런 일을 하면서 보험조차 들어놓지 않을 리가 없잖아. 이 타운의 평화는 모두가 입을 다물고 있을 때만 유지될 수 있다. 한 군데라도 균열이 간다면 무너지고 만다.

그러니 이제 여기서 발을 빼는 건 불가능하다. 남은 계약 기간이나 보증금 이자 같은 게 문제가 아니다. 이 사람들을 고발하려면 자기가 무슨 일을 했는지도 밝혀야 할 테니 어차피 다 같이 한배를 탄 운명이기도 하지만 그게 전부가 아니다. 영원히 입을 다물고 있겠다고 혈서를 쓴다 해도 이들은 놔주지 않을 것이다. 타운을 나가겠다는 결심 자체가 배신이니까.

그리고 그들은 다음 타깃을 이미 정해버렸다. 이번에는 그 타깃이 담장 밖이 아니라, 안에 있다는 걸 알게 된다면 축배라도 들겠지. 독 안에 든 쥐가 사냥하기는 훨씬 더 쉬운 법이니까.

지금이라도 자백하면 어떨까? 그런 일이 벌어질 줄은 몰랐다고, 애를 위해서 그랬던 거라고. 나도 너무 가슴이 아파서 시간을 되돌리고 싶다고 말한다면?

핏기 없는 미주의 창백하고 두툼한 입술과 떨고 있던 커다란 손이 떠오르자, 지수는 움찔하며 고개를 저었다. 아니, 그 어떤 변명도 통하지 않을 것이다. 결국 나 때문에 애가 죽었잖아. 그리고 이젠 내가 죽을 판이고.

지수는 젖은 머리를 타월로 감싼 채 아일랜드 탁자에 기대서 커피를 마셨다. 대충 수영하는 시늉만 하며 시간을 때운 일도, 손이 너무 떨려서 커피를 운동복 앞섶에 흘러버린 일도 없다는 듯 태연한 표정으로 무심히 주변을 둘러보았다. 눈앞에는 공중에 떠 있는 것 같은 새까만 철제 계단이 있었다. 마치 천국으로 올라가는 세련되고 견고한 지름길처럼 보였다. 타운에서 지낸 지 반년이 넘어가지만, 커뮤니티 센터 2층에 올라가 본 것은 딱 한 번, 그것도 계단 끝에 서서 슬쩍 살펴본 정도였다. 지수는 남은 커피를 다 마신 뒤 종이컵을 구겨서 쓰레기통에 버리고 계단 쪽으로 걸어갔다.

'커뮤니티 센터 2층에 배전실이 있답니다. 거기서 모든 걸 관리하죠. 타운의 카메라, 대문의 전기, 입주민들의 정보까지.'

그렇게 중요한 곳이라면 당연히 카메라가 있겠지. 하지만 슬쩍 들여다보는 정도는 괜찮지 않을까? 지금은 이것저것 따지고 있을 때가 아니다. 이 담장 안에 영원히 갇혀서 흔적도 없이 사라지기 전에 길을 찾아내야만 한다. 누군가 여기서 무사히 탈출한 사람이 있다면, 그 길을 따라가야 한다.

'결혼한다더라고. 그래도 애인이랑 귀여운 신혼집 얻어서 나갔으니 잘된 거죠, 뭐.'

그게 사실이라면. 그리고 입주민에 대한 정보가 사무실에 보관되어 있기만 하다면.

'진아'라고 했던가? 하지만 처음 이사 왔을 때 윤미주가 잠깐 언급한 것을 제외하면 지금껏 타운의 어느 누구도 전에 살던 여자의 이름을 입에 올린 적은 없다. 그리고 그 여자를 떠올릴 때면 언제나 하얀 타일 사이에 묻어 있던 포도줏빛 얼룩도 함께 생각났다.

2층은 밝고 탁 트인 아래층보다 훨씬 작고 어두웠다. 계단을 올라가자 곧바로 벽과 천장이 검게 칠해진 좁은 복도가 나왔고, 맞은편 끝에 작은 창문이 하나 나 있었다. 그 아래에 놓인 커다란 고무나무 화분이 그나마 딱딱하고 삭막한 느낌을

덜어주었다. 다행히 천장 어디에도 카메라 같은 건 보이지 않았다. '배전실'과 '관리실'이라고 새겨진 조그만 금속판이 각각 붙어 있는 두 개의 까만 철문이 서로 마주 보고 있었는데, 모두 디지털 도어락이 붙어 있었다. 지문까지는 아니고 번호를 입력하면 되는 것 같았다. 영화 속에서 본 것처럼 고운 가루나 셀로판테이프 같은 것으로 번호를 알아낼 수 있을까? 혹시 키패드에 입김이라도 살짝 불어보면……

"뭐 하는 겁니까?"

"헉!"

젖은 슬리퍼가 바닥에 쭉 미끄러지며 뒤로 벌렁 자빠져 버렸다. 돌아보니 계단 바로 앞에 유민우가 서 있었다.

3

남자가 천천히 앞으로 걸어왔다. 그늘이 드리워진 얼굴에는 표정이 없었다. 지수는 주저앉은 채 팔다리를 허우적거리며 뒤로 물러났다. 바닥에서 올려다보니 천장에 아슬아슬하게 머리가 닿을 듯 큰 키와 다부진 체구가 더욱 위압적으로 보였다.

"나는……."

생각해 둔 변명이 하나도 떠오르지 않았다. 머릿속은 그저 하얗기만 했다.

사라진 여자, 포도줏빛 얼룩, 문이 잠긴 두 개의 사무실.

남자가 한 걸음 더 다가왔을 때였다. 아래층에서 커다란 스윙도어를 밀고 들어오는 발소리가 들렸다. 유민우의 고개가 휙 돌아갔다.

그럼 그렇지. 저 수상한 고무나무 속에 카메라를 숨겨두고 지켜보다가 달려온 거야.

몸에서 힘이 빠져나갔다. 살기 위해 버둥거리던 두 다리가 축 늘어졌다. 지수는 눈을 질끈 감아버렸다. 그때였다.

"글쎄, 서지수 씨! 여기 올라오셔서도 소용없다니까요. 배전실은 아무 상관 없어요."

유민우가 목청을 높여 소리쳤다. 어색하고 낯선 말투였다. 고개를 들어보니 눈앞에 커다란 손이 보였다. 하지만 남자의 눈에서는 아무것도 읽어낼 수 없었다. 지수는 얼떨떨한 채 망설이다가 그가 내민 손을 잡고 천천히 일어섰다. 유민우가 지수를 바라보며 다시 큰 소리로 말했다.

"세대별 전기 문제는 본인 집 분전함을 먼저 살펴보셔야 합니다."

"유 팀장님?"

아래층에서 조유선의 목소리가 들려왔다. 유민우는 지수의 손을 얼른 놓더니 계단 쪽으로 다가가서 아래를 내려다보았다.

"아, 오셨습니까?"

"거기 무슨 일이에요?"

"서지수 씨가 자꾸 배전실을 살펴보겠다고 우기셔서요."

지수는 앞장서서 계단을 내려가는 유민우의 뒤를 천천히 따라갔다. 다리가 덜덜 떨려서 미끄러질 것만 같았다.

"배전실? 거긴 왜?"

편안한 일상복 차림에 텀블러를 들고 안경을 낀 조유선이 의아한 표정으로 서 있었다.

지수는 입을 벌렸지만 목구멍이 딱 붙어버린 듯 말이 나오지 않았다. 안경 너머로 가만히 이쪽의 표정을 살피는 시선을 마주할 수도 없었다.

"참, 지난번에 갑자기 정전됐다고 했었지? 그래서 걱정이 됐나 보구나."

조유선이 웃으며 고개를 끄덕이는 순간, 막혔던 숨이 트였다. 그제야 다시 목소리가 나왔다.

"네, 자꾸만 전등이 깜빡거리니 불안해서……."

"오늘 쉬는 날이십니까?"

유민우의 부드러운 목소리에 지수는 홀린 듯 그를 쳐다봤다가 얼른 고개를 돌렸다. 이 사람, 지금 웃고 있는 거야?

조유선이 미소 지으며 대답했다.

"오늘 연가라서. 지수 씨 있는 거 알았으면 와서 같이 수영이라도 할걸. 요즘 살이 쪘거든."

"지금이라도 하시면 되죠."

유민우의 넉살 좋은 제안에 조유선이 반색하며 지수를 바라봤다.

"그럴까? 같이 할래? 이상하게 수영은 혼자 하기 싫더라."

"아, 저는 오늘은 좀……."

"하긴, 지금 전등 때문에 정신없겠구나. 그럼 난 그냥 밖에서 혼자 걷고 와야겠다. 커피부터 마시고."

지수는 조유선이 커피머신 쪽으로 걸어가는 걸 지켜보다가 얼른 돌아서서 밖으로 나왔다. 뒤에서 유민우가 따라 나오는 기척을 느꼈지만 돌아보지는 않았다. 눈이 마주치면 안 될 것 같아서 그저 걸음을 재촉했다. 조유선이 혹시라도 밖을 내다볼까 봐 손안에 꼭 쥔 종잇조각을 주머니에 넣지도 않고 걷기만 했다. 마침내 집에 도착해서도 조그만 손님용 화장실 안으로 들어간 뒤에야 꺼내서 살펴보았다.

　- 5월, 수인 고속도로, 졸음운전 사고
　- 3년 전, 하선 교차로, 성형외과 원장 부부, 음주 운전 사고
　- 주하구 해선로 141번지 407호

알쏭달쏭한 몇 개의 단어와 낯선 주소가 단정한 글씨로 적혀 있었다. 아까 유민우의 손을 잡고 일어설 때, 지수의 손으로 넘어온 쪽지였다.

방금 뭐야. 그 남자가 정말 날 도와준 거라고? 그럴 리가! 이건 또 무슨 덫인데?

지수는 종잇조각이 폭탄이라도 되는 양, 세면대 위에 얹어두고 멀찍이 떨어져서 쳐다보기만 했다. 그대로 변기에 집어넣고 물을 내려버리고 싶었다. 하지만 그것으로 끝이 아니겠지. 이게 정말 덫이라면 결국 걸려들 때까지 자신을 그냥 놔

두지 않을 것이다.

지수는 종이 위의 글자를 노려보다가 마침내 변기 위에 앉아서 핸드폰을 꺼냈다.

쪽지에 적힌 키워드로 검색하니 몇 개의 기사가 나왔다. 하나는 작년 5월 초, 이른 새벽 한적한 도로에서 가드레일을 들이받아 차가 전소되는 바람에 현장에서 사망한 29세 사회복지사에 관한 기사였다. 다른 하나는 3년 전, 60대의 유명 성형외과 원장 부부가 한밤중에 길을 건너다가 음주 운전 차량에 치여 숨진 사고에 관한 기사였다. 두 건 모두 교통사고라는 것 외에는 어떤 공통점도 찾아볼 수 없었다. 시간도, 장소도, 원인도 모두 달랐다. 그러니 누구도 두 사건의 교집합을 찾아낼 순 없을 것이다. 하지만 지수의 눈에는 세 개의 단어가 허공에 떠오르는 것처럼 또렷하게 두드러져 보였다.

사회복지사, 성형외과, 그리고 교통사고…….

그냥 평범한 뉴스일 뿐이라고, 지나친 상상은 금물이라고 넘겨버리기엔 너무 많은 것을 안다는 게 문제였다. 그러니 지수의 추측이 맞다면, 이제 타운을 탈출하는 방법에 대한 조언은 얻을 수 없을 것이다. 그토록 궁금해하던 이전 집주인의 행방을 알게 되었으니 말이다. 적어도 결혼 때문에 타운을 떠난 건 아닌 것 같다. 재가 되어 날아갔다면 모를까.

기사에서는 차가 전소된 탓에 사고의 원인을 정확히 밝혀낼 수는 없었지만, 졸음운전이 의심된다고 했다. 사회복지사로 일하던 운전자가 스트레스로 인한 공황장애로 6개월간 병가 중이었으며 약을 복용하고 있었기 때문이다.

맨정신으로 버티긴 힘들었겠지. 분명히 고된 직업이었겠지만, 아마도 그 여자를 괴롭힌 건 다른 일이었을 것이다. 24시간 지켜보는 시선, 초인종 벨 소리와 볼륨까지도 밖에서 통제할 수 있는 편리한 집, 화장실에 들어가서야 마음대로 열어볼 수 있는 핸드폰. 이런 것 때문에 미쳐가던 게 아니었다면 그쪽도 어느 날 갑자기 선물을 받았을지 모르겠다. 잘 만들어진 한 편의 뮤직비디오처럼, 결정적인 일이 있을 때마다 반드시 그 현장에 있던 자신의 모습을 담은 편집본을. 깜짝선물이라도 주는 것처럼 활짝 웃으며 그걸 건네주는 사람들의 눈빛을 보고 등골이 오싹해졌을지도 모른다. 충격을 받고 연결고리를 끊으려 했겠지만, 타운은 그렇게 되도록 내버려두지 않았다. 절대로.

물론 시기로 보아 여기에 있는 동안 사고를 당한 건 아니었다. 어떤 사건이든 타운과 결부되는 건 절대 원치 않았을 테니까. 그들은 그 여자가 일단 타운 밖으로 이사 나가도록 내버려뒀을 것이다. 평범한 이웃처럼, 시끌벅적한 송별회 같은 걸 열어주며 배웅했을지도 모르지. 하지만 그 뒤에도 계속 감시하다가 그 여자의 정신이 무너져 내리는 기미가 보이자 아예 없애버린 것이다. 경찰에 달려가서 양심선언 같은 걸 하지 못하도록. 그러니까 여기서 무사히 탈출한 사람은 없다. 따라가야 할 발자취 같은 것도 없다. 그들은 마음에 걸리는 건 절대 내버려두지 않는다. 그게 설령…… 자기 부모라도. 기사에 나오는 60대 성형외과 원장 부부에 대한 지수의 추측이 맞다면 말이다.

비좁은 화장실 안에서 땀을 뚝뚝 흘리며 핸드폰을 들여다보고 있는 동안 지수의 머릿속에서 똑딱거리던 시계가 점점 잦아들더니 결국 조용해졌다. 이제 시간을 세는 일도 무의미해졌다. 더 이상 지수에게 남은 선택지는 없었다.

4

쪽지에 적혀 있던 주소에 찾아와 보니 작은 상업용 오피스텔이 서 있었다. 주변의 다른 건물들처럼 1층에는 조그만 편의점이, 위층에는 학원, 법무사, 회계사 사무실 들이 모여 있었다. 택시로 30분이면 되는 곳이었지만, 여기까지 오는 데 두 시간이나 걸렸다. 택시와 버스를 번갈아 타고 대형마트와 백화점에 들러가며 빙빙 돌아왔기 때문이다. 수상한 건물이라면 곧바로 돌아갈 생각이었는데, 점심시간을 맞아 쏟아져 나온 직장인들을 보자 마음이 놓였다.

지수는 한 무리의 사람들이 썰물처럼 빠져나가고 조용해진 로비 한쪽에 서서 안내판을 올려다보았다. 407호에는 '서치맨'이라는 명패가 붙어 있었다. 회사인가? 뭐 하는 곳이지? 머릿속에서 몇 개의 생각이 눈송이처럼 떠다니다가 내려앉는 순간, 갑자기 뱃속이 서늘해졌다.

혹시라도 여기가 타운이 운영하는 사무실이라면? 그들의 일은 정교한 계획과 역할 분담을 거쳐 체계적으로 이루어진다. 마치 하나의 기업처럼 말이다. 그러니까 여기가 바로 그 자식이 준 쪽지에 설치된 덫인 거야!

지수는 급히 몸을 돌리다가 누군가와 부딪치고 말았다.

"어이쿠!"

몸집이 자그마한 경비원이 뒤로 물러서며 외쳤다.

"죄송합니다."

허둥지둥 건물 입구로 발을 옮기는데 뒤에서 경비원의 목소리가 들려왔다.

"어디 찾아오셨어요? 혹시 407호?"

지수는 건물 입구에서 발을 멈추고 천천히 돌아섰다.

"네, 407호는……."

"서치맨? 내 그럴 줄 알았지. 거기 문 닫았는데 모르고 왔다가 허탕 치는 분들 많아요."

경비원이 알 만하다는 듯 고개를 흔들며 말했다.

"문을 닫아요?"

"하루아침에 도망가서 말이야. 보증금 계속 까다가 바닥났거든. 엊그제 집기랑 다 내놓고 싹 정리했어요. 혹시 몰라 명패는 놔뒀는데, 저것도 곧 떼야지."

그 쪽지 속 정보와 연관된 사람 중에 사라진 사람이 또 있다.

"서치맨……이 뭐 하는 곳인데요?"

"에이, 알면서 찾아와 놓고. 괜찮아요. 여기 사모님들 많이 오세요. 실력은 좋다더라고. 전에 경찰 하던 양반이니까."

"경찰이요?"

"술 때문에 망한 거지 뭐. 말이 좋아 탐정이지, 솔직히 흥신소 아니오. 사람 뒷조사하고, 몰래 사진 찍고, 뭐 그런 구린 일인데. 그래도 사람 털털하니 좋고, 손님도 많았거든. 그렇게 야반도주할 줄은 몰랐지."

경비원이 손을 내젓다가 목소리를 슬쩍 낮췄다.

"이건 내 생각인데, 아무래도 도망친 게 아니라 뭔 일 났지 싶어요. 집기며 뭐며 다 그대로 두고 하루아침에 사라져 버린 거 보면. 솔직히 그런 일 하다 보면 원한 살 일도 많을 거 아뇨."

경비원은 생각만 해도 소름이 돋는지 몸을 부르르 떨었다. 하지만 지수는 놀라지 않았다. 세이프 타운과 관련된 일 중에 흔적도 없이 사라지는 것 정도는 아무것도 아니란 걸 아니까. 이제는 싸늘하게 식어버릴 피조차 몸속에 남아 있지 않은 것 같다. 자신에게 좋은 집을 소개해 준 유쾌한 여자가, 실은 자신을 벌주러 뒤쫓아 오는 낯선 남자일지도 모른다는 걸 깨달은 뒤로는 세상 무엇도 더 이상 놀랍지가 않다.

서치맨과 타운은 도대체 무슨 연관이 있을까. 사라졌다는 탐정은 타운에 고용됐던 걸까? 하지만 엄격하게 골라낸 이웃과 함께 전기 담장 속에 갇혀 지낼 만큼 누구도 믿지 않는 사람들이 외부인을 함부로 개입시켰을 것 같진 않다. 아니면 실컷 이용한 뒤 입을 막으려고 없애버린 건가?

그렇다면 사라진 탐정은 타운의 일에 얼마나 깊이 관여했을까? 무엇보다 유민우는 도대체 무슨 생각으로 서치맨을 알려준 것일까?

생각에 잠겨서 길을 걷던 지수는 문득 뒤를 돌아보았다. 뒤통수가 따끔거리는 것 같았다. 이런 느낌은 아주 오랜만이다. 지수는 고개를 숙이고 걸음을 빨리했다. 여기까지 오는 동안 뒤를 밟는 그림자가 없었다는 건 확실하지만, 지금은 어떨지 장담할 수 없다.

지수는 사무용 건물들이 줄지어 서 있는 길을 걷다가 갑자기 방향을 틀어 오른쪽의 작은 건물 안으로 들어갔다. 데스크에 앉아 있는 접수원의 눈총을 받으며 곧바로 로비를 가로질러, 열려 있는 뒷문으로 얼른 빠져나갔다. 하지만 뒷길로 빠져나가는 대신 건물 뒷벽에 바짝 붙어 섰다. 몸이 덜덜 떨렸다. 아주 오랜만에 지독한 갈증이 몰려왔다. 1000, 999, 998, 997, 996…… 972까지 셌을 때 모자를 푹 눌러쓴 그림자가 뒷문에 나타났다.

지수는 두 팔에 체중을 모두 싣고 앞으로 돌진했다.

5

"으윽!"

그림자가 앞으로 엎어진 사이 지수는 뒤로 돌아서 방금 빠져나온 문으로 다시 들어갔다. 서두르다가 넘어질 뻔했지만 얼른 중심을 잡고 다시 뛰어나갔다.

"이봐요!"

뒤에서 부르는 소리가 들렸지만 돌아보지 않고 뛰었다. 건물 정문을 빠져나간 뒤에도 멈추지 않고 오른쪽으로 계속 달렸다. 앞에 보이는 신호등이 빨간불로 바뀌자 다시 오른쪽으로 돌아서 골목길을 계속 달렸다. 숨이 턱에 찰 때까지 달리다가 멈춰 서서 담벼락을 잡고 헐떡이는데 뒤에서 거친 숨소리가 다가왔다.

"서지수 씨!"

가슴이 덜컥 내려앉았지만 움직일 수 없었다. 폐가 터져나갈 것만 같았다.

"보기보다 빠르시네."

유민우가 가쁜 숨을 몰아쉬며 말했다. 까만 야구 모자와 까만 티셔츠, 청바지 차림이었다.

"나 칼 있어요."

지수가 가방을 앞으로 끌어안고 헐떡이며 말했다. 이 정도 체급 차이에 칼 같은 게 소용이 있을까 싶지만 여기서 이대로 당하긴 싫었다.

"밝은 대낮에 여기서?"

유민우가 숨을 고르더니 고개를 흔들었다.

"그렇게 눈에 띄는 건 당신들 스타일이 아니잖아요. 이제 그 정도는 서지수 씨도 잘 알 텐데요."

"'당신들'이라고요?"

"아닙니까?"

유민우가 물었다.

"그쪽이 아니라?"

지수가 소리쳤다.

"내가요?"

"그 사람들이랑 같은 팀 아니에요?"

지수의 말에 유민우가 어이없다는 듯 입을 벌렸다.

"내가 준 쪽지를 보고도 그런 말을 해요? 그럼 여긴 왜 왔습니까?"

"그러는 당신은? 정보를 주는 척하고 내 뒤를 밟았잖아요! 그쪽을 어떻게 믿어요?"

둘은 헐떡거리며 한동안 마주 보고 서 있었다. 작은 도로를 사이에 두고 오른쪽으로는 건물들이, 왼쪽으로는 조그만 놀이터를 둘러싼 담장이 서 있었다.

"이럴 게 아니라 어디 가서 좀 앉죠."

"어림도 없어요."

지수가 숨을 헐떡이며 가방을 꼭 끌어안았다. 유민우는 한숨을 쉬더니 두 손을 번쩍 들어 보이며 말했다.

"서치맨에 다녀오는 길이라면 이제 대충 돌아가는 판이 보이지 않습니까? 누구 손을 잡아야 할지."

"아뇨, 모르겠는데요."

당신이 미끼일 수도 있는데 어떻게 믿어. 그 사람들이 댁을 보내서 날 시험하는 거라면? 오늘 밤 집에 돌아가는 길에 내가 탄 버스의 브레이크가 고장 나지 말란 법도 없잖아. 아, 아무리 주다인이라도 버스까지 고장 내는 재주는 없으려나?

헛웃음이 터져 나오려는 순간, 부러졌던 발목이 다시 뻐근하게 아파왔다.

"김진아 씨와 서치맨이 어떻게 됐는지는 이게 알았을 거 아닙니까. 그렇다면 우리가 지금 이렇게 길거리에 같이 서 있는 게 얼마나 위험한 행동인지도 잘 알겠죠. 검색을 해봤다면 기사도 전부 읽었을 테니, 자세한 얘기가 궁금하면 따라와요. 뭐, 다 필요 없다면 그냥 타운으로 돌아가시든지."

유민우가 돌아서 혼자 걸어가기 시작했다. 지수는 멀어지는 뒷모습을 바라보며 한참 서 있있다가 마침내 절룩거리며 천천히 따라갔다.

주택가 골목길을 따라 조금 걸어가자, 작은 가게가 나왔다. 벽에는 오래된 만화책이 잔뜩 꽂혀 있고, 손으로 짠 레이스 깔개 위에 작은 도자기 인형이 줄지어 앉아 있는 조그만 개인 카페였다. 나이 지긋한 여주인이 혼자 지키고 있는 가게 입구 쪽 자리에는 유모차를 옆에 둔 아기 엄마 둘이 앉아 있었다. 유민우는 안쪽 막다른 자리에 벽을 등지고 앉아 있었다. 긴 다리를 조그만 나무 의자에 구겨 넣고 앉아 있는 모습을 봐도 웃음이 나오지 않았다. 그저 여기라면 대놓고 어떻게 하지는 못하겠다는 생각뿐이었다. 잠시 머뭇거리던 지수가 맞은 편 자리에 앉자, 유민우가 카운터로 가 커피 두 잔과 작은 케이크를 주문해 왔다.

"자릿값은 내야 하니까."

"오늘 비번이에요?"

"야간 당직. 7시까지는 들어가 봐야 합니다. 루틴이 바뀌거나 예정에도 없던 휴가를 쓰면 눈치챌 겁니다."

커피잔이 요란하게 달그락거렸다. 지수는 유민우가 탁자를 두 손으로 꽉 누르는 걸 보고서야 자기가 다리를 불안하게 떨고 있다는 사실을 깨닫고 멈췄다.

"그 사람들이 시킨 거예요? 날 따라다니라고?"

"그럴 리 있겠습니까? 아직도 뭘 모르시네."

"그럼 내가 오늘 여기 올 줄은 어떻게 알고?"

"넘겨짚었어요. 어쨌든 와볼 거라고는 생각했습니다."

"도대체 무슨 근거로요?"

"그쪽이 위험을 감수하고 2층 사무실까지 기웃거릴 만큼 타운에 대해 관심을 갖기 시작했다면, 내가 준 쪽지를 그냥 지나칠 리는 없으니까."

"그래서? 그걸 나한테 준 이유가 뭔데요?"

지수는 접시 위에 있던 포크를 만지작거리며 남자를 쳐다봤다.

"밝히기 전에 나도 하나만 묻죠. 정말 진실이 뭔지 알고 싶긴 해요? 다 포기할 각오가 된 겁니까?"

"뭘 포기해요?"

"달콤한 복수. 든든한 뒷배. 당신도 그 맛을 보고 거기 눌러앉은 거잖아. 누가 죽어나가든 말든."

배를 한 방 얻어맞은 것처럼 숨이 막혔다. 지수는 떨리는 손으로 포크를 꽉 움켜쥐었다.

"헛소리 그만해! 도대체 당신 정체가 뭐야. 그 사람들 하수인이 아니라는 걸 내가 어떻게 믿어."

김진아라는 여자처럼 만들기 전에 내 충성심을 시험하는

거야? 아니면 날 협박하러 온 거야? 어느 쪽이든, 여차하면 이 포크로 당신 눈을 찔러버릴 거야.

문득 정말 그렇게 할 수도 있겠다는 생각이 들었다. 자신이 점점 미쳐가고 있다는 생각이.

그때 유민우가 지수의 손에 들린 포크 날을 조용히 잡으며 말했다.

"내가 바로 서치맨이거든. 날 믿을지 말지는 그쪽 마음이고."

6

문손잡이를 잡는 순간 핸드폰이 울렸다.

"어디야?"

주다인의 목소리에는 날이 잔뜩 서 있었다.

"바로 앞이에요. 지금 들어가요."

문을 밀고 들어서는 지수를 보더니 다인이 핸드폰을 귀에서 뗐다. 그들은 센터 한쪽 구석에 있는 탁자 앞에 모두 모여 있었다. 에어컨이 과하게 켜진 커뮤니티 센터 안은 소름이 돋을 만큼 추웠다. 밖에서 흘린 땀이 순식간에 식어버리며 한기가 몰려왔다.

"전화받고 부랴부랴 달려왔더니만, 다들 모아놓고 늦으면 어떻게 해? 할 얘기가 뭔데?"

지수가 자리에 앉기도 전에 다인이 신경질적으로 물었다.

"방금 서치맨에 다녀왔어요."

지수가 헐떡이며 말하는 순간, 모두가 멈췄다. 누군가 달려가서 흘러나오던 음악을 꺼버리자 사방이 조용해졌다. 아무도 입을 열지 않았다.

"무슨 소리야?"

한참 만에 하주연이 물었다.

"그 남자요."

"누구?"

"유민우."

"돌탱이?"

미주가 목소리를 높였다.

"유 팀장이 뭐? 무슨 소린지 알아듣게 말해."

다인이 짜증을 냈다.

"어제 여기서 유 팀장이랑 마주쳤는데……."

"그래, 나도 거기 있었지."

유선이 고개를 끄덕였다.

"그때 뒤로 쪽지를 하나 전해주더라고요."

"쪽지?"

"주소랑 무슨 키워드 같은 게 적혀 있었어요. 그래서 찾아봤더니……."

"그런데?"

다인이 재촉했다.

"교통사고 기사가 나오더라고요. 서치맨 사무실 주소랑."

지수를 뺀 네 사람이 잠시 눈길을 주고받았다.

"그걸 자기한테 왜 준 거야? 둘이 무슨 사인데?"

다인이 거칠게 물었다.

"저도 그게 궁금했어요."

지수가 떨리는 목소리로 대답했다.

"지금까지 서로 사적인 대화 한번 나눠본 적도 없었거든요. 그런데 기사를 찾아보니까……."

말끝을 흐리자, 맞은편에 앉아 있던 유선이 격려라도 하듯 미소를 지어주었다. 하지만 다른 사람들은 여전히 굳은 표정이었다.

"사망한 운전자가 여자였고, 사회복지사더라고요. 미주 씨가 전에 D호에 살았던 분이 사회복지사였다고 한 게 기억났어요. 진아 씨라고."

지수는 미주를 흘끗 쳐다보고 얼른 눈을 돌렸다.

"그분은 결혼해서 타운을 나갔다고 들었지만 어쩌면…… 아닐 수도 있겠다는 생각이 들었어요."

"꼴랑 기사 하나 보고 밑도 끝도 없이? 세상에 사회복지사가 개 하나야? 그럼 우리한테 물어나 보지 거긴 왜 냅다 찾아간 건데?"

다인이 언성을 높였다.

"그게 아니라…… 미주 씨가 분명히 보안팀은 우리 일이랑 상관없다고, 그 사람들은 아무것도 모른다고 했는데 아무래도 그게 아닌 것 같아서요."

"그런데 왜 혼자 갔어? 우리를 못 믿어서 그런 거야?"

주연이 다인의 팔을 지그시 잡아 누르며 지수를 보고 물었다. 소름 끼치도록 차분한 목소리였다.

"모두에게 알리면 유 팀장이 눈치챌 수도 있잖아요. 무슨 일인지 알아낸 다음에 말해도 늦지 않다고 생각했어요."

잠시 침묵이 흘렀다.

"계속해."

마침내 주연이 말했다.

"그 주소로 찾아갔더니 사무실은 폐업을 했더라고요. 그런데 갑자기 그 사람이, 유 팀장이 나타났어요. 얘기 좀 하자면서."

"씨발."

다인이 의자를 밀치고 벌떡 일어섰다.

"내가 말했잖아!"

"주다인."

하주연이 불렀지만 다인은 멈추지 않았다.

"사람이 많아지면 비밀이 새기 마련이라고! 보안이니 뭐니 오버하다가 이 꼴 날 줄 알았다니까? 겨우 다섯 명 사는 곳에 뭔 놈의 보안팀이 필요해!"

"별놈이 다 꼬이니까 그랬지. 다 같이 동의했잖아, 우리가 자체적으로 운영하기로. 조사 결과도 깨끗하지 않았어? 가족

은 동생뿐인데, 간경화로 죽었다는 것 말고는 별다른 게 없었
잖아."

"그러면 뭐 해? 결국 다 뚫렸는데!"

주연의 손을 뿌리치고 씩씩거리며 주변을 서성이던 다인이
갑자기 의자에 털썩 주저앉아 지수 앞에 얼굴을 바짝 들이댔
다.

"그래서 그 새끼가 뭐래? 어디까지 알고 있대? 돈이라도 내
놓으래? 엉?"

"지수 씨 이야기 좀 들어보자. 어쨌든 우리한테 왔잖아."

조유선이 손을 내저으며 달랬다.

"자기가 바로 서치맨이라고 하더라고요. 아니, 더 정확히
말하면 거기서 일했다고."

"뭐?"

사방이 다시 조용해졌다. 에어컨이 윙윙거리는 소리만 들
려왔다.

"와! 미친……. 첩자였어?"

다인이 갑자기 소리쳤다.

"내 그럴 줄 알았어. 그 쥐새끼가 혼자 곱게 갈 리가 없지.
끄나풀을 심어놓고 간 거야!"

"닥쳐봐, 좀."

하주연이 서늘한 목소리로 말했다. 다인이 거친 숨을 몰아

쉬며 입을 다물자, 주연이 지수를 보고 물었다.

"거기서 일했다는 게 무슨 말이야?"

"서치맨을 운영하던 최상만이라는 사설탐정 밑에서 옛날에 조사원으로 잠깐 일했었대요. 그런데 그 사람이 갑자기 사라져서 찾고 있다고. 진아 씨는 거기 의뢰인으로 찾아왔던 것 같다고 했어요."

"'같다고'는 뭐야?"

"둘이 직접 만난 적은 없대요. 진아 씨는 그 사람이 일을 그만둔 이후에 서치맨을 찾아갔었나 봐요. 유 팀장은 사라진 최상만을 찾다가 진아 씨와 우리 타운에 대해 알게 된 모양이고요."

"그래서 여기 위장 취업했다는 거지? 하! 진아 고게 아주 가지가지 똥을 뿌리고 갔네."

미주가 중얼거렸다.

"못된 년! 원하는 대로 도와줬는데 감히 우리 등에 칼을 꽂아?"

다인이 탁자를 쾅 치며 소리쳤다. 깜짝 놀란 지수가 몸을 떨며 쳐다보자 하주연이 설명했다.

"진아도 타운에 살면서 당연히 우리 도움을 받았거든. 직장에서 진아 공을 가로채고 승진했다는 선배를 좀 손봐줬지."

주연이 어깨를 으쓱하며 말을 이었다.

"아주 하찮은 건이었어. 피를 본 것도 아니었다고. 그놈 노트북을 좀 뒤져봤을 뿐이야. 누구나 털면 먼지가 나오기 마련이잖아. 메신저로 상사를 욕한 기록이나 취향 뚜렷한 불법 동영상들, 몰래 쓴 공금 내역 같은 걸 모아서 직장 사람들과 지인들에게 뿌려줬지. 그냥 망신을 좀 주려고 했던 거야. 진아도 좋다고 했어. 그런데……."

그래, 이런 일은 절대 계획대로 돌아가지 않는다. 항상 변수가 존재한다.

"나중에 일이 좀 생겨버렸던 거야. 그걸 누가 예상했겠어?"

"무슨 일이 생겼는데요?"

하주연이 눈도 깜빡이지 않고 지수를 찬찬히 바라보았다. 이번에는 지수도 눈을 피하지 않았다. 탁자 밑에서 쥐어뜯고 있는 손은 땀에 젖어 미끌거렸지만 절대 눈을 돌리지 않았다. 한참 만에 하주연이 다시 입을 열었다.

"진아의 같은 팀 동기가 피해를 좀 봤지. 알고 보니 놈과 몰래 사귀는 사이였더라고. 둘이 찍은 은밀한 동영상이 있었는데 그게 음…… 같이 퍼진 거야."

하주연은 유감이라는 듯 말끝을 살짝 흐렸지만, 두 눈은 여전히 깜빡이지도 않고 지수를 똑바로 바라보고 있었다. 조금도 유감스럽게 보이지 않았다.

"안타까운 사고였지. 어쨌든 그 일로 진아가 충격을 좀 받았어."

"솔직히 그럴 일은 아니잖아?"

미주가 끼어들었다.

"그러게 누가 그런 걸 정성스럽게 갖고 있으래? 아니, 애초에 그런 걸 왜 찍어? 상대를 어떻게 믿고? 솔직히 우리가 아니라도 놈이 어떻게 써먹었을지 알 게 뭐야?"

"그래서 어떻게 됐는데요?"

"그 커플은 깨지고, 결국 둘 다 직장을 그만뒀지. 동기는 고향으로 내려갔어. 동기 아버지가 갑자기 뇌졸중으로 쓰러졌다가 반신불수가 됐거든. 진아는 그 사건 때문이라고 생각하더라고?"

"그럼…… 그 자료가 거기까지 간 거예요?"

"그랬다는 것 같은데 우리야 잘은 모르지. 그 인간 주소록에 여친 아버지까지 들어 있는지 어떤지 일일이 체크하고 보낼 순 없잖아."

하주연이 태연하게 말했다.

"그건 누구 잘못도 아니야. 그냥 사고지. 아무도 예측하지 못한 사고."

주연의 입가에 희미한 미소가 걸렸다.

"커다란 그림 한구석에 아주 작은 흠집 같은 거라고. 그래도 그림은 그려야지. 구더기 무서워서 장 못 담그면 쓰니? 불똥이야 엉뚱한 데로 좀 튀었지만, 남의 인생을 지옥으로 만든 인간을 손봐준 건데 신경 쓸 필요 없잖아. 진아도 다 털어버리고 자기 인생이나 즐기면 되는 거였는데. 손뼉 치며 같이 좋아할 땐 언제고, 뒤늦게 고고한 척 괴로워하다가 우리까지 진흙탕에 끌고 들어가려고 하면 안 되지.”

“실컷 도움 받아놓고!”

다인이 다시 한 번 탁자를 쾅 치며 말했다.

“자기가 찔린다고 감히 여기저기 들쑤시고 다니면서 타운을 망치려고 들어? 그것도 싸구려 흥신소를 끌어들여서? 그걸 가만히 두고 볼 순 없잖아!”

“그래서 진아 씨를 그렇게⋯⋯ 한 거예요?”

“‘그렇게’가 무슨 소린지 잘 모르겠네.”

하주연이 웃으며 말했다.

“그 사고 기사, 진아 씨 얘기죠?”

“진아는 원래 문제가 좀 있었어. 일이 워낙 힘들어서 그런가, 애가 멘털이 약하더라고. 왜, 그런 인간들 있잖아. 쓸데없이 잡생각이 많아서 사고 치는 타입. 자기가 전문가니까 더 잘 알겠지만.”

하주연이 눈썹을 살짝 들어 올렸다.

“원하는 대로 도와줬는데도 계속 불평만 하는 거야. 결국 타운을 나가고 나서도 잠을 못 자고 시들시들 말라갔어. 어떻게든 도와주려고 해도 소용이 없더라. 그렇게 꾸역꾸역 미련하게 버티더니 기어이 졸음운전 때문에 사고가 난 거야. 너무 안된 일이지.”

“그럼 왜 저한테는 진아 씨가 결혼을 했다고…….”

“그땐 자기가 막 이사 왔을 때잖아. 서로 잘 알지도 못하는데 남의 사고 소식을 함부로 떠벌릴 순 없잖아? 뭐 좋은 이야기라고.”

미주가 손을 내저으며 말했다.

“그럼 그 탐정, 최상만이라는 사람은요? 갑자기 사라졌다던데.”

“그거야 우리도 모르지.”

하주연이 어깨를 으쓱하며 말했다.

“언젠가부터 수상한 사람이 타운 주변에 얼쩡거리더라. 우린 처음엔 기자인 줄 알았지. 혼자 사는 여자들만 모인 타운이라는 소문이 퍼져서 쓸데없는 날파리가 꼬인 줄 알았다고. 그런데 점점 가관인 거야. 관리팀을 쑤시고, 쓰레기를 뒤지고, 담을 넘으려고 시도하다가 걸린 적도 있었어. 그래서 우리도 뒤를 좀 캐봤지. 진아가 그 인간을 찾아간 건 몰랐지만.”

하주연의 서늘한 목소리가 이어졌다.

“우리도 우리를 보호할 권리가 있잖아, 안 그래? 사고 쳐서 경찰에서 쫓겨나고, 고작 흥신소나 하는 구린 인간이 타운을 기웃거리게 놔둘 수는 없잖아."

"그래서…… 그 사람을 어떻게 한 건데요?"

지수는 침을 삼키며 작은 소리로 물었다.

"하긴 뭘 해."

하주연이 웃으며 말했다.

"그냥 통금 제도를 만들고, 담장에 전류를 흘려보냈지. 그 랬더니 어느 날부터 갑자기 안 보이더라."

"그런데 조금 전에는 그 사람이 혼자 곱게 갈 리 없다고……."

"뭐, 어디로 가든 말이야. 그게 꼭 황천길은 아니잖아?"

하주연이 주위를 둘러보자 모두 웃으며 고개를 끄덕였다. 다 같이 그린 것처럼 똑같은 미소를 짓고 있는 모습이 기묘하 게 보였다.

"유민우 이야기나 계속해 봐. 그래서 어디까지 알고 있대?"

"아니, 애초에 왜 자기한테 그런 정보를 준 거래? 둘이 눈이 라도 맞았어?"

다인이 빈정거렸다.

"그냥…… 제일 만만하게 보였나 봐요. 이사 온 지 얼마 안 됐으니까. 그 탐정이 어디 있는지 알아봐 달랬어요."

"그걸 우리가 무슨 수로 알겠니? 어딘가 자알 있겠지."

다인이 피식 웃으며 말했다.

"탐정은 걱정 말고 자기 앞길이나 걱정하라고 해. 이대로는

못 넘어가니까. 이렇게 모인 김에 그 새끼를 어떻게 손봐줄지
의논해야겠다."

"하지만 자료가 있다고 했는데."

"무슨 자료?"

하주연의 얼굴에서 갑자기 웃음기가 사라졌다.

7

“타운이 했던 모든 일에 대한 자료. 그 탐정이 그동안 조사한 것들을 차근차근 모아뒀다고 했어요.”

“뭐?”

지수를 뺀 나머지 사람들은 서로 탁자를 사이에 두고 눈빛을 교환했다.

“그걸 자기한테 보여줬어?”

윤미주가 날 선 목소리로 물었다.

“아니요, 유 팀장도 얘기만 들었지 보지는 못했다고 했어요. 그건 서치맨이 갖고 있었다고. 그런데 갑자기 그 사람이 사라졌으니까.”

“그럼 그게 어딨는지는 돌탱이도 모른다는 거야?”

“그런 것 같았어요. 그 탐정이 어딘가 안전하게 숨겨놨다는데 아직 못 찾은 모양이더라고요.”

탁자 너머로 눈빛들이 다시 바쁘게 오갔다. 한마디도 나누지 않았지만, 모두 어떻게 해야 할지 결론을 내린 듯했다. 지수를 빼고 모두 다.

"그럼 됐네. 일단 그 인간은 모르는 척 그대로 놔두자고."

다인이 딱 잘라 말했다.

"놔두라고요?"

"유 팀장은 당분간 하고 싶은 대로 하게 내버려둬. 만나자고 하면 만나주고. 뭐라고 지껄이는지 한번 보자."

하주연도 빙긋 웃으며 덧붙였다.

"혹시라도 그 자료를 찾아낼지도 모르잖아? 그때 가서 손봐주면 되지."

"거기 도대체 어떤 내용이 들어 있을까요? 전에 이 타운에서 일어났던 다른 일이라면 ……."

"글쎄, 뭘 어디까지 파봤는지는 모르겠지만, 남의 집 쓰레기를 들쑤시고 싶어 하는 인간들에게는 뭐든 다 흥미롭겠지. 참, 자기 폰 좀 줘볼래?"

숨도 쉬지 않고 빠르게 이야기하던 하주연이 갑자기 손을 내밀었다. 지수는 당황하며 쳐다보았다.

"핸드폰."

얇은 금테 안경 너머로 새까만 눈동자가 똑바로 바라보며 말했다. 지수는 천천히 주머니에서 핸드폰을 꺼내 탁자 위에 올려놨다.

"풀어줘야지."

여전히 미소 띤 얼굴로 하주연이 말했다. 지수가 떨리는 손으로 암호를 푼 핸드폰을 다시 건네주자, 하주연이 잠깐 살펴보더니 돌려주었다.

"미안. 요즘은 불법 녹취가 많아서. 돌다리도 두들겨보게 되네."

하주연이 눈을 찡긋하자 갑자기 옆에 앉아 있던 주다인이 손을 확 뻗었다.

"뭐예요!"

지수가 몸부림칠 사이도 없이 다인의 손이 몸을 쓱 훑어 내려갔다.

"깨끗하네."

"날 못 믿는 거예요, 지금?"

지수가 벌떡 일어섰다. 의자가 뒤로 밀리며 요란한 소리가 났다.

"억울해도 좀 참아. 지금은 비상 상황이니까 조금이라도 문제가 생기면 안 되거든. 이제부터 아주 바빠질 거야."

하주연이 앉으라고 턱짓하며 침착하게 말했다.

"미주가 드디어 그 인간을 찾았대."

"네?"

미주의 두툼한 입술이 지수를 보며 씨익 웃었다.

"기억하지? 내가 말했잖아. 그 죽일 년 말이야."

8

차 문이 닫히자마자 가는 빗줄기가 뿌리기 시작했다.

"제발, 제발, 제발."

초조하게 다시 통화 버튼을 눌렀지만 신호음만 계속 이어졌다. 결국 안내 음성이 흘러나오자 지수는 택시 뒷좌석에 몸을 기댄 채 손톱을 물어뜯기 시작했다.

"나름 노력했어. 사고가 난 사거리에서 차로 30분 거리에 아동 심리 상담 센터만 아홉 개가 있더라? 그중 3년 전에도 그 자리에 있던 센터는 딱 두 군데뿐이었어. 다들 상담 윤리가 어쩌고 하며 쉽게 협조해 주진 않았지만 그래도 어떻게든 알아냈지."

그랬겠지. 무슨 수를 써서든 원하는 대로 하고야 마는 게 당신들 방식이니까.

"그런데 웬걸, 둘 다 아니더라고? 이쯤에서 포기해야 하나 싶었는데, 누가 중요한 정보를 알려줬어. 사고 나고 얼마 안 돼서 폐업한 곳이 있었다네? 거기 원장이 최근 다른 곳에 개

업을 했다는 거야. 거기 가서 물어보면 뭐가 좀 나오지 않겠
어?"

미주는 웃으며 말했다.

"왠지 촉이 와. 딱 거기야."

들고 있던 핸드폰이 울렸다. 지수는 액정에 뜬 이름을 보고
안도하며 얼른 전화를 받았다.

"은주 씨! 아니 왜 전화를 그렇게 안 받……."

"한은주 가족인데요."

전화를 건 사람은 남자였다. 꽉 잠긴 목소리가 소식을 전해
주었다.

"지금 병원에 있습니다. 며칠 전에 배달 음식을 먹고 갑자
기 쓰러졌는데 의식이 돌아오지 않고 있어서요."

남편인 듯한 사람이 울먹이며 말했다. 갑자기 귀가 먹먹
해지며 주변의 모든 소리가 잦아들었다. 지수는 창밖에 시
선을 고정한 채 다리를 떨며 숫자를 셌다. 1000, 999, 998,
997…….

그래, 가만히 있을 당신들이 아니지. 이미 다 알아낸 거야.
어느 센터였는지, 누구였는지. 혹시 한은주라고 오해하고 손
을 댄 거야? 아니면 거기 근무했던 사람들은 전부 타깃인 거
야? 그것도 아니라면…….

'선생님 나가시고 얼마 안 돼서 센터 접으셨어요. 한참 쉬시다가 작년에 후암동에 작게 새로 여셨대요.'

20분 전, 지수는 타운 사람들과 헤어져 집에 돌아오자마자 화장실로 들어갔다. 거기서 후암동에 있는 아동 심리 상담 센터 네 군데의 홈페이지를 하나씩 차례로 뒤진 끝에 마침내 김수민 원장의 이름과 사진을 찾아냈다. 그런 뒤 곧바로 2층 욕실에만 불을 켜둔 채 집을 나왔다. 후문에서 택배 상자를 살펴보는 척하다가 진입 차단봉 사이로 슬금슬금 빠져나와서 그대로 달렸다. 적어도 얼마 동안은 다들 지수가 샤워라도 하는 줄 알고 있을 것이다. 하지만 서둘러야 한다. 원장이 혹시라도 지수에 대해 쓸데없이 떠벌리기 전에, 미리 경고하고 자리라도 비우게 설득해야 한다. 그런다고 윤미주가 포기할 것 같진 않지만, 적어도 시간을 벌 수는 있을 것이다. 둘이 마주치지 못하게 하든가, 거짓말이라도 둘러대게 하면, 영원히 진실을 숨길 수도 있지 않을까? 아마도, 어쩌면, 제발.

하지만 도대체 원장은 왜 전화를 안 받는 걸까? 일찍 퇴근했나?

택시가 좁은 골목길로 들어서자 비가 더욱 세차게 뿌리기 시작했다.

"거 남쪽에서 태풍이 올라오고 있다더니만, 비바람이 장난 아닌데요. 우산 있으세요?"

"괜찮아요. 얼마나 남았죠!"

"거의 다 왔어요. 저기 보이는 상가인가 본데……."

지수는 기사의 말이 다 끝나기도 전에 얼른 차에서 내렸다. 몰아치는 비바람에 머리며 옷이 순식간에 흠뻑 젖어버렸다. 주택가 좁은 골목에 있는 오래된 상가 2층에 센터 간판이 붙어 있었다. 창문에 희미하게 불빛이 비치는 것 같았지만 확신할 수는 없었다. 지수는 얼른 안으로 들어섰다. 좁은 계단을 빠르게 올라가 불 꺼진 피부관리실과 치과를 지나 복도 끝에 있는 센터 쪽으로 걸어갔다. 저 멀리 어디선가 하늘이 우르릉 울리는 소리가 희미하게 들려왔다. 조금 전까지 그렇게 마음이 급했는데, 여기서부턴 발걸음이 느려졌다. 사방이 너무 고요해서 가슴이 두근거렸다.

가까이 다가가서야 반쯤 셔터가 내려져 있다는 걸 깨달았다. A4용지에 출력한 허술한 안내문이 붙어 있었다.

내부 설비 긴급 점검으로 당분간 휴원합니다.

별일 아닐 수도 있어. 물어볼 것이 있다는 윤미주의 연락을 받아서, 일찍 문을 닫고 기다리는 중일 수도 있잖아.

정말 그럴까? 한은주에게 손을 쓸 정도라면, 이미 모든 걸 다 알고 있을 텐데. 윤미주가 신사적으로 미리 전화 같은 걸

하고 올 리 없잖아.

갑자기 '신사적'이라는 단어가 떠오르자 미친 사람처럼 실소가 터져 나왔다. 이럴 때가 아니라는 걸 알면서도 킥킥거리는 걸 멈출 수가 없었다.

"'반동형성'이라는 거예요. 받아들이기 어려운 감정과 욕구를 피하기 위해서 무의식적으로 속마음과 다른 행동을 하게 되는 거죠. 지금 많이 두려우신가 봐요."

앞에 내담자가 앉아 있었다면 그렇게 말했을 것이다. 그리고 지수는 정말 무서워서 죽을 것 같았다. 할 수만 있다면 도망치고 싶지만, 그러기엔 이미 너무 멀리 와버렸다.

반쯤 내려진 셔터 뒤로 손을 뻗어 살짝 밀어보니 문은 잠겨 있지 않았다. 지수는 셔터 아래로 몸을 굽히고 안으로 들어갔다. 센터는 아주 작고 아담했다. 문을 열자 곧바로 접수대와 작은 소파가 놓인 대기실이 나왔다. 불이 꺼져 있고 인기척도 없었다. 접수대 왼쪽에 '검사실', 오른쪽에 '상담실'이라는 팻말이 붙은 문이 각각 나 있었다. 검사실은 활짝 열려 있었지만, 상담실은 굳게 닫혀 있었다. 그리고 문 아래쪽에서 불빛이 흘러나오고 있었다.

지수는 그쪽으로 바쁘게 걸어가다가 걸음을 멈추고 고개를 돌렸다. 뭔가가 시야에 들어왔기 때문이다.

9

텅 빈 대기실에 있는 의자 등받이에 뭔가가 걸려 있었다. 소매에 회색 줄이 들어간 노란색 카디건. 그걸 보는 순간 흠뻑 젖은 맨 팔뚝에 소름이 돋아났다. 천천히 집어 들고 살펴보았다. 팔꿈치에 묻어서 지워지지 않는 오래된 얼룩과 올이 살짝 풀린 끝단까지 틀림이 없다. 아침까지 지수의 옷장 한구석에 걸려 있던 옷이었다.

우르릉. 멀리서 다시 하늘이 울렸다.

상담실 문을 열자 희미한 스탠드 불빛에 엉망진창이 된 방 안이 눈에 들어왔다. 전화기, 조그만 화분, 꽃병과 서류철, 책까지 온갖 물건들이 바닥에 흩어져 있었다. 마치 한바탕 심하게 몸싸움이라도 한 것 같았다. 책상 위에도 엉망으로 찢어지거나 구겨진 종이들이 흩어져 있었고 맥주 냄새가 심하게 났다. 누군가 사방에 맥주를 뿌린 것만 같았다. 그리고 이번에는 그 냄새를 맡아도 전혀 술이 당기지 않았다.

"원장님?"

뒤로 돌아간 채 등받이만 보이는 의자는 움직임이 없었다.

"원장님, 원……."

지수는 책상 뒤로 돌아가다 그대로 굳어버렸다. 원장은 고개를 뒤로 젖히고 의자에 앉아 있었지만, 대답 같은 걸 할 수 있는 상태가 아니었다. 입을 떡 벌린 채 반쯤 뜬 눈으로 지수를 멍하니 바라보고 있었다. 목에는 펜이 꽂혀 있었다. 거기서 흘러내린 피가 입고 있는 셔츠를 빨간색으로 물들이고 있었다. 비릿한 피 냄새가 났다. 지수는 손으로 입을 가리며 비틀비틀 뒤로 물러섰다. 죽은 사람을 이렇게 가까이에서 보는 게 처음이라 실감이 나지 않았다. 자기가 알던 사람을 닮게 만들어놓은 인형처럼 보였다. 뒤로 물러나다가 책상을 짚고 비틀거리던 지수는 위에 놓여 있던 구겨진 종이에서 얼핏 자기 이름을 보았다. 서지수의 이름이 적힌 추천서. 그리고 자신의 글씨처럼 보이는 서명.

그걸 보는 순간, 머릿속에 있는 전구에 불이 켜지는 것 같았다. 모든 게 한눈에 들어왔다. 이 방 안에서 어떤 일이 벌어졌는지 알 것 같다.

불미스러운 일로 오랫동안 일을 쉬었던 심리 상담사 서지수는 다시 일하기 위해 예전에 자신을 해고했던 원장을 다시 찾아와 추천서를 받으려고 했다. 하지만 원장은 거부했고, 두 사람은 말다툼을 벌였다. 절망한 서지수는 맥주를 사서 마시고 취한 채 다시 돌아와서 행패를 부리며 원장과 다투다가 끝내 펜으로 원장을 찔러 죽인다.

그래, 타운은 다 알고 있었다. 윤미주의 조카를 죽게 만든 사람이 바로 서지수라는 것을. 그리고 세심하게 덫을 놓고, 제 발로 걸어 들어가게 했다. 바로 '세이프 타운'이라는 덫에. 언제나 그런 식이니까. 그저 살짝 건드려주면 알아서 굴러가는 법이니까.

잡힐 듯 말 듯 머릿속을 계속 맴돌기만 하던 생각의 실마리가 마침내 풀리는 느낌이었다.

'지옥 맛 좀 보셨나 봐?'

처음 만났을 때 윤미주의 말, 그게 시작이고 신호였다. 아주 사소한 일이라도 누군가 타운의 심기를 거스를 때마다 그들은 그렇게 말했다.

'여기도 지옥 맛 좀 보여줄까 봐.'

그리고 깔깔거리며 웃어댔다. 그때마다 묘한 기시감이 들었던 건 바로 그런 이유에서였다.

'나라면 그렇게 한 방에 보내지는 않을 텐데. 그건 너무 과분하잖아? 야금야금 질질 끌며 피를 말려야 그게 진짜 복수지.'

그 다짐은 지수를 향한 것이었다.

그래, 이거야말로 최고의 복수지. 결국 손에 여러 명의 피를 묻히게 하고, 그걸로 꼼짝도 못 하게 얽어매서 야금야금

피를 말리고 있으니. 그리고 마침내 오늘, 여기서 모든 것을 끝내려고 작정한 것이다.

이렇게 사방에 지수의 흔적을 남겨서 범죄를 덮어씌우는 작전은 절대 성공할 수가 없다. 이건 너무 허술하다. 경찰에 잡혀가기라도 한다면 지수가 타운에 대해 다 불어버릴 텐데. 그러니 당연히 이들이 바라는 건 고작 이 정도가 아니다.

철컥.

갑자기 묵직한 쇳소리가 들렸다. 지수는 얼른 책상을 돌아 뛰어나갔다. 하지만 문은 밖에서 단단히 잠겨 있었다. 아무리 손잡이를 돌려도 소용없었다. 흠뻑 젖어서 떨리던 온몸이 후끈 더워지기 시작했다. 지수는 잠긴 문을 두드려댔지만 소리를 마음껏 지를 수는 없었다. 혹시 누가 달려와서 이 현장을 보기라도 하면 큰일이다. 하지만 점점 정신이 아득해지고 숨이 가빠왔다.

998, 997, 아니, 그럴 때가 아니야, 집어치워!

"문 열어, 얼른! 거기 있는 거 다 알아! 나 혼자 죽지는 않을 거야! 당신들 다 끌고 들어갈 거야."

지수는 문을 두드리며 이를 악물고 중얼거렸다.

"아니, 넌 혼자 죽을 거야."

문밖에서 귀에 익은 굵직한 목소리가 비웃으며 말했다.

"끝내 유혹을 못 이기고 술에 져버린 게 너무 부끄러워서 죽어버리는 거지. 그게 깔끔하지 않겠어? 이미 술과 약 때문에 남자 하나 죽인 전적도 있고, 네가 복수심에 눈이 돌아서 여러 사람 죽게 만든 증거도 우리 손에 있잖아. 살아남아 미치광이 쓰레기 취급을 받느니, 별의별 일을 다 겪은 심리 상담사가 심한 트라우마 때문에 무너진 결말이 더 낫지 않을까? 그럼 동정이라도 받을 텐데."

윤미주의 웃음 띤 목소리가 말을 이었다.

"네가 하는 말은 아무도 믿어주지 않을 거야. 우리가 다 증언할 거니까. 네 집에서 엄청난 양의 약이 발견될지도 몰라. 그럼 그 민망한 속옷 동영상부터 온갖 자료가 다 퍼질 텐데 괜찮겠어? 아휴, 나라면 그런 굴욕을 견디느니 자살하겠다. 편한 방법을 알려줄까? 원장의 시체를 뒤져보면 약통이 나올 거야. 네가 쓰던 그 약통에 약을 잔뜩 채워놨어. 치사량이야. 그 정도면 행복하게 지옥으로 갈 수 있을 거야."

"아니, 난 안 그래. 안 그럴 거야. 그건……."

목이 메어왔다.

"미주 씨, 그 일은 정말 미안해. 난…… 나는 그냥 돕고 싶었어. 걔를 구해주고 싶었다고. 정말이야, 내가 알았더라면…… 그랬다면 절대로……."

"더러운 입으로 우리 가족 들먹이지 마."

윤미주의 목소리가 낮아졌다.

"언니는 부모조차 날 버렸을 때도 유일하게 곁에 남아줬던 사람이야. 있는 그대로의 내 모습을 사랑해 준 사람. 누나였던 시절부터, 하나밖에 없는 내 편이었다고!"

쿵!

윤미주가 손바닥으로 잠긴 문을 내리치며 먹먹한 목소리로 말했다.

"우리 선우, 걔가 얼마나 예뻤는지 알아? 가족 모두의…… 보물이었어."

쿵!

"다들 네 그 빌어먹을 오지랖 때문에 죽은 거야. 정의의 사도라도 된 기분이었니? 네가 뭔데!"

쿵!

손바닥이 다시 잠긴 문을 때렸다.

지수는 뒤를 돌아보았다. 방 안 가득한 맥주 냄새와 피 냄새 때문에 머리가 어지러웠다.

쿵!

"그런 짓을 해놓고 멀쩡히 살아가면 안 되지. 벌은 받아야 하잖아? 응?"

지수는 땀으로 축축한 두 손을 바지에 닦고 창문 밑에 있는 조그만 서랍장 위로 기어 올라갔다. 입을 벌리고 딱딱하게 굳어 있는 시체의 허연 눈동자가 지수를 바라보고 있었다.

10

악마가 찾아왔을 때, 지수는 세상을 발아래에 두고 있었다.

겨우 손바닥 한 뼘 너비 난간 위에 맨발로 올라서서 까마득히 아래를 내려다보고 있었다는 말이다. 머리카락을 흩어놓는 살벌한 바람 소리에 정신이 번쩍 들었다.

쿵! 쿵! 쿵!

문 두드리는 소리는 점점 더 커지고, 달리 선택지가 없다.

고통, 아니면 영원한 나락뿐.

쿵! 쿵! 쿵! 쿵!

문이 다시 울렸다.

더 세게. 더 다급하게.

더 빠르고 경쾌하고 잔인하게.

이젠 정말 시간이 없다.

지수는 마지막으로 숨을 한 번 크게 들이마시고 허공으로 훌쩍 날아올랐다.

11

절뚝거리며 택시에서 내리는 순간, 때맞춰 굵어진 빗줄기가 후드득 쏟아졌다. 땀을 흠뻑 흘리며 맨발로 택시를 잡아탔으니 알리바이 따위는 물 건너갔지만, 그거야 나중에 생각할 문제다.

"그 사람들은 반드시 타운 밖에서 해결하려고 할 겁니다. 타운을 지키기 위해서라면 무슨 일이든 할 사람들이니까. 그러니 거기가 제일 안전할 거예요. 경찰이든 기자든 외부 사람들이 몰려올 만한 짓은 벌이지 않을 겁니다."

시내에서 헤어질 때 유민우는 그렇게 말했다. 그와 만났다는 사실을 일부러 털어놓고 타운을 떠보는 건 어떻겠느냐고 제안하는 지수에게 혹시 위험해지면 그 점을 이용하라고 했다. 그러니 고발을 할 테면 하고, 경찰을 부를 테면 부르라지. 혼자 죽지는 않을 테니까. 하지만 흔적도 없이 사라질 수도 있잖아. 그 탐정처럼.

삐빅.

지문 인식 패드에 손을 대니 빨간 경고등이 켜졌다. 몇 번을 눌러봐도 마찬가지였다. 나중엔 아예 경고등이 켜진 채로 화면이 멈춰버렸다. 그럼 그렇지. 그들이 사고뭉치를 타운 안에 들여놓을 리 없다. 게다가 이제 곧 살인범으로 전락할지도 모르는 인간인데. 돌아보니 보안초소의 문에 '순찰 중' 팻말이 붙어 있었다. 절룩거리며 맨발로 걸어가서 창문을 두드렸지만 대답이 없었다.

"유 팀장님!"

지수는 애타게 부르는 척하면서 초소 창문 앞에 바짝 붙어 섰다. 유민우는 약속대로 조그만 창문을 열어두었다. 몰아치는 비바람 때문에 눈도 제대로 뜨기 힘들었지만, 그가 알려준 대로 창문 안으로 손을 집어넣어 몇 개의 버튼을 조작할 수 있었다. 잠긴 대문을 열고, 담장의 전류를 차단하고, CCTV를 꺼버리는 일까지 완벽하게 해냈다.

끼이익. 게이트 옆에 붙은 작은 쪽문을 밀자 대문이 소름 끼치는 소리를 토해냈다.

타운은 얼핏 달라진 게 없는 듯했다. 진입로를 따라 사이좋게 늘어선 다섯 채의 하얀 집을 가로등이 비추고 있었다. 불빛 아래로 점점 거세어지는 빗줄기가 보였다. 하지만 창마다 시커먼 어둠이 내려앉은 예쁜 집들은 관람객이 모두 돌아가고 문을 닫은 테마파크 같았다.

여기서부턴 급할 게 없었다. 지수는 다리를 끌며 맨발로 터

벅터벅 센터로 걸어갔다. 걸을 때마다 바닥에 고인 물이 찰박거리며 튀어 올랐다. 온몸은 흠뻑 젖었고, 뛰어내리며 바닥에 뒹구느라 어깨부터 온통 흙투성이였다. 아직 철심이 박혀 있는 양쪽 발목, 특히 오른쪽 발목이 걸을 때마다 시큰거렸다. 이번에는 한껏 웅크려서 머리를 감싸고 몸을 옆으로 돌려 떨어졌는데도 복사뼈가 바닥에 부딪히는 바람에 뼛속까지 울리는 아픔이 느껴졌다. 너무 큰 부상이 아니면 좋겠지만 그것도 한가한 고민일 것이다. 저 안에 들어가는 순간, 차라리 발목 부상이 가장 큰 고민일 때가 좋았다고 생각하게 될 테니까. 아니, 어쩌면 발목이 아직 남아 있을 때 감사할 걸 그랬다고 울게 되겠지. 그것도 정신이 온전히 남아 있거나 숨이 붙어 있을 때의 얘기겠지만.

센터의 유리문을 밀고 들어가자 책장 앞 아일랜드 위를 밝히는 스탠드 불빛이 보였다. 다른 불은 모두 꺼져 있었기 때문에 이제 막 문을 닫은 카페나 도서관처럼 운치 있게 보였다. 지하실 쪽에서 흘러나오는 불빛에 비친 그림자가 층계참에 어른거리고 있었다.

"왔어?"

경쾌한 하주연의 목소리가 들려왔다.

계단을 내려가는 건 평지를 걷는 것과 전혀 달랐다. 지독한 고통이 몰려와서 한 걸음 한 걸음 이를 악물고 조심조심 내디

뎌야 했다. 잡을 수 있는 난간이 없어서 더 힘들었다.

"누구 하나 발목 다치기 전에…… 여기…… 인테리어 좀 바꿔야겠어요."

옆으로 몸을 돌려서 엉거주춤하게 한 칸씩 계단을 내려가며 지수가 이를 악물고 말했다.

"미관을 해치는 건 질색이라서. 뭐든 멋있는 게 좋잖아. 우리는 거슬리는 건 도려내야 직성이 풀리거든."

계단 아래에 서 있던 하주연이 수영장 옆에 있는 구슬 조명을 가리키며 말했다.

윤미주를 뺀 나머지 세 명은 계단 아래, 수영장 옆에 모여 있었다. 모두 약속이나 한 듯 검은 옷을 입고 있었다. 황금색 조명 아래 비취색으로 일렁이는 물그림자가 모두의 얼굴과 천장에 기묘한 무늬를 그리고 있었다. 지수가 계단 아래 내려서자 마치 역병 환자라도 되는 것처럼 다들 조금씩 뒤로 물러섰다.

"설마 했는데. 여기로 돌아오다니 용감하네."

하주연이 한쪽 입꼬리만 삐딱하게 올려 웃으며 말했다.

"여기가 집이니까요. 그리고 나도 타운을 좋아하니까."

지수는 시큰거리는 오른쪽 발목에 힘을 주지 않으려고 노력하며 벽에 기대어 섰다.

"하긴 도망쳐도 소용은 없지. 아무튼 아까워. 자기야말로 여기 딱 맞는 사람인데. 좋은 인연이 될 수도 있었다고. 그러니까 죄짓고 살진 말았어야지."

하주연이 어깨를 으쓱했다.

"D호에는 무슨 마가 꼈나. 항상 문제 있는 애들이 들어온단 말이야. 감사할 줄 모르고 징징대기만 하더니, 죽을죄를 지었는데 죽어주지도 않네. 염치가 있어야지."

흠뻑 젖은 옷 때문에 한기가 들기 시작했다. 지수는 이를 악물고 대답했다.

"어떻게 구한 집인데요. 그냥 나가기는 아까워서. 이렇게 맘에 쏙 드는 집, 찾기 어렵거든요."

"살아서 나가긴 싫은가 보네."

뒤를 돌아보니 급하게 뒤따라왔는지 흠뻑 젖은 윤미주가 숨을 헐떡이며 계단을 내려오고 있었다. 시커먼 옷을 입고 짧은 머리를 묶은 모습이 아주 낯설게 보였다.

"어떻게 됐어?"

"현장은 아직 그대로 놔뒀어. 여기부터 치우고 생각하게."

미주가 턱으로 지수를 가리켰다.

"누가 먼저 발견이라도 하면 큰일이잖아! 숨통 끊어졌으면 사망 시각 카운팅 들어갈 텐데!"

"그러니 빨리 해치워야지."

"여기서 일을 벌이시게?"

지수는 떨리는 목소리에 힘을 주고 여자들을 둘러보았다.

"아니, 그럴 수야 없지. 너 하나 보내자고 여길 더럽히진 않을 거야."

웃음기가 전혀 없는 윤미주가 낮고 굵은 목소리로 말했다.

"넌 그만한 가치도 없는 인간이니까."

"그러니까 마셔."

갑자기 눈앞에 불쑥 맥주병이 들어왔다. 한 손에는 맥주병을, 다른 손에는 테이저건을 든 하주연이 옆에 바싹 붙어 섰다.

"여기도…… 약을 탔겠지? 그 남자, 이세운한테 했던 것처럼."

그 이름을 듣자 뒤에 서 있던 조유선이 움찔하는 게 보였다.

"별수 없이 플랜 B로 가야지. 그걸 마시면 잠들 거야. 그러면 다인이가 몰고 나가는 차에 너를 태워서 보내버릴 거고."

하주연이 고개를 까딱하며 말했다.

"취해서 예전 직장 상사를 살해하고 집에 들어온 너는 죄책감에 떨다가 내 차를 훔쳐서 몰고 나갔다 그렇게 된 거야. 자살인지 사고인지는 모르겠지만 비극적인 일이겠지."

"내가 사라지면…… 그 사람이, 유 팀장이 가만히 있지 않을 텐데."

"우리가 그딴 인간 하나 처리 못 할 것 같니?"

윤미주가 코웃음 쳤다.

"원래 보안팀은 여러 가지 위험에 노출되는 법이잖아. 어디서 무슨 일을 당할지 알 수 없지."

주다인이 거들었다.

"하지만 한곳에서 여러 사람이 죽으면 결국 이 타운에 시선이 쏠리게 될 거야."

지수가 떨리는 목소리로 말했다.

"글쎄, 누구든 발견되기 전까지는 그냥 '실종'되는 거잖아. 안 그래?"

하주연이 말했다.

"그 탐정처럼 말이야."

그리고 쿡쿡거리며 웃더니 수영장을 턱으로 가리키며 덧붙였다.

"공사가 끝나버려서 유감이네. 아니라면 그 집 화장실을 또 잘 써먹었을 텐데."

지수는 그제야 최상만의 행방을 알 것 같았다. 화장실에 있던 그 포도줏빛 얼룩의 정체도.

테이저건이 다시 옆구리를 쿡 찔러왔다.

"그러니 이걸로 마비시켜서 억지로 목구멍에 부어주기 전에 알아서 마셔. 뒷일은 우리가 걱정할 테니까. 저세상으로 가거든 미주네 가족한테 손이 발이 되도록 열심히 빌어보고! 아 참, 그건 힘들겠구나. 너 같은 인간이 가는 곳은 따로 있을 테니까!"

하주연이 안타깝다는 듯 고개를 갸웃거리며 말했다.

지수는 맥주병을 받아 들고 한참을 바라보다가 입가로 가져갔다. 코끝에 맴도는 시원한 술 냄새가 유혹적이었다. 시원하게 쭉 들이켜는 순간, 모든 고통을 잊게 해줄 것 같다. 지수는 자신을 바라보는 네 쌍의 눈을 둘러보며 병을 쥔 손을 천천히 기울였다.

12

쨍그랑! 병이 벽에 부딪치는 순간, 유리 조각이 사방으로 튀었다. 지수는 재빨리 하주연의 뒤로 돌아가서 깨진 병을 쥔 손으로 목에 팔을 감고 확 끌어당겼다. 그리고 다른 손으로 테이저건을 빼앗아 멀리 던져버렸다. 다행히 한 번에 해냈지만, 현실은 영화와 전혀 달랐다. 진짜 맥주병은 설탕으로 만든 소품처럼 깔끔하게 깨지지 않았다. 몸통은 대부분 날아가버렸고, 손에 남은 병목은 터무니없이 짧아서 바짝 움켜쥐어야만 했다. 비틀거리다가 유리 조각을 밟았는지 맨발에 따끔한 아픔이 느껴졌지만 살필 겨를 따위는 없었다. 그저 하주연의 목을 바짝 감아 안고 깨진 병목으로 쿡쿡 찔러댔다.

"이 미친년이!"

하주연이 몸부림을 치며 비명을 질렀다.

"다들 물러서!"

지수는 하주연의 목을 꽉 잡고 뒤로 끌어당기며 소리쳤다.

"너 헛짓거리하지 마! 다 소용없어!"

윤미주가 외쳤다. 커다란 두 손을 불룩한 가슴 앞에서 휘젓는 모습이 어색한 광대처럼 우스꽝스러웠다.

"시끄러워! 허튼수작 부리면 목을 확 찔러서 핏줄을 끊어버리릴 거야! 그리고 경찰 불러서 다 털어놓을 거야. 처음부터 다! 여기가 뭐 하는 덴지, 당신들이 뭐 하는 인간들인지!"

"네까짓 게…… 뭘 안다고?"

하주연이 지수에게 목을 잡힌 채 캑캑거리며 말했다.

"알 만큼은 알아. 그 자료를 봤거든! 최상만이 모아둔 자료."

지수가 하주연의 목을 감은 팔에 힘을 주며 외쳤다.

"당신 계부 말이야, 환자들 몰카 찍고 손버릇 나쁜 게 들켜서 유명해진 인간이더라? 왜, 당신도 건드렸어? 당신 엄마는 그걸 방관하고? 그래서 자살 시도를 밥 먹듯이 하다가 윤미주랑 둘이 병원 옥상에서 만나 다 죽여버리기로 한 거야?"

지수가 팔을 바짝 끌어당겨 목을 좀 더 꽉 조이자 하주연이 캑캑거렸다.

"그래서 김진아가 필요했던 거지? 당신 부모를 죽일 음주 운전 사고를 조작하려고! 김진아가 운영하는 중독자 모임에서 배이도를 찍어 접근한 거잖아. 주다인의 얼굴을 저렇게 만든 음주 운전 전과자 말이야! 일껏 술을 끊고 갱생해 보려던 배이도를 꼬셔서 술을 먹게 하고 음주 운전을 유도하면 주다인의 몫까지 이중으로 복수하는 셈이니까!"

"갱생 같은 소리 하지 마!"

주다인이 소리쳤다. 어두운 수영장 불빛에 일그러진 한쪽 눈이 제멋대로 꿈틀거리는 것처럼 보였다.

"사람 얼굴 이 꼴로 만들어놓고, 저 혼자 술 끊고 새사람 됐다면 그걸로 끝이야? 의붓딸을 실컷 주물럭거린 새끼랑, 그걸 방관한 어미는 또 어떻고? 그것들은 평생 반성도 안 할 텐데, 왜 당한 사람들만 고통받아야 하냐고!"

"하지만 배이도에게 접근하기 위해 김진아를 이용해 먹다가 결국 죽여버렸잖아! 또다시 음주 운전으로 사람을 두 명이나 죽이게 된 배이도도 자포자기해서 다시 술을 마시다 결국 병을 얻어서 죽었고."

"정말 신박하지 않니? 죽일 놈으로…… 다른 놈을 죽이다니. 결국…… 이놈 저놈 다 보내버렸잖아."

목을 졸린 하주연이 이를 악물고 말하자 주다인이 거들었다.

"그래, 기회는 얼마든지 있었어. 그 새끼도 선택이라는 걸할 수 있었다고! 정말 갱생이라는 걸 했다면 어떤 유혹이 들어와도 술을 먹지 말았어야지! 안 그래?"

"하지만 당신들만 아니었다면 살 수도 있었잖아!"

지수가 하주연의 목을 더 바짝 조이며 소리쳤다.

"내 조카도, 우리 언니도 그랬어."

미주가 무시무시한 목소리로 말했다.

"너만 아니면 둘 다 살아 있었을 거야. 그러니 너도 벌을 받아야지."

지수는 말없이 하주연의 목을 더 꽉 끌어당겼다. 하주연이 지수의 팔을 마구 쥐어뜯으며 짓눌린 목소리로 말했다.

"그게 우리 일이야. 너 같은 쓰레기를…… 치워버리는 거. 법이…… 법이 제대로 돌아가는 세상이었다면 우리가…… 개고생할 필요도…… 없지. 안 그래?"

"닥쳐! 확 찔러버리기 전에."

지수는 하주연의 목을 바짝 끌어안은 채 주위를 둘러보았다. 가쁜 숨을 내쉬는 윤미주, 뒤로 물러서 있는 주다인, 맨 뒤에 그림자처럼 서 있는 조유선까지. 모두의 표정은 의외로 담담했다. 다인은 입가에 엷은 비웃음까지 띠고 있었다.

"원하는 게…… 뭐야? 여기서…… 무사히 나가는 거? 그거면 되겠어?"

하주연은 고통스러운 듯 숨을 몰아쉬었으나 기세는 조금도 꺾이지 않았다.

"무사히…… 나간다고 치자. 그걸로 끝일까? 앞으로 네 인생…… 괜찮겠어?"

"우리는 여태 어떤 프로젝트도 실패한 적이 없어. 최소한 알고도 그냥 보낸 인간은 없어. 남은 평생 뒤를 살피며 살아가야 할 텐데 괜찮겠어?"

윤미주의 말에 주다인이 뒤에서 쿡쿡거리며 웃는 소리가 수영장 위로 메아리쳤다.

"운전은 이제 글렀다고 봐야지. 어디 무서워서 차 타겠니?"

"집은 안전할까? 요즘 카메라는 성능이 점점 더 좋아지더라. 아, 도청 장치도 빼먹으면 안 되겠다."

"먹는 것도 신경 써야지. 배달 음식 조심해라. 그게 제일 손쉬운 방법이니까."

윤미주가 비웃으며 덧붙였다.

"생각해 봐."

하주연이 쉰 목소리로 말했다.

"네 삶은…… 진작 끝났어. 미주네 가족한테…… 그 짓을 할 때 이미 끝장난 거야. 그러니까 무슨 일을 할 땐…… 생각이란 걸 좀 하고 움직였어야지."

그래. 여기서 무사히 빠져나가도 끝난 게 아니다. 저들은 바퀴벌레처럼 계속 살아남을 테니까. 한번 정한 타깃은 세상 끝까지라도 따라갈 것이다. 적어도 윤미주와 지수, 둘 중 하나가 살아 있고 이 타운이 존재하는 한은. 영원히 도돌이표 같은 무간지옥에 갇혀버린 것이다. 언젠가 출근하려고 차를 탔을 때 영화처럼 갑자기 폭발할 수도 있어. 집에 난데없이 불이 날 수도 있지. 느긋하게 쉬던 어느 날, 배달 음식을 시켜 먹었다가 갑자기 쓰러질 수도 있다. 한평생 불안에 떨며 살아야 한다. 외출할 때마다 뒤를 돌아보게 될 것이다. 경찰에 신변 보호 같은 걸 요청할 수 있나? 무슨 근거로? 법이 날 보호해 줄 수 있어? 이들과 함께 행복하게 공존할 방법이란 없다. 어쩌면. 아마도.

그때 텅, 하는 소리와 함께 갑자기 사방이 캄캄해졌다. 1층과 지하실 천장에 있던 조명이 일제히 꺼져버린 것이다. 바닥에 뒹구는 구슬 조명은 아직 희미한 빛을 던지는 걸 보면 차단기 자체가 아니라 스위치만 내려버린 모양이었다.

"서지수 씨?"

1층에서 유민우의 목소리가 들려왔다. 모두의 시선이 계단 쪽으로 쏠렸다. 지수는 목에 감은 팔을 재빨리 풀고 하주연의 등을 힘껏 떠밀었다.

"엇!"

하주연이 중심을 잃고 앞으로 쏠리며 팔을 허우적거렸다. 그러다 발이 전선에 걸려 비틀거리자 지수는 서슴없이 하주연의 등을 발로 차버렸다.

"으아아악!"

하주연이 새된 비명을 지르며 수영장 물에 엎어지는 순간, 첨벙하고 물보라가 일었다.

"언니!"

놀란 사람들이 그쪽으로 달려가는 사이, 지수는 발밑에 있던 전선을 들어 올렸다. 그리고 손에 들고 있던 날카로운 병목으로 피복에 흠집을 낸 뒤 그대로 수영장에 던져버렸다. 순간 빠지직 소리와 함께 불꽃이 튀더니 남아 있는 구슬 조명의 전구가 도미노처럼 연달아 팡팡 터지며 사방이 캄캄해졌다.

"안 돼!"

위층의 통창으로 흘러 들어오는 아주 희미한 빛 속에서 수영장 쪽으로 달려가는 윤미주가 보였다. 한가운데에 엎어진 하주연은 뻣뻣하게 물에 뜬 채 움직이지 않았다. 아직 충분히 물에 젖지 않은 까만 셔츠가 튜브처럼 부풀어 올라서 몸을 감싸고 있었다.

"야! 조심해!"

다인이 뒤에서 소리치고, 조유선이 윤미주의 옷자락을 붙잡는 게 얼핏 보였다. 하지만 다음 순간, 갑자기 첨벙하는 소리와 함께 엄청난 양의 물보라가 일었다. 그리고 하주연의 옆에 커다란 몸뚱이가 둥둥 떠 있는 게 보였다. 조금 전까지 살아서 날카로운 비명을 지르던 두 사람은 이제 입을 다물었다. 둘 다 얼굴을 아래로 한 채 물 위에 떠서 파도처럼 요동치는 물살에 이리저리 움직이며 툭툭 부딪치고 있었다. 결국 둘의 머리가 서로 맞닿아 수영장 모서리에 걸리고 나서야 잠잠해졌다. 하주연의 한쪽 발목에 걸린 전선에 매달린 구슬 조명이 빛을 잃고 거품처럼 물 위에 둥둥 떠 있었다.

13

헐레벌떡 계단을 달려 내려온 유민우와 물살에 무력하게 흔들리는 두 사람을 빼면 아무도 움직이지 않았다.

"둘 다 손 들어, 어서!"

유민우가 방범용 테이저건을 손에 든 채 조유선과 주다인에게 손짓했다. 두 사람은 손을 번쩍 들고 주춤주춤 뒤로 물러났다. 수영장 쪽을 멍하니 흘끔거리는 걸 보면 둘 다 얼이 빠져버린 것 같았다.

"괜찮아요?"

유민우의 손이 어깨에 닿자 피가 흐르는 손을 내려다보고 있던 지수가 몸을 부르르 떨며 돌아보았다. 바닥에는 깨진 병목이 나뒹굴고 있었다.

유민우는 제복 바지 주머니에서 손수건과 덕트 테이프를 꺼내 건네주었다.

"자, 이걸로 지혈하고 저 둘의 손과 발을 묶어요. 할 수 있겠어요?"

지수는 간신히 고개를 끄덕이고, 떨리는 손으로 그가 내미는 물건들을 받아 들었다. 지수가 다인과 유선의 손과 발을 묶는 동안 유민우는 테이저건을 겨누고 있다가 작업이 끝나자, 테이프로 두 사람의 입도 막아버렸다. 모든 것을 체념한 듯 얌전히 몸을 내맡긴 조유선에 비해 다인은 낑낑대고 몸부림쳤지만 소용이 없었다. 유민우는 테이프로 손발이 묶인 조유선과 다인이 서로 등을 맞대게 한 뒤 한 번 더 두 사람의 몸을 둘둘 감았다.

"자, 이제 따라와요!"

작업을 마친 유민우가 계단 위로 달려 올라가며 손을 내밀었다.

"하지만……."

지수가 뒤를 돌아보았다.

"얼른!"

결국 지수는 재촉하는 유민우를 따라 절룩거리며 계단을 올라갔다. 불이 꺼진 카페 1층의 통창으로 세차게 내리는 비바람이 보였다.

"자, 여기서 잠깐 기다려요!"

"어디 가는 거예요?"

그제야 입이 열린 지수가 그의 팔을 잡아당기자 유민우가 뒤를 돌아보았다. 심하게 몸을 떠는 지수를 내려다보더니 입고 있던 제복 조끼를 벗어서 건네주었다.

"금방 올 테니까 조금만 기다려요!"

그리고 2층으로 뛰어 올라갔다. 지수는 유민우가 벗어준 조끼를 입은 채, 아일랜드 탁자 옆에 서서 창밖 너머 휘몰아치는 비바람을 바라보았다. 그때 갑자기 위층에서 펑, 하며 뭔가 터지는 소리가 들리더니 타는 냄새가 나기 시작했다.

"유 팀장님!"

계단 위쪽을 올려다보니 높다란 천장 위를 맴도는 연기가 보였다. 쿵쿵거리는 발소리가 들리고 유민우의 창백한 얼굴이 계단 위에 나타났다.

"자, 어서 나가요! 불이 났어. 합선이 됐어요. 스프링클러도 작동하지 않을 겁니다. 연기에 질식하기 전에 어서 나가야 해요!"

"소화기가 여기 어디 있을 거예요! 내가 봤어! 더 번지기 전에 어서 끄면 되잖아!"

"그럴 시간이 없어요! 어서 나가자고!"

"잠깐만!"

지수는 욱신거리는 발목의 통증 때문에 이를 악물고 유민우의 팔을 붙잡았다.

"지하에 있는 두 사람은요?"

지수를 바라보던 유민우의 얼굴에서 순식간에 표정이 사라졌다.

"아뇨, 여기선 우리 둘만 나갈 겁니다."

"뭐라고요?"

"그리고 신고도 안 할 거고."

"미쳤어요?"

"아니, 말짱해."

유민우가 문 쪽으로 돌아서며 말했다.

"애초에 이러려고 온 건데."

"무슨 말이에요?"

"여길 없애버리려고 온 거라고."

절룩거리는 지수의 팔을 잡고 끌어당기며 유민우가 차갑게
말했다.

"스프링클러는 내가 껐어요. 경찰도 안 불러. 내가 원하는
걸 줄 수 없으니까. 저 인간들이 죽든 말든 신경 안 써. 당신이
라도 구해준 건 일말의 의리야. 어차피 똑같은 인간이라는 건
알지만, 그래도 날 도와줬으니까."

"뭐? 그럼…… 불도 당신이 낸 거야?"

지수는 문 앞에 멈춰 서서 그를 바라보았다. 바깥에 서 있는
가로등 불빛에 비치는 유민우의 얼굴에 유리창의 빗줄기가
시커먼 그림자를 만들고 있었다.

"유민수. 내 동생도 알코올 중독이었어. 배이도는 녀석에게
아버지나 마찬가지였고. 부모님은 일찍 돌아가셨고, 난 공부

때문에 해외에 있었으니까. 술을 끊고 새롭게 태어나려던 녀석에게는 배이도가 스승이자 멘토이자 친구이자 형, 아버지, 가족 같은 존재였다고."

유민우가 휘몰아치는 비바람을 바라보며 중얼거렸다.

"음주 뺑소니 전과가 있는 쓰레기지만, 열심히 버티는 모습을 보며 자기도 술을 끊을 수 있겠다는 희망을 가졌던 거야. 그런데 결국 타운이 눈앞에서 술병을 흔들자 한순간에 모든 게 뒤집혔지. 그걸 본 동생은 자포자기해 버렸어. 그렇게 독하게 애쓰던 사람도 작은 유혹에 무너진다면, 자기 노력 따위는 의미가 없다고 생각한 거야. 영원히 술에서 벗어날 수 없을 거라고. 결국 그 사람이 죽은 지 석 달 만에 녀석은 급성 간부전으로 뒤를 따랐어. 그 소식을 들었을 때 난 미국에 있었고."

유민우의 이야기를 듣는 동안 연기 냄새가 점점 심해졌다. 이제 머리 위로 맴도는 푸르스름한 연기가 보였다. 하지만 지수는 움직이지 않았다.

"서치맨 최상만과는 동생의 장례식에서 처음 만났어. 배이도의 학교 선배였는데, 그때 뭔가 좀 이상하다고 말하더군. 사고를 내던 날, 차 안에서 배이도가 즐겨 마시던 술이 대여섯 병이나 나왔다는데, 구입한 내역조차 없었다고 했어."

눈앞이 부옇게 흐려지고 목이 아프기 시작했지만 지수는

가만히 서 있었다.

"그리고 배이도의 당일 행적을 아는 사람에게 들었는데, '아는 동생'을 만나러 간다고 했다는 거야. 남자 동생. 그게 우리 민수인 줄 알고 가슴이 철렁했는데 아니었어. 덩치가 크고, 차림새나 말하는 게 좀 독특한 사람이었다고 하더군."

"그게 바로……"

"윤재호였어. 윤미주의 또 다른 모습."

"그럼 전에 나한테 말했던 것처럼 김진아 씨를 통해서 그 사람 정체를 알았던 게 아니라 동생 때문이었던 거군요."

유민우가 고개를 끄덕였다.

"처음부터 날 이용한 거였네. 정의로운 척, 타운의 실체를 알아내서 경찰에 신고할 것처럼 해놓고, 실은 당신도 동생의 복수를 하려고."

"신고하겠다고 말한 기억은 없는데. 그리고 이용보다 도움이라고 해두죠. 다만 내 방식대로 해결하려는 거지."

"세이프 타운을 없애는 거? 그게 당신 방식이라고요? 결국 당신도 저 사람들하고 다를 게 없잖아요."

"그래서요? 덕분에 그쪽도 자유로워지는 거 아닙니까? 그러니 얼른 따라와요!"

유민우가 앞장서서 문을 밀어젖히며 한 걸음 밖으로 내디뎠다. 위층에서 다시 한 번 뭔가 펑 하고 터지는 소리가 났다.

뒤돌아보니 2층에서 번진 불길이 계단 위에 어른거리는 게 보였다. 지수는 뒤로 돌린 손에 쥐고 있던 해골 문진으로 유민우의 머리를 내리쳤다.

4부
나락

악마가 찾아왔을 때,

당신은 딱 두 가지 선택만 떠올릴 것이다.

도망치거나, 맞서 싸우거나.

하지만 그게 전부가 아니다.

분명히 다른 방법이 있다. 훨씬 더 좋은 방법이.

진입로를 따라 들어온 커다란 트럭이 건물 앞에 멈춰 서자, 인부들이 폐기물이 가득 든 자루를 싣기 시작했다. 그사이 건축 자재를 잔뜩 실은 또 다른 트럭이 뒤따라 들어왔다.

"이렇게 많은 외부인이 한꺼번에 타운에 들어오는 건 처음 보는데요. 수영장 공사도 그렇게 조용히 진행했는데."

뒤에서 목소리가 들려왔지만, 지수는 미소만 지을 뿐 돌아보지 않았다. 아주 사소한 일이라도 자신을 찾는 사람들이 많아서 한눈을 팔 수 없었다. 벌써 며칠째 여기 나와서 아침부터 저녁까지 공사 현장을 감독하는 중이라 이제 이런 일상에 익숙해졌다.

"이젠 우리도 좀 개방하고 살 때가 됐죠. 벌써 구급차며 경찰차며 기자며 별의별 사람들이 다 들락거렸는데 뭐."

"다리는 좀 어때요?"

"조금씩 나아지는 중이에요."

지수가 반깁스를 한 발을 가리키며 웃었다.

"이렇게 오래 서 있지 말랬는데 방법이 없네요. 내가 없으면 일이 돌아가질 않으니까."

"수영장은 결국 메우기로 한 겁니까?"

"네, 유지비만 많이 들고 별로 쓸모도 없는 것 같아서. 대신 요가 스튜디오를 좀 더 넓히고 체력 단련실을 만들 거예요. 앞으로 입주민들도 좀 늘어날 테니까요. 운동 기구 잔뜩 갖다 둘 거니까 팀장님도 와서 운동하세요."

유민우는 대답하지 않았다. 두 사람은 한동안 바쁘게 움직이는 인부들을 바라보며 서 있었다.

"왜…… 경찰에 그 얘긴 안 하셨어요? 최상만 씨. 수영장 바닥을 파볼 수도 있었을 텐데."

"소용 있었겠습니까?"

"아니요."

지수가 조용히 대답했다.

"조각이 너무 잘게 나눠지면 결국 실체가 사라져 버리잖아요."

"그렇죠. 퍼즐이든, 진실이든, 시체든."

"참, 뒷머리는 좀 어떠세요? 세 바늘이었나요?"

"일곱 바늘. 손이 야무지시던데. 그 자리에 머리털이 다시 자랄지 모르겠네요."

"죄송해요. 저도 마음이 급해서."

유민우는 지수를 바라보았다. 끝이 갈라졌던 푸석한 머리는 산뜻하게 염색한 짧은 단발로 바뀌어 있었다. 빳빳하고 하얀 셔츠에 세련된 감색 바지, 멋스러운 단화까지, 완전히 다른 사람처럼 보였다.

"집이 타는데 그럼 어떻게 해요."

지수가 웃으며 그를 바라보았다.

"여긴 내 집인데."

"그걸 잊고 있었거든요."

유민우가 조용히 말했다. 둘은 한동안 마주 보고 있었다. 지수가 눈을 천천히 깜빡거렸다.

"그럼 조사는 다 끝난 겁니까?"

"아마도. 대충 큰 그림은 끼워 맞춘 것 같더라고요. 알고 보면 아주 간단한 사건이니까요."

"그러니까, 그 죽은 원장이 당신을 줄곧 원망하고 있었다고?"

"네, 내가 잘린 뒤에 부모들에게 항의를 받고 평판이 나빠져서 결국 폐업하고 쉬다가, 다른 곳에 초라한 센터를 차렸더라고요. 찾아가 봤더니 상황이 많이 안 좋았는지 술을 마시고 있었어요. 추천서를 써달라고 하자 화를 내며 행패를 부리더라고요. 문을 잠그고 자해하며 협박까지 했어요. 펜을 들고 몸싸움을 벌이다가 그 사람을 밀치고 창문으로 뛰어내리려고 했는데, 그만 사고가 나는 바람에……."

"그 말을 믿어주다니 이번에는 법이 그쪽 편이 되어줬네요."

"살다 보면 이런 때도 있어야죠."

지수는 그의 두 눈을 똑바로 쳐다봤다. 이번에는 눈을 깜빡이지 않았다.

"그런데 타운에 와보니 지하실에서 싸움이 벌어졌다고요?"

"다음 주면 유선 언니 생일이라 미리 축하하기로 했었거든요. 내가 늦으니까 기다리다 지쳐서 다들 술기운에 시비가 붙은 거죠. 주연 언니랑 미주 씨랑 둘이 워낙 친해서 평소에도 투닥투닥했으니까. 그런데 잘못해서 언니 발이 미끄러지며 전선이 감겨서 같이 물에 빠졌고, 미주 씨가 뒤늦게 구하겠다고 뛰어들었다가 일이 벌어진 거죠. 남은 사람들이 당황해서 우왕좌왕하다가 맥주병이 깨지고 난리가 난 거고요."

"아, 그 바람에 조명이?"

"네, 구슬 조명이 줄줄이 터지면서 2층 배전실에서도 합선이 일어났나 보더라고요. 아시다시피 우리 집 차단기도 계속 말썽이었잖아요? 타운 전체의 전기 상태가 별로 좋지 못했나 보죠. 그런 데다 스프링클러까지 작동을 안 했으니."

"마침 그게 또 꺼져 있었군요."

"그러게요. 다인 언니가 몰래 담배 피우다가 오작동한 적이 있어서 평소에 꺼놨대요. 보안팀장님이 잔소리 좀 해주세요."

"이젠 모두 '언니'인 겁니까? 짧은 시간에 많이 친해지셨네요."

"이웃이니까요. 그리고 생사고락을 같이했으니까 더 끈끈해진 거죠."

지수가 그를 바라보며 말했다. 어디선가 까마귀 울음소리가 들려왔다.

"언제부터……."

"네?"

"언제부터 그런 생각을 했던 겁니까? 나와 만나서 이야기를 들을 때부터? 자신이 윤미주의 타깃이 되었다는 걸 알았을 때부터? 그날 밤 창문에서 뛰어내릴 때부터? 아니면 마지막에 내가 정체를 밝히던 순간에?"

"무슨 말씀이신지…… 잘 모르겠네요."

"그게 아니면 당신에게 위협이 되던 두 사람이 사라지니까 마음이 바뀐 건가요? 내가 하는 대로 내버려뒀더라면 완전히 자유로워질 수 있었을 텐데. 하지만 당신은 여기 남아서 남아 있는 불씨를 살려두는 쪽을 택했죠. 도대체 왜 그런 겁니까? 저들에 대한 일말의 의리? 양심?"

지수는 대답하지 않고 앞만 바라보았다. 입가에는 은은한 미소가 걸려 있었다.

"어쨌든 여길 없애버리는 대신, 손에 넣기로 결심한 겁니다. 타운이 당신을 보호해 줄 수 있게. 타운을 이용해서 자신을 숨길 수 있게. 하주연이 두려워했던 것처럼 여기서 무슨 일이 벌어지면 타운을 조사하는 건 불가피하겠지만, 당신이 피해자가 된다면 안전하게 빠져나갈 수 있을 테니까요. 악마와 싸우는 대신, 차라리 악마가 되기로 선택을 한 거죠. 그게 도대체 무슨 의미가 있는지는 모르겠지만."

"죄송하지만 저는 정말 무슨 말인지 잘……."

"지수 언니!"

경쾌한 목소리에 돌아보니 보안팀의 여직원 소희가 걸어오고 있었다. 하나로 묶은 머리, 밝은 표정 덕분에 남색 보안요원 제복도 딱딱하게 보이지 않았다.

"아, 소희 씨."

"저, 서류 작성 다 끝냈거든요. 이따 퇴근 전까지 드릴게요."

"응, 그렇게 해요."

"그럼 면접 날짜는 따로 잡아주시는 거예요?"

"그래야 할 것 같아. 거기 노리는 사람들이 많아서."

"D호요?"

소희의 눈이 커졌다. 콧잔등에 조르륵 난 주근깨가 개구쟁이처럼 귀엽게 보였다. 나이는 조금 어리지만, 이런 곳에서 보안요원으로 일할 만큼 대담하니 한 사람 몫은 훌륭하게 해낼 것이다. 시골에 계시는 연로한 부모님의 늦둥이로 혼자 주영시에 나와 자취하고 있는 아가씨. 데이트 폭력으로 헤어진 뒤에도 꾸준히 자신을 스토킹하며 괴롭히는 남자 친구로 고민하고 있다지만 그 문제도 곧 해결될 것이다. 그런 벌레 같은 새끼는 살아 있을 가치가 없으니, 방법은 찾기 나름이겠지.

"인테리어는 정말 제 마음대로 해주신다고요?"

"그렇다니까. 입주 결정만 되면 다인 언니가 바로 이것저것 자재 샘플 들고 찾아갈 거야. 미팅하면서 원하는 걸 이야기하면 돼요."

"우와! 진짜 꿈만 같아요! 팀장님, 들으셨죠?"

소희가 활짝 웃으며 유민우에게 엄지를 척 올려 보였다.

"언니는 그러면 A호로 옮기시는 거죠?"

"응, 거기 공사 끝나는 대로 들어가려고. 새롭게 시작해야죠."

지수도 웃어 보였다.

"하긴…… 그동안 워낙 많은 일이 있었으니까요. 참! 이젠 입주자 대표님이라고 불러드려야겠네요!"

지수는 경쾌한 발걸음으로 춤추듯 멀어져 가는 소희의 뒷모습을 바라보았다.

소방차와 구급차가 들어오고 경찰까지 출동했다. 요란한 사이렌과 번쩍이는 경광등을 세이프 타운 앞마당에서 보게 될 줄은 몰랐다. 하주연이 그렇게도 지키고 싶어 했던 타운이 결국 더럽혀진 것이다. 하지만 새롭게 태어나려는 모든 것은 죽어야만 한다지 않나? 한 세계가 파괴되어야 비로소 새로운 세상이 펼쳐지는 법이니까. 그리고 언제나 선택의 여지는 있다. 타운은 어떤 것도 강요하지 않는다.

미친 듯이 혼란스럽던 그날 밤의 일은 아직도 늘어진 테이프처럼 천천히 머릿속에서 반복해서 돌아가곤 한다. 뒤에서 윤미주의 옷자락을 잡아당기던 조유선의 손, 그러다가 갑자기 앞으로 고꾸라지며 물 위에 풍덩 엎어지던 윤미주의 커다란 등, 곧바로 나무판자처럼 뻣뻣하게 굳어 둥둥 떠다니던 뒷모습까지.

그렇게 커다란 덩치를 밀어버리려면 힘만으로는 안 된다. 반동이 필요하다. 새총의 고무줄을 당기듯, 옷을 뒤로 힘껏 당겼다가 상대가 앞으로 몸을 숙이는 순간 살짝 놓아주면 된다.

그래도 마지막 순간에 본인이 정신 차렸다면 살 수 있었을지도 몰라. 발끝에 힘을 꽉 주고 버텼으면 또 모르잖아, 안 그래? 모든 일에는 선택의 여지가 있는 거야.

출동한 구급대원이 지수의 발바닥에 박힌 유리 조각을 빼내고 약을 발라주는 동안 눈이 마주치자 멀리서 조용히 미소 짓던 조유선이 떠올랐다. 자기들의 천국을 만들기 위해, 남의 가족을 지옥으로 몰아넣은 인간들을 손봐주려던 그녀의 프로젝트는 어디서부터가 계획이고 어디까지가 우연이었을까?

"이 타운 부지가 조유선의 것이었다는 거 알아요?"

유민우가 상처 난 뒷머리를 무심코 만지며 조용히 말했다.

"친정 쪽 재산이었나 보던데. 기업 연수원이 문을 닫은 뒤로 오랫동안 비워뒀던 모양입니다. 부부 사이가 꽤 좋았다고 하니까 아이가 죽은 슬픔을 남편과 함께 극복해 냈더라면, 뭔가 다시 시작할 수도 있었겠죠. 하지만 그 대신 무슨 일인지 갑자기 갈라서고 혼자가 된 뒤, 자포자기해서 하주연에게 헐값에 넘겼다죠? 해외로 떠났다던 남편은 몇 가지 물어보고 싶다는 내 편지에 자세한 답변을 거부했습니다. 더 이상 과거사는 떠올리고 싶지 않다나."

지수는 햇빛에 반짝이는 센터의 유리문을 바라보며 조용히 유민우의 이야기를 듣고 서 있었다.

"그저 딸이 죽고 얼마 뒤 아내가 갑자기 변했다고 했습니다. '자살 유가족 모임'에 나가서 이상한 무리와 어울리게 된 뒤로 자신에게 거리를 두는 것 같았다고요. 그때 두 사람은 각자 시간을 갖기 위해 별거 중이었는데, 처음엔 사이가 괜찮았지만 갑자기 어느 날부터 문자로 아이의 죽음을 남편 탓으로 돌리며 입에 담지 못할 폭언을 보냈다고 하더군요. 평소 아내의 말투와는 확연히 다르게 느껴질 만큼 성격이 변해

버렸다고. 다시는 연락하지 말라며 단호하게 쳐내는 문자를
보고 미련 없이 마음을 정리한 뒤 한국을 떠났다고 했습니다.
그건 정말 조유선이 보낸 문자였을까요? 아니면 부부를 이간
질하여 조유선을 고립시키고 부지를 손에 넣기 위해 이들이
손을 썼던 걸까요?”

　유민우의 말은 지수가 들은 이야기에 살을 붙여주었다.
　눈앞에서 낡은 세상이 사라지는 것을 지켜본 다인은 생각
이 많아졌는지, 지수에게 찾아와 묻지도 않은 이야기를 해주
었다.
　애초에 지수를 타운에 들이자고 제안한 건 조유선이었다
고. 지수의 존재를 일찌감치 알아내고서 복수를 다짐하며 부
들부들 떠는 미주에게, ‘야금야금 질질 끌며 피를 말리려면’
이보다 더 좋은 방법이 어디 있겠느냐며 부추겼다는 것이다.
하지만 이제 보니 그건 미주를 위한 계획이 아니었다. 언제부
터 진실을 알게 된 건지 몰라도, 어쩌면 그때 조유선의 머릿
속에는 이미 자기를 위한 계획이 들어 있었을 것이다. 자신과
남편을 갈라놓고 소중한 딸을 ‘못된 계집애’라며 비웃던 것들
을 손봐줄 계획, 지수의 더러운 손에 타운의 피를 묻히겠다는
계획, ‘죽일 놈으로 다른 놈을 죽일’ 완벽한 계획이.
　“그 언니도 참 대단해. 이제 보니 자기 좋자고 지수 씨를 진

흙탕으로 끌고 들어온 거잖아. 사람 좋은 얼굴을 하고서 그런 생각을 하고 있을 줄 누가 알았겠어?"

그런 이야기를 하며 찌그러진 한쪽 눈이 흘끔 지수의 표정을 살폈다. 앞으로는 그 눈이 지수를 대신해서 많은 것을 지켜보고 알려줄 것이다. 요가학원에서 발생했던 화재 사건도, 상가 경비실에 신고해 결국 지수를 오갈 데 없게 만들어서 타운으로 유인한 것도, 갑작스러운 정전으로 겁에 질리게 만들었던 것도 모두 미주와 주연의 지시를 받아 다인이 직접 했던 거라고 조유선이 귀띔해 줬던 것처럼.

하지만 그들은 앞으로 지수가 하는 모든 일도 지켜볼 것이다. 차곡차곡 마음에 담아뒀다가 어느 날 갑자기 계획을 짜고 싶어질 수도 있겠지. 다인은 윤미주와 각별히 친했으니, 어느 날 갑자기 옛 친구가 그리워지지 말란 법도 없다. 조유선이 갑자기 이 부지를 되찾고 싶어질 수도 있고. 그 둘이 함께 예전의 타운을 그리워하며 술잔을 기울이다가 마음을 나눌 수도 있겠지.

그런 생각을 하면 한밤중에 갑자기 가슴속이 서늘해지기도 한다. 다시 숫자를 거꾸로 세고 싶어진다. 하지만 언제나 변수는 존재한다. 누구나 자기 운명을 선택할 수 있다. 그러니 각자 정도를 잘 지키기만 한다면 타운의 평화는 유지될 것이다. 서로의 꼬리를 물고 빙글빙글 도는 개 떼처럼.

지수는 유민우를 돌아보았다.

"그런 것까지 일일이 다 조사하신 거예요? 분명히 최상만이 만든 자료는 어디 있는지 모른다고……."

"네, 그 자료의 원본은 어딨는지는 모릅니다. 하지만 제가 만든 자료는 잘 갖고 있죠. 그리고 우리 같은 사람들은 중요한 자료를 절대 한곳에만 보관하진 않거든요."

유민우가 미소 지었다. 지수는 그의 눈을 가만히 바라보다가 고개를 돌렸다.

"그럼 팀장님도 더더욱 우리와 계속 함께하셔야겠네요. 저희도 커뮤니티 센터에서 일어나는 모든 일들을 항상 남겨두거든요. 정전이 되면 카메라는 꺼지지만, 곳곳에 숨겨진 마이크가 소리는 빠짐없이 녹음하죠. 그러니 누군가 거기서 했던 내밀한 고백이나 협박은 기록이 남을 수도 있어요. 불이 얼른 꺼져서 정말 다행이지요."

지수가 유민우의 굳은 얼굴을 보고 어깨를 으쓱하며 웃었다.

"이제 타운도 달라질 거예요. 절 믿어보세요."

센터의 유리문에 반사된 햇빛이 눈부시게 반짝거렸다.

"애초에 취지는 좋았잖아요. 쓰레기를 치워버리고 세상을 깨끗하게 만드는 일."

"윤미주 씨도 그런 마음이었겠죠. 다만 그쪽은 서지수 씨를 쓰레기라고 생각했을 뿐."

폐기물을 싣고 나가는 트럭을 지켜보던 뒷모습이 움직이지 않고 한동안 가만히 있었다.

"제대로 설명할 기회가 있었다면 이해해 줬을 거예요. 내 마음은 그런 게 아니었다는 걸. 그 애를 정말 구하고 싶었다는 걸. 내가 얼마나 미안해하고 있는지, 얼마나 후회하고 반성하고 있는지. 그러니까 타운의 뜻을 이어받아 새롭게 세상을 구하는 게 내 사명이고, 속죄하는 길이에요. 결국 미주 씨가 원하던 것도 그거니까."

지수는 유민우를 돌아보았다.

"어쩌면 이번에는 더 잘할 수 있을 것 같아요. 팀장님이 함께해 주시면 든든할 것 같고요."

유민우의 어두운 눈이 지수를 똑바로 바라보았다.

"여차하면 손볼 수 있게 곁에 묶어두겠다는 겁니까? 내가 자료를 갖고 있으니?"

"선택의 여지를 드리는 거예요. 어디까지나 좋은 뜻으로."

지수가 활짝 웃었다.

"저처럼 팀장님도 여기서 천국을 발견하실 수도 있잖아요. 특별히 마음에 담아둔 사람이 있다면 알려주세요. 두 발 뻗고 주무실 수 있게 도와드릴게요. 그래서 여기가 '세이프 타운'인 거예요. 완벽하게 안전한 천국이죠."

책을 읽을 때 나처럼, 소설 자체보다 그것을 만든 사람의 머릿속이 더 궁금한 분들을 위해……

스포일러가 포함되어 있으니 반드시 소설을 먼저 읽어주세요.

노련한 작가라면 하나의 소설을 끝낸 뒤 곧바로 다음 작품으로 옮겨 가기가 쉬울지도 모르겠다. 하지만 나처럼 아직 배울 것이 많은 사람은 헤어진 연인을 잊지 못하는 애송이처럼 지난 작품의 옷자락을 붙잡고 질척거리게 된다.

전작인 《런어웨이》를 끝내고 한숨 돌리며 쉬는 중에도 작품 속 인물들의 후일담이 계속 궁금해지던 어느 날, 문득 이런 생각이 들었다.

"심각한 가정 폭력에 시달리다 자유를 얻은 여자가 갑자기 거액을 손에 넣게 된다면, 그 돈으로 뭘 하고 싶을까?"

세계 여행, 명품 가방, 근사한 외제 차, 호화로운 대저택같이 상상할 수 있는 온갖 사치를 다 부리고 나서 그다음에는? 넘쳐나는 돈으로도 해결할 수 없는 고통스러운 기억에 시달리는 여자라면, 그 돈을 좀 다르게 쓰고 싶지 않을까? 자신과 비슷한 희생자들을 도와주는 독지가가 되어 같은 비극이 재발하는 것을 막고 싶어지지 않을까?

혼자서도 안전하게 살 수 있는 근사한 집이 모인 타운.

각종 편의시설이 갖추어진 커뮤니티 센터가 있고, 누구나 원하는 대로 집을 꾸밀 수 있는 인테리어 서비스가 무상 지원되는 곳. 보증금이나 월세에 대한 걱정도 없고 든든한 보안팀까지 갖춘 완벽한 요새. 거기다 그들을 괴롭혔던 인간들을 속 시원하게 응징해 주는 서비스까지. 집이라는 공간이 지긋지긋해진 사람들을 위한 천국을 만들어주는 것이다.

그래서 원래 초고의 소재는, '가정 폭력 피해자들의 사적 복수를 도와주는 은밀한 타운'이었다. 그런 이야기도 꽤 재미있고 의미 깊었을 것이다. 하루에도 몇 명씩 여자들이 속절없이 죽어나가는 세상, 법이 피해자들의 억울함을 풀어주지 못하는 작금의 현실을 그대로 반영하기만 해도 충분히 잔혹하고 극적인 작품이 되었을 테니까. (언젠가는 그런 이야기를 꼭 써보고 싶다.)

하지만 소설을 쓰는 과정이 언제나 그렇듯이, 생각을 거듭할수록 이야기는 점점 날개를 달고 제멋대로 날아가기 시작했다. 머릿속에서 이 완벽한 타운을 설계하는 과정은 아주 재미있었지만, 입주자를 들이는 단계에 이르자 고민이 생긴 것이다.

안 그래도 온갖 고초를 다 겪은 피해자들이 모인 곳이니 모든 게 조심스러웠다. 분위기를 해치지 않는 좋은 사람이어야 하고, 주변도 깨끗해야 할 것 같았다. 집요한 스토커나 앙심을 품은 옛 연인처럼 아직 해결되지 않은 위험을 안고 있는 사람을 함부로 들였다가는 모두의 안전에 위협이 될 테니까.

그렇다면 도대체 사람들을 어떻게 가려내지? 면접이라도 봐야 하나? 몰래 뒷조사라도 해봐야 해?

게다가 학대당한 여자들을 도와주기 위해 타운에서 운영하는 사적인 복수 서비스까지 곁들이다 보니 고민은 점점 더 엉뚱한 방향으로 흘러가기 시작했다.

입주민 중 누구를 먼저 도와줄지 순번은 어떻게 정하지?

어떤 사연이 제일 분하고 억울한지 심사라도 해야 하나?

그럼 최종 결정은 도대체 누가 해야 할까. 입주자 대표가? 아니면 다수결로 정해야 하나?

타깃이 정해졌다고 치자. 계획은 누가 세우고, 실행은 또 누가 하지?

이 '복수의 품앗이'에서 순번이 제일 뒤로 밀린 사람이 혹시라도 불만을 품는다면?

제아무리 천사같이 착한 입주민을 들여도 공동생활을 하다 보면 갈등이 벌어질 텐데, 그건 누가 중재하지? 이미 통쾌한 사이다 복수에 맛을 들인 사람들이 가만히 참고 있으려고 할까?

(작가란 원래 수많은 경우의 수를 상상하기 마련이지만, 나처럼 쓸데없이 걱정이 많은 사람은 대책 없는 생각이 자꾸 가지를 치게 된다.)

그렇게 가상의 완벽한 타운에 들일 입주민을 고르는 동안, 내가 점점 이기적인 방향으로 움직이고 있다는 걸 깨달았다. 마치 현대판 노아의 방주에 들일 생명을 고르는 신이라도 된 것처럼, 말도 안 되는 나만의 잣대로 사람을 이리저리 재고 있었다.

결국 의도가 좋다고 다 좋은 건 아니라는 걸, 선의의 정의조차 상대적이며 악인들도 자기가 옳은 일을 한다고 '진심으로' 믿을 수 있다는 것을 깨닫게 되자 이야기의 방향이 바뀌었다. 나는 '완벽한 낙원을 만들었다고 자부하는 인간들이 모인 지옥'에 대해 쓰고 싶어졌고, 그렇게 《세이프 타운》이 탄생하게 되었다.

입주민들의 사연도 좀 더 다양해졌다.

단순히 학대받은 여성들의 복수라고 하면, 내가 너무 감정을 이입해서 복수의 칼날을 마구 휘둘러 대고 싶어질 테니까.

법이 피해자를 속 시원하게 도와주지 못하는 요즘, 나 역시 사적 복수에 대해 머리로는 안 된다고 생각하지만, 가슴으로는 후련하게 공감하기 때문이다.

하지만 그 후련한 사적 복수의 대상이, 내가 된다면 어떨까? 내가 무심코 저지른 일이 남에게는 도저히 잊지 못할 트라우마가 된다면? 그래서 그 후련한 칼날이 나를 향한다면, 그때도 나는 그 복수를 응원할 수 있을까?

나처럼 많은 사람이 자신은 선량하다고 믿고 살아간다. 혹여 잘못을 저지르더라도 나쁜 의도는 아니었다고, 그럴만한 이유가 있었다고 말이다. 하지만 악독한 직장 상사도, 연인을 잔인하게 죽이는 스토커도 모두 저마다 나름의 이유가 있다고 항변할 것이다.

그래서 나는 세상의 모든 선과 악은 경계가 모호하며, 어느 편에 설 것인지는 개인의 선택에 달렸다고 생각한다. 악마가 찾아왔을 때, 도망갈 것인지, 맞서 싸울 것인지, 아니면 악마 그 자체가 되어버릴 것인지도 자신이 결정할 일이다. 다만 그런 선택은 나만의 것이 아니라는 것, 내 옆에 있는 사람도 그중 하나를 선택할 수 있다는 것이 문제일 뿐이다.

하고 싶은 이야기를 제대로 전할 수 있도록 도와주신 분들께 감사드리고 싶다.

아이디어와 초고에 공감하며 따뜻하게 격려해 주신 권정은 피디님, 부끄러운 오류들을 예리하게 짚어주어 원고가 올바른 길을 찾을 수 있게 도와주신 박윤희 팀장님, 감사합니다.

입주민을 전원 여성으로 설정한 것은 '안전에 민감한 타운'이라는 배경에 현실감을 더하기 위한 장치였을 뿐, 다른 의도는 없었음을 밝힌다.

지수의 직업과 정신 상태에 관한 정보는 임상 심리 전문가로 일하는 동생에게서 조언받았다. (고맙다, JSL.) 하지만 만일 오류가 있다면, 그 정보를 제대로 활용하지 못한 내 잘못이다.

이 작품을 수정하던 작년 초여름, 무척이나 사랑하던 털 동생이 18살 9개월의 나이로 무지개다리를 건넜다. (많이 사랑해, 백설기.) 몇 달간 매일 저녁, 슬픈 노래를 들으며 미친 듯이 한강변을 걸어 다녔다. 무척 고통스러운 시간이었지만, 인간의 본성과 복수에 관한 글을 쓰며 삐딱하고 냉소적으로 세상을 보던 내 마음이 그 슬픔을 통해 치유되는 경험을 했다. 그때의 내 감정만큼은 선악을 초월한, 세상에서 유일하게 순수한 사랑이 아니었을까 싶다.

이 책을 읽어주신 독자 여러분께도 그런 순수한 감사와 사랑의 마음을 전하고 싶다.

감사합니다.

2026년 1월 서울에서

장세아

세이프 타운

초판 1쇄 발행 2026년 4월 1일

지은이 장세아
펴낸이 허정도
책임편집 박윤희 디자인 박지은
마케팅 신대섭 김수연 배태욱 김하은 이영조 제작 조화연
2차 저작권 문의 안희주 문주영

펴낸곳 주식회사 교보문고
등록 제406-2008-000090호(2008년 12월 5일)
주소 경기도 파주시 문발로 249 (10881)
전화 대표전화 1544-1900 주문 02)3156-3665 팩스 0502)987-5725

ISBN 979-11-7061-372-5 (03810)
책 값은 표지에 있습니다.

- 이 책의 내용에 대한 재사용은 저작권자와 교보문고의 서면 동의를 받아야만 가능합니다.
- 잘못된 책은 구입하신 곳에서 바꾸어 드립니다.
- '북다'는 문학을 기반으로 다양하게 변주된 책들을 선보이는 종합 출판 브랜드입니다.